J’AI ESSAYÉ : ON PEUT !

DU MÊME AUTEUR

Dans la même collection :

Laissez tomber la fille.
Les souris ont la peau tendre.
Mes hommages à la donzelle.
Du plomb dans les tripes.
Des dragées sans baptême.
Des clientes pour la morgue.
Descendez-le à la prochaine.
Passez-moi la Joconde.
Sérénade pour une souris défunte.
Rue des Macchabées.
Bas les pattes !
Deuil express.
J'ai bien l'honneur de vous buter.
C'est mort et ça ne sait pas !
Messieurs les hommes.
Du mouron à se faire.
Le fil à couper le beurre.
Fais gaffe à tes os.
A tue... et à toi.
Ça tourne au vinaigre.
Les doigts dans le nez.
Au suivant de ces messieurs.
Des gueules d'enterrement.
Les anges se font plumer.
La tombola des voyous.
J'ai peur des mouches.
Le secret de Polichinelle.
Du poulet au menu.
Tu vas trinquer, San-Antonio.
En long, en large et en travers.
La vérité en salade.
Prenez-en de la graine.
On t'enverra du monde.
San-Antonio met le paquet.
Entre la vie et la morgue.
Tout le plaisir est pour moi.
Du sirop pour les guêpes.
Du brut pour les brutes.
J'suis comme ça.
San-Antonio renvoie la balle.
Berceuse pour Bérurier.
Ne mangez pas la consigne.
La fin des haricots.
Y a bon, San-Antonio.
De « A » jusqu'à « Z ».
San-Antonio chez les Mac.
Fleur de nave vinaigrette.
Ménage tes méninges.
Le loup habillé en grand-mère.
San-Antonio chez les « gones ».
San-Antonio polka.
En peignant la girafe.
Le coup du père François.
Le gala des emplumés.
Votez Bérurier.
Bérurier au sérail.
La rate au court-bouillon.
Vas-y Béru !
Tango chinetoque.
Salut, mon pope !
Mange et tais-toi.
Faut être logique.
Y a de l'action !
Béru contre San-Antonio.
L'archipel des Malotrus.
Zéro pour la question.
Bravo, docteur Béru.
Viva Bertaga.
Un éléphant, ça trompe.
Faut-il vous l'envelopper ?
En avant la moujik.
Ma langue au Chah.
Ça mange pas de pain.
N'en jetez plus !
Moi, vous me connaissez ?

Emballage cadeau.
Appelez-moi, chérie.
T'es beau, tu sais !
Ça ne s'invente pas.
J'ai essayé : on peut !
Un os dans la noce.
Les prédictions de Nostrabérus.
Mets ton doigt où j'ai mon doigt.
Si, signore.
Maman, les petits bateaux.
La vie privée de Walter Klozett.
Dis bonjour à la dame.
Certaines l'aiment chauve.
Concerto pour porte-jarretelles.
Sucette boulevard.
Remets ton slip, gondolier.
Chérie, passe-moi tes microbes !
Une banane dans l'oreille.
Hue, dada !
Vol au-dessus d'un lit de cocu.
Si ma tante en avait.
Fais-moi des choses.
Viens avec ton cierge.
Mon culte sur la commode.
Tire-m'en deux, c'est pour offrir.
A prendre ou à lécher.
Baise-ball à La Baule.
Meurs pas, on a du monde.
Tarte à la crème story.
On liquide et on s'en va.
Champagne pour tout le monde !
Réglez-lui son compte !
La pute enchantée.
Bouge ton pied que je voie la mer.
L'année de la moule.
Du bois dont on fait les pipes.
Va donc m'attendre chez Plumeau.
Morpions Circus.
Remouille-moi la compresse.
Si maman me voyait !
Des gonzesses comme s'il en pleuvait.
Les deux oreilles et la queue.
Pleins feux sur le tutu.
Laissez pousser les asperges.
Poison d'Avril, ou la vie sexuelle de Lili Pute.
Bacchanale chez la mère Tatzi.
Dégustez, gourmandes !
Plein les moustaches.
Après vous s'il en reste, Monsieur le Président.
Chauds, les lapins !
Alice au pays des merguez.
Fais pas dans le porno...
La fête des paires.
Le casse de l'oncle Tom.
Bons baisers où tu sais.
Le trouillomètre à zéro.
Circulez ! Y a rien à voir.
Galantine de volaille pour dames frivoles.
Les morues se dessalent.
Ça baigne dans le béton.
Baisse la pression, tu me les gonfles !
Renifle, c'est de la vraie.
Le cri du morpion.
Papa, achète-moi une pute.
Ma cavale au Canada.
Valsez, pouffiasses.
Tarte aux poils sur commande.
Cocottes-minute.
Princesse Patte-en-l'air.
Au bal des rombières.
Buffalo Bide.
Bosphore et fais reluire.
Les cochons sont lâchés.
Le hareng perd ses plumes.
Têtes et sacs de nœuds.
Le silence des homards.
Y en avait dans les pâtes

Hors série :

L'Histoire de France.
Le standinge.
Béru et ces dames.
Les vacances de Bérurier.
Béru-Béru.
La sexualité.
Les Con.
Les mots en épingle de Françoise Dard.
Si « Queue-d'âne » m'était conté.
Les confessions de l'Ange noir.
Y a-t-il un Français dans la salle ?
Les clés du pouvoir sont dans la boîte à gants.
Les aventures galantes de Bérurier.
Faut-il tuer les petits garçons qui ont les mains sur les hanches ?
La vieille qui marchait dans la mer.
San-Antoniaiseries.
Le mari de Léon.

Œuvres complètes :

Vingt-deux tomes parus.

SAN-ANTONIO

J'AI ESSAYÉ : ON PEUT !

FLEUVE NOIR

Édition originale
parue dans la même collection
sous le même numéro

ISBN 2-265-04757-0
ISSN 0768-1658

A Patrick Siry,
qui assure une partie
de mes rameaux,
Tendrement,

S.-A.

AVERTISSEMENT

En ces temps de chiasserie où les teigneux recrudescentent, me faut reprendre la classique précaution d'usage, qu'autrement ils sont tous à l'affût du raffut avec leur gourdin de justice sous le bras.

Alors voilà :

Les personnages de ce récit, pape y compris, sont tous aussi imaginaires que fictifs, et que tout ce que tu voudras.

Maintenant ne venez pas me les briser.

San-Antonio

La vérité.

La vérité?

Tu la veux, la vérité, dis, pauvre chose?

La vérité à poil. La vérité totale, complète, entière, lumineuse. La vérité sans seulement une feuille de vigne pour se placarder le frifri. La vérité intrésèche. La vérité qu'offense. La vérité dodue, grasse comme cochon empuriné. La vérité hénorme. La vérité qu'on n'ose pas dire, pas croire. La vérité universelle. La vérité de chacun. Celle de mes fesses. Celle qu'est pas bonne à dire. La vérité travestie. La vérité trahie. Les quatre vérités! La vérité qui dépasse l'affliction. La vérité même. Et puis aussi la vérivé qu'est en dessous de la vérité. La vérité du Bon Dieu. La mienne : la réelle! Franchement, tu la veux, la vérité, hé, peau de saucisse? Rien que la vérité, toute la vérité? Bien vrai, t'es sûr? T'es prêt? Tu peux? T'auras pas de regrets?

La vérité en marche?

Bon. Alors en avant... arche!

Seulement je te préviens : tu me croiras pas. J' t'ai imposé ce que, truffes, ils déclarent une image de marque. San-Antonio il est campé au tout jamais dans ta mansarde si basse de plafond. A présent, je t'affirmerais que je suis le roi des cons, tu me croirais plus.

C'est trop tard.

Et pourtant je vais pas m'éterniser, m'immortaliser dans les malentendus, non?

Faut que je me rectifie avant déchets.

Ils me talonnent.

Que je me mette à table. T'informe du textuel de mon cas.

Bon.

Dans trois secondes ça va être lâché. Révélé. Irrattrapable. La vérité c'est que je ne suis pas un homme, mais un Martien.

Un Martien venu survoler votre bande d'oc.

Je m'ai déguisé, camouflé serré. J'ai joué au Terrien tant que j'ai pu à force de bassesses et de conneries, de faiblesses et de turpitudes. J'ai tellement bien manigancé qu'on m'a cru et que par moments, même, je me suis pris pour un homme ! Faut dire que je n'avais rien laissé au hasard, à l'instar (au super-instar) de Jésus qu'a laissé traîner Dieu tout le long de son passage. Miracles et cortèges, c'est pas le genre San-Antonio. Chez nous, à Mars, on nous élève pas en grande pompe dans le culte. Un jour je t'en dirai plus. L'heure n'est point venue.

Ce que je voulais te révéler aujourd'hui, c'était ça, simplement : *je suis un Martien !*

Donc, dis-toi que ce polar innocent représente en fait un événement plutôt inouï sur les bords. La première fois, sur ton globe à la mords-moi le pôle, qu'un individu t'annonce qu'il est martien.

Surtout crois pas que je sois seul.

Y en a autres ! Beaucoup d'autres que tu peux te l'arrondir pour en avoir la liste.

Entre Martiens on ne se fait pas d'arnaque.

Chez nous y a qu'une devise : célébrité-digression.

Si je prends la décision de glavioter le morcif, c'est parce que mon temps est venu. Le temps de quoi ? Tu verras. Tu vas voir. Bouscule rien. Un arbre, on pige vraiment comment il est foutu que lorsque ses feuilles sont tombées ; alors laisse pleurer les miennes, savate !

Et aborde l'époque martienne de San-A. sans frémir. Tu te doutais bien que ça n'allait pas durer toujours sur les mêmes bases, nous deux, dis, banane ? On n'allait pas forniquer de conserve à la petite semaine comme des macaques dans une cage ! Tu t'en serais contenté, ma parole ! Ah, sinistre ! Tu la gaffais donc pas cette minute radieuse où je t'étale la terrifiante vérité ?

Belle comme l'incendie de Publicis *sur les Champs-Elysées, ma lope d'amour ! Car faut bien reconnaître que l'empire au papa Bleustein, c'est quand il a cramé qu'il a été le plus majestueux. Triste à dire, hein ? Y a rien d'aussi textuellement sublime qu'une catastrophe. Bien intense, bien irrémédiable. Féerique.*

Regarde flamber ma vérité. Réchauffe ton incrédulité à ses hautes flammes. San-Antonio est martien.

Je le jure !

T'entends, morpion ? Je lève la main droite, la jambe droite, la burne droite et je te le jure !

Si tu ne me crois pas, doute, au moins.

Et puis pourquoi tu me croirais pas ?

Tu crois bien à la fidélité de ta femme et à l'intelligence de tes chiares !

Mieux : tu crois à ton éternité, lavement !

Enfin te revoilà prévenu et dorénavant plus rien ne sera pareil.

Car je suis martien !

Franchement, on ne dirait pas à me voir...

Hein ?

CHAPITRE « A »

Que je te plante le décor…

Facile : un troquet de Paname, au soir à la chandelle.

La banlieue triste sous la pluie, comme dans une chanson de la mère Piaf. Le taulier, beurré comme toute la Normandie, est allé se zoner. Berthier, sur le coup de huit plombes, il flanche. C'est l'heure que sa tronche a triplé de volume. Sa cervelle ressemble à un édredon crevé dont les plumes sèment à tout va dans des courants d'air laroussiens. Il déclare forfait, le vioque, car il a atteint ses limites. Ça lui prend d'un seul coup, derrière le vieux rade en vrai zinc. Son teint se couvre. Il se met à crépusculer de la trogne.

Pousse deux ou trois hoquets.

Y a du brouillard dans son regard de bourrin fatigué. Il le promène vaille que vaille sur la salle mélancolique, aux tables cirées par les coudes de plusieurs générations d'ivrognes. Puis, d'un geste automatique, il rafle la comptée du jour dans le tiroir-caisse, n'abandonnant que la morniflette. D'un pas funambulesque il gagne l'escadrin menant à sa chambre après avoir clamé d'une voix pyrénéenne : « Je mets en touche » !

C'est le signal.

Au cri, un long lézard verdâtre radine d'on ne sait où, un magazine pour enfant à la main.

C'est Roro, le fils du précédent : un grand con maigre qui serait probablement en sanatorium si Alexander

Fleming avait découvert « Canigou et Ronron » au lieu de ce que tu sais.

Il prend la relève, Roro. La nuit est son royaume. Tandis que le père fait geindre les marches, le fils s'installe au comptoir avec *Pilote* ou *Mickey*. La limonade, il n'est pas tellement doué pour. Mais comme il est doué pour rien, il sert des godets aux attardés en attendant que ça se passe.

Juste comme on se pointe, Béru et moi, ces messieurs Berthier interprètent *la Relève de la Garde*.

Le dabe exit.

Le fils s'arrime au bar avec, variante, un album de *Babar*.

Sa Majesté Béru Ier s'accoude face à l'intellectuel de comptoir et, après l'avoir admiré un instant, demande :

— Dis voir, gamin, tu vas sur tes quel âge ?

Roro lève son nez piqueté de taches rousses et sourit bienheureusement.

— Vingt et un ans, m'sieur Bérurier. Je vote la semaine prochaine pour la première fois.

La face avenante du Gros le mettant en confiance, il ajoute :

— Faut voter quoi, vous qu'êtes intelligent ?

Cet appel direct à sa conscience civique flatte et trouble le Mastar.

Il réfléchit (car, tu le connais : il a besoin de beaucoup réfléchir pour avoir des idées) et déclare doctement :

— Vote donc rouge, pour commencer, gamin. T'auras toujours le temps de blanchir par la suite.

« Et, à propos de rouge, aboule-nous un coup de beaujolpif en catastrophe : j'ai les bielles qui chauffent.

Car le beaujolais c'est la mission du vieux Berthier dans ton monde borné. Sa raison d'être et sociale. On vient chez lui uniquement pour son Juliénas.

Nous gagnons la table la plus proche et on s'affale sur une banquette de moleskine dont le crin tanné par trois millions cinq cent mille culs est devenu plus dur que le béton.

Roro apporte la boutanche réclamée.

Tu devrais voir officier Pépère ! Chez nous, à Mars, qu'on s'hydrate par capillarité, personne pourrait comprendre le cérémonial. On penserait à une forme de coït. La manière que Béru renifle le goulot comme s'il serait taste-parfum chez Guerlain ! L'onction du versage. La nouvelle reniflante avant de porter le verre à sa bouche. Et puis alors, le fin des fins, le panard tout suprême... *The drink!* Il boit, le regard fermé, la bouche en anus de jument. Il boit avec la langue, avec le gosier, le nez, le palais, le panais. Il boit en faisant un bruit de siphonnage. C'est la grande extase éclairée au néon. Clappement de langue. La respiration qui témoigne. Un velours ! Ses papilles gustatives viennent de lâcher la puberté. Il mouille de la menteuse. C'est la botte. La botte secrète ! Il vagine. Gémit longuement, pire que fille comblée.

T'as déjà rencontré de pareilles z'extases, toi, Dunœud ? Moi non plus, jamais ! Même à Mars où le fade se prend par bain de siège.

— C'est meilleur que l'élesdé, hein ? soupire-t-il. D'ailleurs l'élesdé (1) c'est le beaujolais du sobre, comme qui dirait. Vrai ou pas ? J' sus dans les normes ?

— Tu es toujours dans l'énorme, Gros, apaisé-je sournoisement, et avec cette louche jubilation de l'homme cultivé (2) plantant le dard acéré d'une astuce grammaticale dans le dargif d'un analphabète professionnel.

L'horloge du bar, offerte par une grande marque d'apéritif dont je tairai le nom pour ne pas brouiller mon éditeur avec Martini (son préféré) indique approximativement vers 8 h 30. Mais alors tout à fait grosso modo. Tu ne pourrais pas homologuer un record mondial avec c'te pendule-là.

(1) Pour L.S.D. naturellement.
(2) C'est pas vrai : là aussi je fais semblant.

— Ton pote est à la bourre, me semble-t-il ? fais-je observer.

— Il te me semble mes choses, rétorque Béru, vu que le voici. Je compte bien entendu sur tes qualités cérémoniques pour le traiter selon les égards qui lui sont dus au rang. J' sus été en classe avec lui, c't' un fait, n'empêche qu'il est cardinal.

Un monsieur grand et massif, portant un costar gris-curé-en-civil pousse la porte du bistrot. Il a le cheveu taillé court, l'œil minuscule, rond, incisif, fiché très haut dans le visage, ce qui déséquilibre celui-ci. La partie inférieure de sa figure ressemble à la coque d'un bateau vue de face.

Bérurier se dresse, rouge d'émotion.

D'une voix qui tremble, il déclare :

— C't' un grand jour pour moi, cardinal. La présence que vous faites en venant ici dans ce modeste troquet dont heureusement le beaujolais est avec çui de « Ma Bourgogne » le meilleur de Paris me touche profondément en m'allant droit au cœur.

L'arrivant a un sourire empreint de la plus grande simplicité.

— Voyons, Bérurier, dit-il, tu ne vas pas me vouvoyer !

Ces belles paroles mettent des larmes aux cils du Gros.

— Quelle simplicité, balbutie mon ami. Pour clore ce chapitre des convenances, est-ce que je dois t'appeler « Proéminence » et te baiser l'anus-déi, ou bien je peux me permettre de te dire « Tonin », comme au temps qu'on calçait la fille Marchandise, derrière les buissons, en rentrant de l'école ?

Le cardinal a un sourire stéréotypé, cueilli sur le rayon du haut de la cordialité indulgente.

— Je te répète que rien n'est changé, cher Alexandre-Benoît, assure-t-il avec une onction extrême (car, vu son métier, il serait malencontreux de parler d'extrême-onction).

Là-dessus, il attend qu'on nous présente.

Le Dodu s'empresse :

— Si tu permets, Tonin, voici mon supérieur hiéraltique, le commissaire San-Antonio.

Je m'incline.

Le cardinal me présente sa main, à laquelle brille une améthyste grosse comme ton orchite de l'année dernière.

Je baise. Car nous autres, Martiens, on est des baiseurs-nés. Plus on baise, plus on est content.

Satisfait, Béru ferme sa parenthèse.

— Quant en ce qui te concerne, Sana, voici le cardinal Duplessis, avec en compagnie duquel, jadis, j'ai fréquenté tant de riches lieux.

Il pouffe, ayant préparé soigneusement sa boutade et s'en amusant follement, sans parvenir à en épuiser les indiscutables vertus comiques.

— Amène un verre à Monseigneur, gamin, ordonne-t-il à Roro, le gros rouge ça le connaît. Dedieu — oh, j' te demande pardon, Tonin — mais ce qu'on a pu en écluser des litrons à Saint-Locdu, tu te rappelles ? Alors te v'là cardinal, à présent ! Dedieu — j' te demande pardon — qui m'aurait dit ça. Tavais pas la convocation sacerdotale, de mon temps, que je susse ? T'étais toujours le premier à venir au chef-lieu, dans le boxif de la mère Sauveur. Tu grimpais Mado l'Alsacienne, souviens-en-toi : une grande blonde anémique qu'avait du romantisme jusque dans la culotte !

« Tu le sais p't'être pas, mais elle a suivi tes traces, la mère Sauveur. Elle a moulé le pain de fesses pour se retirer dans un couvent de religieuses où qu'elle s'astique le salut éternel. Elle n'en sort que le samedi après-midi histoire de foncer dans un cinoche à crouilles de la Goutte-d'Or pour tailler deux ou trois petits calumets à ces messieurs du Maghreb, manière de travailler son jeu de lèvres ; de se garder un palais, quoi, brèfle ! Mais t'as pas répondu à ma question, ça t'a pris comme une envie de lancebroquer, la religion ? La foi t'a bondi sur le poil comme la vérole sur le bas clergé ? »

Le prélat laisse passer le déferlement béruréen avec beaucoup de résignation.

— Les desseins de la Providence sont imprévisibles, Alexandre-Benoît. Disons que j'ai été touché par la grâce...

— Tandis que moi, c'est la grasse qui m'a touché, rigole l'Enflure. Elle s'appelle Berthe, faudra que je te la présente, un de ces jours. Mais cessons de débloquer, tu m'as dit au téléphone que t'avais des choses graves à me révéler ?

Le sourire avenant du cardinal Duplessis lui tombe du visage comme la bouse tombe de la vache qui chemine.

— Des choses très graves, très préoccupantes, assure Son Eminence.

C'est à moi qu'il s'adresse. Son regard haut perché brille d'un éclat métallique.

— Que pouvons-nous pour vous, mon père ? interrogé-je, afin de l'encourager aux confidences.

L'ennui avec les ecclésiastiques c'est qu'ils confessent les autres, mais ne sont pas bonnards pour se déboutonner eux-mêmes.

— Je ne suis pas en cause personnellement, monsieur le commissaire. Par contre j'ai de grosses craintes pour un personnage plus important que moi.

— Plus important que vous !

— Beaucoup plus !

— Feriez-vous allusion au pape, Eminence ?

— Très exactement.

Bérurier fronce ses beaux sourcils en poils de porc pur fruit.

— Qu'est-ce y arrive à ta Sainte-Paire, Tonin ? Elle s'est coincé la bulle ?

Le cardinal Duplessis s'assombrit tellement qu'il se met à ressembler à une photographie de lui sous-exposée.

— Vous n'ignorez pas, je pense, que Sa Sainteté doit

venir à Paris la semaine prochaine ? nous demande-t-il d'un ton de prêche (Melba).

— Effectivement, me hâté-je, histoire de prouver ma connaissance de l'actualité en gestation, le souverain poncif souhaite s'incliner sur les restes de la bienheureuse Marie Couchtouala, qui vient d'être béatifiée par Rome et dont la canonisation ne saurait tarder.

— Parfaitement.

L'éminence fourbit son améthyste au revers de son veston. Visiblement, elle hésite à poursuivre, ce qui — tu me connais ? — ne fait qu'accroître ma curiosité.

— Messieurs, annonce-t-elle brusquement, parvenue au bout de son indécision, un attentat va être perpétré contre le Saint-Père !

Et zoum ! servez frais, avec un zeste de citron !

Vous parlez d'une douche. D'un bain...

D'un bain de Saint-Siège !

J'ai beau être martien, j'en prends plein le pourtour des badigoinsses. Un cardinal qui vient t'annoncer un tel turbin, à brûle-justaucorps, ça ébranle (Charlotte).

— D'où que tu tiens ça, Tonin ? s'enquiert le Pertinent, de vos services vaticons de contre-espionnage, ou t'aurais eu une apparition de Not' Dame de la Sellette ? A moins que ça soye signé Mâme Soleil ?

— Je suis sûr de mon fait ! rétorque avec force le glorieux « pays » du Gravos.

— Voyons, Tonin, continue de sceptiser Bérurier, qui donc irait chercher du suif au père Six ? J' veux bien qu'il aille déjà eu des petits incidents de parcours en Asie, seulement ça se passait chez des gus pas catholiques du collier. Ici, à Paris, on est en France, jusqu'à plus ample informé, or la France c'est la fille aînée de l'Eglise, non ?

Duplessis joint ses mains prélateuses.

— Quoi que tu en dises, Paul VI sera agressé pendant son séjour à Paris.

— La question spontanée d'Alexandre-Benoît était pertinente, Eminence, intervient ton camarade martien : il est essentiel que nous connaissions la source d'une telle information.

Mais le prince *of the church* secoue sa coque-de-navire-vue-de-face.

— Il ne m'est pas possible de vous le dire, monsieur le commissaire.

— Pourtant, mon père, vous devez comprendre que nous devons agir.

— J'y compte bien.

— Comment interviendrions-nous efficacement, si nous devions nous passer d'un élément aussi important ? C'est en partant de la source qu'on...

Ma source, je peux me la remettre dans la giberne, avec une botte de poireaux par-dessus. J'ai beau fixer intensément le cardinal pour essayer de déballer les couches inférieures de sa pensée, comme l'écrivait récemment naguère la reine Fabiola à son gynécologue, l'éminence reste aussi hermétique que la sortie de secours d'un sous-marin en plongée.

— Monsieur le commissaire, fait-elle (car bien que sans soutane, éminence demeure un mot féminin), je vous demande de me croire sur parole lorsque j'affirme ne pouvoir vous donner l'origine de ce renseignement.

— Secret de la confession, peut-être ? hasarde l'ex-condisciple (beaucoup plus con que disciple) du cardinal.

— N'insiste pas, Bérurier ! répond l'interpellé. Si je préviens les autorités par le truchement d'un ami, c'est précisément pour me dispenser de fournir des précisions.

Là-dessus, l'éminence se lève et déclare :

— Messieurs, j'ai agi selon ma conscience, à vous maintenant d'agir selon la vôtre.

Un grand éclat de rire arrive du rade.

Bérurier apostrophe Roro :

— Qu'est-ce i t' prend, gamin, t'as des vapeurs ?

— Non, c'est Babar qui vient de s'asseoir dans la tarte aux cerises de Céleste, justifie l'hilaré.

Le cardinal Duplessis nous présente sa bagouze. On lui fait un gros mimi.

— Sacré Tonin, va, soupire avec attendrissement le Volumineux, on tuerait un âne à coups de figues mûres avant de te faire dire ce que tu veux pas. Bon, caille-toi pas la laitance : on va te le surveiller, TON pape. Ce sidi, où ce que t'exerces ? J'aimerais bien t'aller surprendre au labeur, un de ces dimanches, afin de mater à quoi tu ressembles, loqué en homard.

— Je n'ai pas de diocèse, déçoit l'éminence, je suis cardinal de curie.

Le Gros se débat un bout de moment avec des idées imprécises.

— M'étonne pas de toi. Ton naturel paysan qui ressort. J'ai idée que l'écurie du pape est moins bien garnie que celle à Boussac. Il n'aurait qu'une mule, à ce que je m'ai laissé dire ?

Maintenant, si tu veux bien, on va procéder à un rapide changement de décor.

La règle des trois unités ? Tiens, fume ! D'ailleurs, chez nous à Mars, l'étalon des 3 unités, c'est le mestouléverdum. *Je t'emmène chez Béru, le samedi suivant. T'as qu'à suivre sans t'occuper du reste. C'est moi qu'affabule. Car il est évident que si on comptait sur toi... Hein ?*

— Ecoutez, madame Félicie, je ne veux pas que vous vous gênassiez chez moi, assure le Mastar. Ça vous ferait-il plaisir que je vous chantasse *Les Matelassiers ?*

Avant que m'man ait le temps de répondre à cette aimable proposition, dame Berthaga vole simultanément : au secours de nos tympans et dans les plumes de son monstre.

— Ah, non ! Recommence pas de beugler comme trente vaches qu'au bout d'un moment tout l'immeuble est en enfer d'essence. Les locataires signent des répétitions comme quoi tu leur masturbes la quiétude dont ils sont en droit d'attendre. Tenez, la dernière fois, la petite voisine du dessous, la Polak, a accouché prématurément.

Ma brave femme de mère qui est, tu ne l'ignores pas, la gentillesse déguisée en vieille dame, propose un moyen terme : Béru n'a qu'à chanter *mezza-voce,* ainsi il nous régalera les trompes sans troubler les grincheux du voisinage.

Mais le dragon insurge. Fait valoir qu'on ne peut compter sur « l'à-mi-voix » avec son Mammouth, dont le naturel bruyant revient au galop à peine que chassé.

Elle vitupère durement, Berthy, en découpant sa tarte à la rhubarbe. Elle conclut toujours ses repas à grand spectacle par une tourbe-rhubarbe (à papa) car, explique-t-elle chaque fois, la rhubarbe (15 pour moi) fait « aller du corps ». Elle est farouchement partisane (bien qu'elle emploie *partisante*) des laxatifs naturels, Mme Bérurier. Les stimulants chimiques l'inquiètent. Elle les répute engendreurs de lésions malignes, enflammeurs d'anus. Ce qu'elle préconise, Mâme Purgon, c'est une souplesse intestinable de belle origine, sans détours. La chiasse par les plantes souveraines. Alors elle préfère la bourdaine aux orchidées. Elle prétend qu'une vie « chiotteuse » bien réglée, c'est LA recette de l'équilibre physique et, partant, du bonheur terrestre. La personne capable de déféquer sans problèmes est conditionnée pour affronter la vie, la dominer. Elle pousse plus loin, la Bérurière : elle dit que la gastronomie commence *par où qu'on croit qu'elle finit,* car, sans une parfaite évacuation il est impossible d'engranger dans le plaisir. Selon elle, la devise des grands cuisiniers devrait être : « Chiez, nous ferons le reste ! » Alors, bonne âme, elle prépare à ses convives des lendemains dégagés, déblaie leur horizon vespasien en assurant une parfaite combustion aux mets qu'elle leur prodigue. Une sainte. Dont l'effigie mériterait d'être imprimée sur papier hygiénique satiné. Sainte Berthe-de-la-Purgation, Notre-Dame-des-Gogues...

Devant le veto formel de sa houri, Béru renonce au *bel canto* pour se rabattre sur des considérations professionnelles.

— A propos, t'as causé au Vioque de mon pote le cardinoche ?

— Tu sais bien que le grand frisé est au congrès international de la Police à Washington ! Mais j'en ai touché deux mots au dirlo de la D.S.T.

— Caisse île en a dix ?

— Pas grand-chose. Il a cru à un quelconque radotage de vieux prélat.

— Vieux prélat lui-même, t'y as pas précisé que mon aminche est dans toute la fleur de la force de l'âge ?

— Si, mais il ne m'a pratiquement pas écouté.

Le Mahousse vrille sa puissante poitrine d'un index qui ne surprendrait personne à l'étal d'un charcutier.

— Quand Sa Majesté le pape se sera fait rectifier, y s' mordra les salsifis jusqu'aux clavicules. Mince ! si on n'ajoute pas du foie à la parole d'un cardinal, qui est-ce qu'on écoutera ? Y a des retraites anticipées qui se perdent, gars. Voir prendre un cardinal pour un radoteur, ça te décourage d'être catholique. Et un cardinal natif de Saint-Locdu-le-Vieux, par-dessus le surcroît !

Je regarde flamboyer sa colère de saint-locducien catholique-romain ulcéré. Il est beau et con comme un feu d'artifice, le Gros.

Je te parie les œuvres complètes de Jack London contre celles d'Albert Londres qu'il va me parler de démission avant longtemps.

Tu paries ?

Non ?

Ben t'as tort, car t'aurais gagné, minable ! Béru n'a pas l'occasion de poursuivre, vu que miss Marie-Marie, sa musaraigne de nièce, rapplique avec la boîte de Voltigeurs que Tonton l'a envoyée quérir.

— Du temps que j'étais au tabac, j'ai rapporté *Fransoir* annonce-t-elle, car je suis les bandes dessinées, espécialement *Juliette de mon cœur* que je regrette de ne pas avoir été née au début de son commencement.

Elle se juche sur les genoux de ma chère Félicie et déploie le canard sur les assiettes à dessert sans plus attendre. Le temps de compter jusqu'à deux elle a pris connaissance de son feuilleton, dont le texte aujourd'hui est cependant particulièrement copieux, puisque sur le premier dessin René s'écrie : « Mademoiselle Monique, je suis stupéfait. » Et qu'au second et dernier dessin, Monique répond « Non ? » avec, tu l'as remarqué, malgré ta sottise congénitale et ambiante, un point d'interrogation.

Soudain, dans la chambre des Bérurier, contiguë, Antoine, le mouflet qu'on a recueilli, m'man et moi, se met à gazouiller tout ce qu'il sait. C'est une nature, ce chiare, comme tu ne peux pas te figurer, hé, fifre !

— Toujours content, Toinet. Tu l'entendras jamais râler. S'amusant d'un rien.

— Vous permettez que j'alle l' lever, m'man Félicie ? demande la souris des champs.

Les fillasses, faut toujours qu'elles jouent à la poupée, tu noteras. Et ça leur passe jamais. Même qu'elles ont le prix Cognacq, elles continuent leur jeu. Même vioques avec les petits-enfants... Une vraie marotte. Elles pouponnent pas : elles poupettent.

— Mais oui, va, ma chérie, consent ma brave femme de mère.

— Laisse-le pas tomber, surtout ! recommande dame Berthe en répartissant ses rhubarberies.

Je ramasse le journal que la pie-vagabonde a fait choir en s'envolant. D'un œil blasé je parcours la première page, manière de m'informer les derniers grabuges terrestres. J'ai beau être martien, je ne peux me désintéresser complètement de vos turpitudes.

C'est la « Une » passe-partout.

La « Une » pour journée creuse.

Tu lis : « Nixon, Incendie, Pollution. »

De la misère tout-venante, quoi. Du malheur au petit

trot. Votre Terre qui s'abîme comme un fruit oublié sur l'étagère d'une cave.

L'homme en désagrégation, accomplissant ses petits forfaits quotidiens. Si ce n'est toi... Pardon. *Si ça nettoie, cède donc ton frère !*

Un fou tue un contrôleur de la R.A.T.P. à la station Max-Corre.

Une photo floue illustre. Est-ce le meurtrier ou sa victime ? Je ligote la légende (des siècles). Il s'agit du contrôleur. Au moment que la rame entrait t'en gare, un individu l'a propulsé d'un grand coup d'épaule sur le ballast « avant de se perdre dans la foule ». Classique. Déjà vu... Rituel. Pourtant, quèque chose me tarabuste. Je mate le portrait de l'écrabouillé. Pourquoi, tu m'écoutes, lavasse ? Pourquoi me dis-je aussi textuellement *qu'in extenso* ceci : « Cette photo date au moins de dix ans » ?

Curieux, comme réflexion, non ?

Un mec que j'ai jamais vu ! Je mate sa frime. Je décide qu'il s'agit d'un vieux clicheton. Pas banal, non ? Je veux bien qu'avec moi t'as l'habitude. Mais quand même...

Si je trouve que la photo est vieille, c'est donc que, contrairement à ce que je pense, ce contrôleur ne m'est pas inconnu ? Le nom du gus va p't'être m'éclairer ? Je passe à l'intérieur du baveux pour lire la narration détaillée.

Et je tressaille.

Mais chez un Martien aussi bouillant, le tressaillement équivaut à un sursaut, t'es bien d'accord ?

Sursauter, lorsqu'on tient un journal de ce format déployé, produit un bruit familier aux édicules publics modestes qui proposent à leurs usagers un papier qui l'est également (1).

(1) Si ma phrase te paraît biscornue, t'as qu'à la récrire à ta manière, je m'en tartine le coccyx à la gelée royale. En tout cas, compte pas sur moi pour la refaire : ma crampe de l'écrivain m'empêche de marcher, tout comme elle empêche de voler l'albatros.

— T'as touché le tiercé, mec ? demande le Mafflu.

— Dans le plus grand désordre, rétorqué-je. Visionne un peu ça, Béru.

Et de lui montrer la bouille du contrôleur.

Le Volumineux considère l'image, sourcils au garde-à-vous.

— Tu reconnais ce monsieur ?

Il fait l'amou (pas le guet).

— Eh ben, pour tout dire, voilà, déclare le Sansambageur, je reconnais sans reconnaître, tout en reconnaissant sans me rappeler qui est-ce. Sûr et certain, j'ai rencontré ce pèlerin, seulement te dire z'où et à quelle époque, c'est macaque-bonnot.

— Lis son blaze, ça te reviendra peut-être ?

Docile, mon espèce de gros confrère suit mon conseil :

— Antonin Duplessis...

C'est, avec une poussière de retard, la commotion, la bramante.

Il gutture :

— Mon ami le cardinal ! ! !

— Plus jamais en chaire, et pas tout à fait en os, oraisonfunébré-je.

Bon, ça suffit pour l'appartement des Bérurier, je t'emmène à la morgue. Oublie pas d'enlever ton bitos en entrant, surtout !

C'est rare, un cardinal contrôleur de métro, tu ne trouves pas ?

J'en fais la remarque au Bovin en cheminant à son côté (1). Le préposé de l'institut médico-légal propose aimablement. C'est un grand garçon sympa portant au poignet gauche une montre en nickel pisseux (vous le

(1) Je lis souvent l'expression « Cheminer à SES côtés ». C'est connard : on ne peut marcher que d'un côté d'un type, non ? Chez nous, à Mars, on exprime beaucoup plus correctement que chez vous autres, les melons.

reconnaîtrez facilement : il a toujours un cadavre dans les bras).

— Par ici, m'sieur-dame ! nous invite-t-il en poussant une porte peinte d'un beau gris d'éléphant malade. (Tiens, à propos, je voudrais bien savoir si les éléphants ont la pelade ? Tu le sais, toi ?)

M'sieur-dame ! Béru et mézigue-pâte... Marrant, hein ?

La force de l'habitude. Le gars de la morgue a vu rappliquer tant de gens venus en ces sinistres lieux « reconnaître le corps ». Des apeurés qui s'étayent mutuellement le chagrin.

Un long bac coulisse sans faire plus de bruit que celui où ta gonzesse remise ses légumes dans le bas de ton frigo (à tempérament).

Et Son Eminence nous est servie.

Bien fraîche, bien parisienne. A poil, bien entendu, comme le sont tous les clients de la pension.

Il est dans un triste état, le « cardinal ». Tu penses : une rame de métro, faut se la respirer !

— Pas d'erreur, c'est bien Tonin, balbutie le Détonant.

Nous nous devions de vérifier la chose afin de balayer les incertitudes les plus infimes comme les plus ultimes.

Le prélat se prélasse dans sa bassine. Il a le bras droit dans le prolongement du corps, le gauche entre les jambes, la tête ouverte par-derrière, le pied droit sous l'aisselle droite, le gros côlon dans un sac de plastique en compagnie de ses roustons, de son foie et d'une partie de son pancréas. Si ta mégère est enceinte lui laisse pas lire ça, sinon elle risque d'accoucher d'un machin qui te ressemblerait, compote !

— Ça n'a pas dû être joyce de le déloquer ? fais-je au morgueman.

— M'en parlez pas : une vraie opération chirurgicale, m'sieur le commissaire. Alors lui il était vraiment à prendre avec des pincettes !

Le joyeux drille s'esclaffe.

— Tu es certain que ton ami Duplessis n'avait pas de frère jumeau ? questionné-je au Gros, manière de disperser mes dernières poussières de doute.

— Absolutely, mec, répond vivement le Mastodonte. Il avait juste une frangine : Julie, que tous les gars de Saint-Locdu ont grimpés comme un cerisier, y compris misteur Bérurier ton serveur. J'ai pas voulu rappeler la chose à Tonin, l'autre soir, par égard à son grade de cardinal...

— Tu ne crois pas qu'il sentait un peu le travelo, ton cardinal ?

Le Thérapeute hoche sa belle tête de penseur-qui-ne-pense-plus.

— J'avoue que je baigne dans le sirop de mystère, Sana. Pourquoi il nous aurait chiqué cette comédie au troquet ?

— Je ne suis pas loin de penser que le dirlo de la D.S.T. a raison : l'araignée au plaftard, mon chérubin. Il charançonnait de la tonsure, le Richelieu du pauvre.

— Il avait l'air d'avoir de la culture, pourtant ? objecte cet homme de bien qui en est si totalement privé.

— Tu sais, la culture c'est comme la confiture : moins on en a, plus on l'étale. Si tu veux mon avis, Duplessis était bien un détraqué faisant de la folie mystique.

Mais l'Empereur des glands ne se tient pas pour battu :

— On l'a tout de même buté, non ? Or on ne bute pas n'importe qui sans raisons...

— Si : lorsqu'on est fou.

— Dis voir, ça ferait un épis démis de dingues, alors ? Le meurtrier, sa victime... Tout le monde jojo, et allez donc !

— Coïncidence.

— Tu vas au plus court, toi ! hargnise le Musculeux.

Il se mouche bruyamment, constate qu'il avait omis de sortir préalablement son mouchoir et glisse une main pas racontable dans sa poche, manière de se débargougner les phalangettes à l'hypocrite.

— Ecoute, m'emporté-je, il se peut bien sûr que je me goure, mais c'est une hypothèse qui se tient. Hier, un fou s'est rué sur un contrôleur à la station de métro Max-Corre. Chaque fois ce genre de drame se produit.

— Afteur?

— Ledit contrôleur de son côté entretenait une folie mystique, c'est une chose concevable, quoi, merde!

Le Fabuleux ne répond pas. Il décide de faire « conviction à part ». Tu verrais sa frime sinistre, tu l'arroserais d'essence et t'y flanquerais le feu!

Plus pour me persuader du bien-fondé de mon exposé que pour tenter de le convaincre, je continue :

— Maintenant, le personnage de Duplessis se clarifie pour moi.

— Y a d'abord fallu qui soye en morcifs! T'aimes jouer au meccano, gars.

Ignorant le Père Siffleur persifleur, je poursuis :

— J'imagine la vie de ton ami Antonin. Un solitaire. Comme beaucoup de solitaires, refoulés sexuels, il a un dada. Pour lui, c'est la religion. Gavé de lectures théologiques mal assimilées, il se croit cardinal. L'arrivée prochaine du pape qui défraye l'actualité achève de lui tournebouler le mental. Dans son délire il invente un attentat. Se croit chargé d'une mission divine : empêcher l'assassinat du Saint-Père. Alors il se rappelle son condisciple Béru, un as de la police... Il le prévient. Mais, comme sa fabulation est de la fabulation, il ne peut donner l'origine de son information.

— Permettez, Vot' Honneur, m'interrompt l'Antagonique. Si ce serait été un inventeur d'histoires, Tonin eusse inventé une histoire complète. Y nous aurait bricolé une pièce montée sans faire baver le caramel pour nous espliquer l'attentat et la manière qu'il était au courant. Deuxième point, l'avait rien d'un solitaire, mon copain. Faut pas l'avoir vu calcer Mado l'Alsacienne pour croire une ânerie pareille. Et puis, plus fort que tout, je vas t'assaisonner la preuve par 69, mec. Jamais personne n'est devenu pincecorné à Saint-Locdu. Je te dis pas que deux ou trois poivrots bourrés de calva aient pas fait un brin de délirium pour se changer les idées, mais c'était du délirium très mince, Sana. Extrêmement mince, parole !

Et là-dessus, une voix de rogomme, mugissante, caverneuse, à peine féminine, retentit dans le couloir. Comme on s'apprête à informer, nous voyons déboucher une créature qui, si elle n'est pas exactement « de rêve » est, à coup sûr, « de cauchemar ».

Imagine une fille de 1,85 m, ayant dépassé la quarantaine sans mettre son clignotant, rousse au point que Van Gogh, en l'apercevant, se serait sectionné son autre portugaise ; chevaline, braillante, dépoitraillée. Elle a des nichemards énormes qu'on aperçoit comme je te vois à travers les larges mailles d'un corsage à grille, car elle ne porte pas de soutien-loloche, n'en ayant pas trouvé à sa taille, je gage. Elle est maquillée comme une qui s'apprêterait à chanter la *Norma* à l'opéra de Napoli. Elle a une jupe extra-courte sur des jambons fabuleux. Fendue, de surcroît. Un sac à main à bride lui bat les miches. Oh ! ce derche, mon général ! Le ballon d'Alsace ? Une taupinière. Ses yeux cernés de vert, de bleu, de noir, aux cils englués de khôl, ressemblent à ceux d'une poupée pop. Elle hagarde, la souris. Vocifère.

— Je porterai plainte, assure-t-elle. Et pourtant je dégu... les flics ! Je mettrai mes potes sur le coup ! J'en ai beaucoup : des durs, des balafrés. Des qu'ont un casier long comme mon bras. Ça chiera ! On vous déguisera en vaseline, mes carnes !

Un autre préposé de la morgue se tient à l'écart de la tempête, hors de portée des vagues, derrière la digue du cul de madame.

— C'est à quel sujet ? bafouille notre préposé à nous.

— Ta gueule, crevard ! répond la Tornade rousse. Je suis Mme Antonin Duplessis, la femme de môssieur.

Elle désigne les misérables restes du Saint-locducien.

— Pour un solitaire, me souffle le Gros, il se débrouille pas mal, Tonin, non ?

La houri se tait en découvrant le reliquat de son mari dans la bassine. Elle considère, émet un sifflement et déclare d'une voix plus posée :

— Ben ma vache, ç'a été sa fête, hein ?

Bérurier l'affronte, l'œil mielleux, la bouche en sécrétion.

— Ainsi vous êtes l'épouse de mon cher et malheureux ami Tonin, maâme ? Permettez que je me présentasse : Alexandre-Benoît Bérurier, natif comme lui de Saint-Locdu-le-Vieux.

La grande jument hennit.

— Ah, c'est vous, son pote le poulet ?

Puis, désignant le cadavre :

— Vous avez vu comme ils me l'ont réparé ? Lui qu'aimait tant les déguisements, travesti en hamburger, ça lui manquait...

Ayant trouvé une épitaphe pour le défunt, elle repart dans sa colère initiale :

— Ces mecs de la morgue, c'est voleurs et toutim. Mais je leur ferai rendre gorge ! Y aura du pet. Tiens, vous qu'êtes perdreau, le Gros, vous allez dare-dare leur réclamer mon bien... J' me laisserais pas empailler comme une guenon. La Fernande, c'est pas le genre cave. Pour me fabriquer, faut des dons que ces mouches à viande froide n'ont pas.

— De quoi s'agite-t-il, petite maâme, rondejambe le Formide.

— Il s'agit qu'ils m'ont engourdi la bagouze à Tonin, v'là ce qu'il s'agit ! égosille la mégère. Une bagouze qui valait près d'une honnête estimation plus de cent pions !

— Voulez-vous parler de son améthyste ? interviens-je.

La cavale me toise.

— Comment vous savez-t-il qu'il en avait une ?

— J'ai eu l'honneur de la baiser pas plus tard qu'il y a

trois jours, chère madame. Car, outre ses fonctions de contrôleur du métro, feu monsieur votre mari exerçait également le métier de cardinal, si je ne m'abuse ?

Pour le coup, la voilà domptée.

— Ben, vous m'avez l'air au parfum de toutes ses marottes, dit-elle.

— Donc, sa bague épiscopale a disparu. Je suppose qu'il ne la portait pas pour vérifier les billets des usagers des transports parisiens ?

— Il la conservait dans sa poche. C'est un de ces branle-macchabe qui l'aura fauchée en déshabillant Tonin. On m'a remis ses objets, y avait tout sauf la bague.

On ne peut pas dire que la douleur de la veuve fasse peine à voir. Elle a du ressort, Fernande Duplessis. De l'énergie. L'esprit combatif. Beaucoup de philosophie également. C't' une lutteuse, quoi.

De foire ! Je suis sûr que ça va être passionnant de bavarder avec elle à tête reposée. Alors tu sais ce que je lui propose ?

De l'emmener chez elle.

Et elle accepte.

Suis-nous, tu vas voir. Je sens qu'on va se marrer.

L'éminence créchait dans un immeuble de la rue Gaston-Bonheur (13e arrt), non loin de l'avenue Paul-Kenny.

Un immeuble très parisien, à savoir pas très frais, gris de peau, avec des volets utrilliens dont la peinture s'écaille, une épicerie-charbon à droite du porche et une teinturerie à gauche qui sent le linge chaud et la térébenthine (tiens, v'là un mot, faut toujours que je le cherche sur le dico, à cause de son bon dieu d'*h* que j' sais jamais où foutre).

Le cardinal-contrôleur occupe (ou plutôt occupait car désormais il lui faut moins de place) un petit appartement effroyable au premier étage. Capharnaüm (et

Pompéi). Deux pièces obscures. Une chienlit noire, avec des caisses empilées dans l'entrée, un réchaud à gaz démaillé, des cartes postales punaisées aux murs pour en voiler la sordidité. Des ampoules nues. Du linge sale, en tas, dans les angles. Un lit de fer. Des bouteilles vides ; des fringues accrochées à des clous. Quoi encore ? Ah si, très insolite : un autel. Un vrai, avec le tabernacle, des chandeliers, une loupiote rouge, un énorme livre frangé de signets de soie et un gigantesque crucifix grandeur nature que tu le verrais tu jurerais que Notre Seigneur est en chair et en noces (de Cana) (1) ; même qu'à l'attentivement regarder, t'as l'impression qu'il respire dans la pénombre, Jésus.

— Et tu affirmais qu'aucun Saint-locducien ne saurait avoir des chenilles dans la dure-mère, Gros ? soufflé-je à mon ami abasourdi.

— Essayez de trouver une chaise pour vous boucher le trouduc, les gars ! invite obligeamment Fernande en jetant son sac à main sur le plumard déglingué. C't' un peu le bordel, ici, vu que j'étais en virouze depuis quelques jours et qu' j' sus rentrée ce matin rapport à l'accident de parcours de ce connard. Y avait pas plus souillon que Tonin. Je vous offre un coup de rhum pour vous remettre de la croisière chez les allongés ?

Déjà elle déniche trois verres à moutarde plus douteux que la conscience d'un marchand de voitures d'occasion.

— Vous en prendrez, m'sieur l'Avoine ? elle lance à la canonnade (car elle cause pas : elle tonne).

— Une petite larme, répond Jésus.

Et le crucifié descend de sa croix en exécutant des mouvements gymniques pour se désankyloser.

C'est un petit bonhomme rouquin, à barbiche, avec des cerceaux saillants, des yeux caves, des jambes

(1) Que ça leur a tellement rendu service, les pauvres, de voir Jésus assurer la bouffe. Sans ça qu'ils auraient tringlé le ventre vide, si je puis dire...

maigrelettes, la peau blafarde, et des épaules aussi athlétiques que celles d'un cintre à habit d'hôtel de passe. Il porte un pagne misérable, en tissu nid-d'abeilles (l'abeille doit pas brandir un bien gros dard) et une couronne d'épines en caoutchouc. Il ôte cette dernière comme il ferait d'un bitos et s'essuie le front.

— Une heure trente, annonce-t-il triomphalement, il faut le faire, non ?

— Vous allez voir les résultats, promet Fernande.

— Ça me réussit que c'en est une bénédiction, admet le sieur l'Avoine.

Il nous sourit.

— Avant de rencontrer Duplessis, j'avais tout essayé.

— On peut savoir ce dont il s'agit ? demande ton ami San-Antonio dont la curiosité est un vilain défaut toujours récompensé car il vaut mieux tenir que courir, vu que tant va le cachalot qu'à la fin il se case.

— Je souffre de rhumatismes déformants. J'en étais à des doses massives de Chploafftbigntz qui faisaient saigner mon ulcère à l'estomac, heureusement qu'un jour je me suis mis à bavarder dans le métro avec ce cher Duplessis à la station François-Richard. Spontanément, il m'a révélé ses dons, sa thérapeutique... C'est un homme tout d'une pièce.

— Plus maintenant, dit Fernande en présentant une rasade de Clément au bonhomme. Plus maintenant qu'il a eu droit au traitement *Olida.*

— Qu'entendez-vous par là ? bêle Zébu.

— Tonin est canné, mon pauvre. Une rame de métro lui a passé dessus. Et vous savez, m'sieur l'Avoine, une rame de métro, c'est plus difficile à digérer que des noyaux de cerise.

Le rhumatisant boit son rhum à tisane et se voile la face (alors qu'il ferait mieux de se voiler la fesse, car de la manière imbécile dont il s'est assis en tailleur, je lui vois le fouinzingue comme je te vois).

— Le cardinal, mort !

— Que vous n'avez aucune idée d'à quel point, affirme Fernande.

J' sais pas si cette dame a un amant, toujours est-il qu'elle est tellement maîtresse d'elle-même que ça devrait lui suffire.

— Mais qu'est-ce que je vais devenir? s'exclame charitablement l'Avoine. Et mon traitement?

— Rien vous empêchera de le continuer.

— Vous gardez le cabinet?

Je laisse mon regard panoramiquer sur le décor. Pour appeler « ça » un cabinet, faut vraiment avoir la foi avec le manière de s'en servir.

— Y a pas de raison que je fasse pâtir l'humanité souffrante du décès à Tonin.

— Vous n'êtes pas « investie », objecte prudemment le « patient ».

La cavale explose.

— Et mon cul, il est investi, dis, crevure? Non, mais qu'est-ce il imagine, ce vieux désossé, que c'est les paroles magiques à c't' emplâtre de Duplessis qui lui traitaient son mal? Si tu veux la vérité, son latin qu'il chantouillait en t'encensant, Tonin, il l'avait appris dans les feuilles roses du Larousse. Par contre les massages que je te pratiquais, eux, c'était à l'huile de coude surchoix, t'entends, raclette? Et quand tu t'envolais au fade pendant que mon jules allait en courses, j'étais pas investie, peut-être, dis, apôtre? Allez, fringue-toi et disparais de mon soleil, t'es encore plus sinistre à regarder que ce que j'ai vu à la morgue.

Le petit décrucifié ne se le fait pas répéter. Il saute dans ses chaussettes d'abord, puis dans son pantalon, le tout à pieds joints. Il passe un polo. Enfile sa veste. Gagne la porte en catastrophe.

Fernande le rappelle.

— Et nos honoraires, m'sieur l'Avoine?

— Oh, pardon...

Il dépose un bifton de cinq sacotins sur le couvre-lit. Puis il attend.

— C'est ma photo que vous voulez, ou bien vous espérez qu'on va faire une choucroute? gronde la donzelle.

— Mais... ma monnaie?

— Quelle monnaie?

— J'ai pas eu mon petit traitement, aujourd'hui!

Les hommes les plus timorés, ils exigent toujours leur dû, tu conviendras? N'importe les circonstances. Un sou c'est un sou. Y a pas à en démordre. Rien peut empêcher : ni l'amour, ni la mort (à condition que ça soye celle des autres).

La Fernande hésite. Elle me toise.

— Vous n'êtes pas pressé-pressé? demande-t-elle.

— Non, réponds-je, je suis seulement pressé.

— Ah bon. Alors passez par ici, m'sieur l'Avoine.

Elle pousse l'homoncule vers la pièce voisine, dont on constate, une fois la porte ouverte, qu'elle est une espèce de sacristie (de sapristi). Y a des vêtements qui servent d'auto (pardon : sacerdotaux) à des portemanteaux. Et puis encore des caisses ainsi qu'un canapé qu'on vexerait s'il n'était concave (1).

La porte se referme.

— Non, non, gardez votre pantalon, m'sieur l'Avoine, entendons-nous encore, vous voyez bien que j' suis débordée aujourd'hui, AVEC TOUT ÇA!

Ensuite on ne perçoit plus que des bruits vagues, des soupirs et des recommandations faites à voix basse.

Nous mettons ce temps mort à profit pour faire le point, le Fanatique et moi.

Le déboulé de la grande, de la rougeoyante Fernande dans l'affaire semble l'avoir commotionné de haut en bas, le chéri.

— En somme, murmure-t-il, selon toi, ça consiste en quoi?

J'évasive de la lippe.

(1) Chez nous, à Mars, on rigole de ça. Dans l'ordre de la marrade, ça vient tout de suite après : « Cicéron c'est pas carré ».

— Rectification, Gros, après tout, ton copain n'était peut-être pas si dingue que ça. M'est avis qu'il s'était mis un gentil business au point avec sa luronne. Quelque chose qui se situe entre la religion secrète et le guérisseur avec par-dessus le topo un brin de prostitution pour ajouter quelque poésie à la chose. Il devait recruter ses pratiques dans le métro. Il avisait un petit bougre souffreteux, aussitôt il l'abordait. Ses fonctions de contrôleur lui facilitaient les contacts. L'usager est flatté dès qu'un mec galonné lui adresse la parole. « Ce sont des rhumatismes déformants que vous avez, mon pauvre monsieur? Ecoutez, vous n'allez peut-être pas me croire, mais... » Tu mords le genre?

Bérurier a un sourire vainqueur.

— On n'est pas constipé des cellules dans mon village, tu conviendras?

Je conviens.

Et on attend que le petit bonhomme l'Avoine ait élongué sa crampette.

Ce qui ne tarde pas beaucoup, dame Fernande étant souhaiteuse d'en finir vite et le bâclant à l'envolée.

Il bêle en chopant son panoche, le disciple à feu le cardinal.

Les gens, tu les avises dans les extases, t'en reviens pas de ce qu'ils ont l'air glandu. Ce tableau vivant, qu'ils spasment, qu'ils tentaculent. Le défoutrement, somme toute, c'est laborieux. Ça mobilise l'individu. Dieu merci, chez nous, à Mars, qu'on jouit comme le pissenlit, au duvet vagabond, on ne connaît pas ce genre de tourments. On n'a pas besoin d'aller à la conquête de l'amour : on l'attend. On est continuellement en état d'extase, comprends-tu, noix creuse?

Ici, mes pauvres biquets, vous vous donnez un mal de chien (c'est le mot). L'assouvissement implique une lutte dont les résultats ne sont jamais assurés. Forniquer, pour vous, c'est aussi ardu, mesquin et précaire que vivre. Je sais qu'à mon débarquement c'est ce qui m'a le plus frappé.

Voilà.

Vivement épongé, M. l'Avoine s'en va, avec des glandes refaites à neuf. Il sourit timide, son petit dargeot pincé, le pantalon plein de boursouflures, comme l'était la frime du regretté Lucien Baroux.

— Vouelle, je suis à vous, déclare la grande Fernande en tapotant les mini-plis de sa minijupe.

Elle fait serveuse de bar allemande, là que le mini paraît encore le fin des fins de la polissonnerie. Elle s'assoit dans un machin qui a dû être un fauteuil à sa création, mais qui n'est plus qu'un truc en démolition.

On lui voit le mécanisme jusqu'à l'essieu car elle n'a pas pris le temps de renfiler ses collants. Voilà qui fournit un objet (volumineux) de méditation au Convulsé, lequel s'abîme corps et bel et bien dans une contemplation farouche de la chose (en anglais : *the thing*).

— M'est avis, empetercheyné-je, que vous aviez mis au point une gentille combine, avec Tonin, non ? A cinq sacs la crucifixion, ça doit laisser du bénéf, une fois l'encens payé ?

Elle fronce les sourcils pour me darder contre un regard pas facile.

— Rassurez-vous, m'hâté-je, nous n'appartenons pas aux polyvalents, et je me dois de préciser que nous nous trouvons chez vous à titre purement amical. Vous saviez que Tonin avait contacté l'inspecteur Bérurier ?

— Il m'en avait parlé, oui.

— Que vous avait-il dit ?

— C'était rapport au terrain de leur bled, non ? Je crois qu'ils ont des lopins mitoyens. Tonin voulait acheter un bout de Bérurier car il mijotait de faire bâtir à Saint-Locdu en prévision des vieux jours. Tu parles que ça ne me bottait guère parce que moi, un patelin pareil au bout de huit jours j'y serais devenue neuneu.

— Il a ses charmes, bredouille l'Héroïque sans perdre de la prunelle ceux de notre interlocutrice.

— Ah mouais ? rugit la lionne. Ben mon pote, s'il en a je vous en fais cadeau !

Moi, mon gamin, confidentiellement je peux t'avouer qu'à l'instar de Fernande, Saint-Locdu j'en ai rien à branler. Aussi reviens-je à mes moutons, lesquels sont d'une autre région.

— Il ne vous a pas parlé du pape ?

La grande cavale déglutit.

— Comment, le pape ? Quel pape ?

— En existe-t-il plusieurs, douce amie ?

— Vous faites allusion à celui de Rome ?

— Au pape, quoi !

— Pourquoi m'aurait-il parlé du pape ?

Soudain, Mme veuve Duplessis part d'un rire peu compatible avec son récent veuvage.

— Oh, à cause de son rôle de cardinal ? Vous n'y avez pas cru, j'espère ? C'était une idée à lui. Il se fringuait en rouge pendant ses séances, ça impressionnait le malade. Parce que vous savez, il n'avait pas tort, Tonin : tout est psychique. La plupart des gens ont leur mal dans le citron et non ailleurs. Neuf fois sur dix, si tu frappes leur imagination, si tu leur affirmes qu'ils sont en train de guérir, eh ben ils guérissent ! Les toubibs dont la plupart ont tendance à être aussi psychologues que trois poils de fesse collés sur un papier ne se rendent pas compte de ce qu'ils ratent comme miracles. Ils posséderaient un rien de chou, Lourdes aurait fermé boutique depuis longtemps. Tonin, lui, après des années à végéter, voilà qu'il se découvre un jour un don de guérisseur. Connement. Un copain du métro qui démarrait une angine. Mon homme lui dit : « Bouge pas, je vais te la soigner. » Il lui file les mains autour du cou en plaisantant. Il les retire. L'autre pomme se déclare guérie. Me rappelle plus comment la pensée lui est venue, à Tonin, de mêler la religion à ça. Une vieille toquée, je crois, qui l'appelait « mon père » et assurait qu'il avait la main divine. De fil en aiguille, on en est arrivé là...

Elle désigne l'autel surmonté de la grande croix disponible aux bras de laquelle pendent des manettes de cuir barbotées dans le métro.

— Vous avez beaucoup de clients ?

— Pas des masses. Il était méfiant, Tonin, il avait peur que son petit commerce soit découvert, sa devise, à lui, était *chi va piano va sano,* aussi ne traitait-il qu'un ou deux malades à la fois.

— Et vous, dans le tableau ?

— Quoi, moi ?

— Votre rôle ?

Elle prend un air apitoyé.

— Faut vous faire un dessin ?

— Vous paracheviez les guérisons, en somme ?

— Moi, je me suis toujours plus ou moins expliquée, avant Tonin, déjà je marchais en amazone avec une copine voiturée. On faisait la porte Maillot, en lisière du Bois. Si je vous disais, maman, autrefois, travaillait dans la galanterie. Pendant la guerre, elle était en boîte, à Casa : on constitue pratiquement une dynastie de pétasses.

Ça paraît l'amuser et aiguiser sa fierté.

— Pardonnez-moi la réflexion que je vais vous faire, Fernande, mais il me semble que la mort de votre mari ne vous affecte pas beaucoup.

Elle hoche la tête :

— Je ne suis pas une truqueuse, en dehors du boulot, tout au moins. Non, le Tonin, c'était un faux malin, l'esprit baderne, malgré ses petits coups fourrés. Il se prenait au sérieux, croyait doucement à sa mission, si vous voyez ce que je veux dire ? Mais surtout c'était un timoré. Rien que le fait de garder sa place au métro, à cause de la retraite ! Dites, y avait pas de quoi se poignarder le prose avec une andouille ? La retraite ! En plus cradingue... Vous pouvez le constater. (Elle désigne le décor du « cabinet ».) J'avais depuis longtemps repris ma vitesse de croisière, et je ne venais plus ici que pour les séances, professionnellement, quoi !

— Vous ne divorciez pas ?

— Quelle idée ! Ç'avait déjà été assez glandu de se marida. Vous croyez encore à ces conneries, vous ?

— Avait-il des ennemis ?

— Lui ? Un beurre !

— Des clients déçus, par exemple, sur lesquels le « traitement » aurait été inopérant ?

— Il savait les choisir, car n'oubliez pas qu'il les choisissait. De ce fait, on n'a jamais eu d'échec. Vous venez de voir m'sieur l'Avoine ? Eh ben, c'est le style du reste. On risquait rien avec des pommes à l'huile de ce gabarit, admettez ? Des cloches qui ont besoin de surnaturel, c'est du loukoum ! C'était nous ou le mage Trucmuche des petites annonces pour ces ramollis.

— Pourtant, ma belle, votre bonhomme a bel et bien été assassiné.

— Pensez-vous ! Les témoins se sont monté le caberlot... Il s'agit d'une bousculade. Qui donc serait allé flanquer le Tonin sur la voie ? Si, un fou, à la rigueur...

— Où vivez-vous ?

Ma question en forme de volte-face la déconcerte.

— Qu'est-ce que ça peut vous fiche ?

— Supposez que j'aie des choses à vous dire ?

La veuve du cardinal a un geste en chasse-mouches, genre l'ambassadeur de France époussetant la frime du bey de Tunis.

— Je crèche à l'hôtel *Belcrampe*, rue de l'Amiral René-Cossu.

— J'aimerais en savoir davantage à propos de l'améthyste disparue.

Pour le coup, elle se met à grimper à l'échelle de sa rogne, comme une grenouille exécutant une prestation de beau-temps-probable.

— Ah, oui ; bravo ! Reparlons-en ! Un coup des types de la morgue. Au moment du décarpillage, vous parlez qu'ils se la sont annexée facile, la bague de mon bonhomme. Un caillou pareil !

— D'où la tenait-il ?

Fernande hennit comme une jument qui va se faire escalader par un étalon à une brique la saillie.

— Il la tenait de ses économies, mon vieux, tout culment. Il l'avait achetée chez un antiquaire. Tonin, en vrai péquenot, aimait les valeurs solides : l'or, la terre, le bestiau. Son caillou joignait l'utile au placement.

— Et vous dites qu'il la conservait dans sa poche ?

— Pendant son service, oui. Je lui avais cousu une petite pocket à fermeture Eclair à l'intérieur de la poche normale, ce dans chacune de ses vestes. Un vrai prudent. C'est pourquoi il ne faut pas me vendre de salades comme quoi la bague a été perdue. On l'a volée. Vous entendez, les flics ? Volée !

Un silence suit.

Crépitant de colère chez Fernande. Huileux de méditation chez nous, les deux messieurs.

C'est Béru, dont l'intense mutisme finit par dégager quelque chose de fascinant, qui prend sur soi de le rompre.

— Sana, me dit-il, pardonne-moi de m'excuser, mais j' sus parti sans artiche, tu pourrais pas me prêter cinq sacs ?

Vaguement surpris (peut-on l'être beaucoup lorsqu'on connaît et subit des lubies béruréennes depuis des années ?) je lui tends la coupure souhaitée. Il la rafle prestement et enchaîne en la promenant comme un flacon de sels sous le pif tumultueux de la donzelle :

— Dites-moi, ma petite grand-mère, du moment que j' sut-ci dans un titre purement amical et compatriotique, vous voulez bien que nous passassions dans la turne à côté, vouze et moi. Y a quéque chose dans votre histoire de traitement que j'aimerais approfondir.

Bon, alors que je te dise : ils vont dans « la sacristie ». Le Gravos pousse sa bramante des grands jours. Moi, during this time *(comme disent les Anglais qui parlent mal le français) j'en profite pour fouiller le logement. Et je dégauchis un carnet à couverture noire (t'as rien à branler de ce détail mais j' te le donne quand même pour te prouver que j' mens pas) recelant la comptabilité occulte du défunt cardinal Duplessis. Les noms et adresses de ses chers « malades » y figurent. Intelligent comme je suis, t'as déjà pigé que ce document va m'être utile et tu trouves naturel que je l'enfouille. Parfait.*

Béru ressort, l'œil brouillé et le futal en instance de K2R. On quitte Fernande. Dans l'escadrin, le Glandulеux me dit maussadement : « Une pute, c't' une pute, jamais la technique remplacera le sentiment. » Ce qui est profond de sa part, hein? Alors, pour le coup je te vas finir ce premier chapitre là-dessus, parce qu'en fait, hein, un chapitre, lorsque t'és un grand romancier, si tu le bâcles pas sur un coup de feu ou une porte qui s'ouvre en grinçant, t'as intérêt à le conclure sur un bon mot.

En somme.

Non?

CHAPITRE « B » (1)

— Je vous demande pardon, monsieur, vous ne seriez pas Napoléon III ?

Badinguais (c'est écrit sur sa porte en cuivre et en gothique) me décoche un sourire ultra-bienveillant.

— L'un de ses descendants seulement, par une branche bâtarde, s'humilie-t-il.

Et il nous fait entrer dans un logement de vieillard solitaire plein d'odeurs rances, de chats pelés et de souvenirs ébréchés. La vie d'un vieux tout seul, c'est un drôle de purgatoire, tu ne trouves pas ? Ça ne ressemble plus à rien. C'est de la décomposition au ralenti. Un naufrage dont tu suis l'engloutissement. Au lieu de faire de l'eau, il fait du néant, le vieux type. L'éternité l'empare parmi ses pouillleries lamentables. Les gens sont tartes de s'acharner à conserver des objets. Chaque dix ans, au plus (et au moins) faudrait détruire ou bazarder ce qu'on a. Faire peau neuve tant mal que bien. Régénérer l'environnement de manière à s'appuyer sur du neuf, du sans passé, du sans mémoire lorsque arrive le temps de la radote... Mais non, ils fétichent en troupeau, et leurs délabreries les enfoncent. Les contaminent. Ils s'encroûtonnent pieusement, se

(1) T'as vu comment qu'il était long, mon premier chapitre ? Plus je vais, plus je deviens copieux. Si je continue sur cette lancée, arrivé au chapitre « Z », te faudra un treuil pour remettre ce bouquin dans ta bibliothèque.

patinent, pisseusent, bancalent, ravis, on dirait, de se muséer dans des torpeurs insanes. Le cocon lentement sécrété ne contient plus que de la moisissure. Bye bye la belle soie à faire rutiler les rondeurs de mesdames nos dames. Pourri, je te dis. Tout : poussière puante. Qu'à la fin, il ne reste plus d'eux qu'une dégueulasse odeur qui tarde à s'engloutir.

Donc Badinguais...

Aimable débris avec la bouille d'un Napoléon III qui aurait vécu aussi vieux que sa bonne femme. Il est le dernier client de Duplessis, nonobstant m'sieur l'Avoine. Le dernier de la liste, toujours est-il. On a fait la tournanche des autres. Partout, nous n'avons rencontré que des absents (aux dires de Bérurier, dont les formules tout comme les asticots font mouche). Ils sont canés, mourants ou en hospice, les miraculés du cardinal. Pas téméraire, il ne s'est lancé que dans le vioquard bien mûr, bien blet, à bout de déclin.

Mais enfin, le dénommé Badinguais existe encore.

De son mieux.

Dans son gourbi, des portraits en couleur de la famille impériale nous regardent entrer avec des mines grises de fantômes dérangés. Y a là le père Trois, l'Eugénie, et leur petite crêpe de Napoléon Quatre, çui qu'est allé se faire rectifier comme un con par des Canaques qui, au demeurant, ne lui demandaient rien.

— Asseyez-vous, messieurs...

Les chaises Henri II sont d'époque, de celle de leur propriétaire, ce qui est grave pour elles. Béru en taste deux ou trois d'un derrière prudent avant de confier son postérieur à la plus vaillante.

— Ainsi donc, vous venez au sujet de ce brave Duplessis ? demande le vénérable bonhomme d'une voix pareille à de la purée qu'on laisserait tomber de haut.

Je remarque qu'il a de l'anomalie dans le râtelier : ses molaires se trouvent placées sur le devant, à la place des incisives. Probable que son dentiste doit avoir son âge ou bien qu'il a voulu réparer soi-même son usine à croque un jour qu'il avait fait choir en criant « Vive Pétain ».

— En effet, dis-je. Nous sommes journalistes et nous faisons une grande enquête sur ces gens que Dieu a dotés du don de guérir.

— Quelle merveilleuse idée ! illumine Badinguais. Vous écrivez pour quel journal ?

— *France-Figaro Libéré Soir*...

— Je connais.

C'est un net avantage qu'il a sur moi. J'enchaîne en essayant de détacher mon regard de Mme de Montijo qui, sur ce portrait, est moche comme un derrière gratté à deux mains :

— Nous recueillons avant toute chose des témoignages sur les malades soignés par le cardinal, comprenez-vous ? Et vous fûtes l'un d'eux, n'est-ce pas ?

Il mouillerait s'il le pouvait, le fossile. Mais ses glandes n'ont pas de sécrétion pour lui.

— Vous voulez dire qu'il m'a sauvé.

Et il nous raconte sa chmoltzie-purulente-en-plaques que rien n'avait pu guérir. Pourtant il avait tout essayé, le père Badinguais : la pierre écarlate de l'Inde, le bois sacré de Sumatra, l'imposition du fakir Gîskâr, Lourdes, l'eau éblouissante de Mme Anita, et même il avait consulté un médecin du quartier. Le salut devait lui venir par Duplessis. Un saint, cet homme.

On bavasse. Je l'interroge sur le traitement. Sur la participation de la grande Fernande. Sur l'argent qu'il a dû débourser. Il répond aux questions spontanément

De la conversation, il ressort que les activités de Duplessis restaient très artisanales. Elles n'étaient pas licites, sans doute, mais n'avaient en tout cas rien de bien méchant. Dans la mesure où elles apportaient une diversion à la grisaille de ces vieilles existences, dans la mesure où elles y déversaient l'espoir et une certaine forme de bonheur, elles étaient plutôt positives, tu trouves pas ? Il épongeait raisonnablement ses vieillards, Tonin. Ne leur becquetait pas le smic sur le dos. D'ailleurs il marnait dans le petit rentier plutôt aisé. Il savait le retapisser, comme le chasseur différencie un canard sauvage d'un corbeau domestique. Ils étaient ravis de s'offrir des séances délicates, les gentils recroquevillés. Et puis, quoi, le pognon doit circuler. T'as déjà vu un corbillard transporter un coffre-fort, toi ?

Tout en causant, je m'interroge moi-même. J'ai ce don du dédoublement de la pensée. Je parle à un croquant, mais tout en drivant la converse, je continue mon petit ménage mental. Et je me dis tu sais quoi ? Que plus l'activité marginale du « pays » au Gros se dévoile sans conséquence, plus je suis persuadé qu'on l'a bien buté délibérément et que ce qu'il nous a révélé au troquet du père Berthier à propos du pape en danger EST EXACT !

T'as bien lu ?

V'là soudain que, tel Euclide, je suis dans mon élément (1). Mon scepticisme du départ fait place à une angoissante certitude. (Ce que je m'exprime bien. Un jour, je devrais essayer d'écrire.)

Pourquoi cette volte-face ? T'y piges quelque chose, toi, avec ta cervelle farineuse ? On dirait que mon odorat de flic se remet à fonctionner. Et ça m'a pris soudainement, en pénétrant dans le logement du papa Badingoche. Tiens, quand l'impérateuse Eugénie m'a filé cette vilaine œillade, vzoum ! le courant s'est mis à passer. C'est pas commun, non ? Un prodige, dans son genre, tu crois pas ? P't'être que je prends du don, à fouinasser dans cette histoire. Un de ces quatre je te vas soigner les écrouelles, moi aussi. La pogne sur ton ulcère et je t'évite la laparotomie ! Bravo, San-Antonio ! Une main de masseur et le culot d'un zouave. Je peux espérer des surlendemains qui vocalisent. Tu radines avec ta chaude lance, je te flatte Coquette et te voilà paré pour une lune de miel aussi pure que le Sirop des

(1) Ça, c'est seulement pour les érudits.

Vosges. J'ai des rayons « X » dans l'épiderme. J' sus le mec plus ultra (violet).

Comme tous les croûtons qu'on écoute, le vieillard parle. Nous constituons son aubaine du mois.

Bérurier bâille comme s'il lisait du Corneille.

— Et à part ça, coupe-t-il brusquement, y a longtemps que vous n' l'avez point vu, Duplessis ?

Ecoute, tu vas pas dire qu'il est pas inspiré, lui aussi dans son genre ? Pourquoi cette phrase banale lui vient-elle en bouche tout de go ? Je veux bien qu'elle soit normale et s'inscrive dans le contexte de notre conversation, comme dirait un causeur U.N.R. Mais Pépère l'a balancée comme on tire un penalty : en force, dans la lucarne. Le prolongé se tait, nous regarde, puis clapouille :

— Bé... hier...

Dis, l'abcès, qu'est-ce que j'étais en train de te bonnir à propos de mon instinct survolté ?

Il est pas doué, le San-A. pour l'extra-lucidisme ? C'est pas de l'onde courte à l'état pur, ça ?

De la télépathie (sans laisser d'adresse) ?

— Quoi, hier ! blokpounte le Gravissimo.

Tu juges de sa stupeur, hein, Quart de Brie ?

Et de la mienne !

Il l'a vu hier ! Or, hier, Duplessis est mort.

— Quand diantre l'avez-vous rencontré et où ? Hein ? Où ? HOU ?

Ce que tu lis ci-dessus, c'est ton pote Sana qui l'hurle. Et le distingué Alexandre-Benoît Bérurier, le surhum de la Jamaïque, celui qui remplace le *bird* (comme disent les oiseleurs britanniques) de reprendre en canon : « Quand et où ? Quand et où ? » si fort, si vite qu'on croirait un employé des chemins de fer chinois annonçant une station : « Kantéhou ! Kantéhou (tout le monde descend).

Chose pratiquement bizarre, le gentil vieillard se trouble. Il bredouille. Son râtelier patine. Il paraît prendre peur. Il nous regarde idémement que nous serions deux messieurs de la Gestapo dans une synagogue.

J'espère que son palpitant ne marche pas avec des béquilles, sinon, la frousse qui paraît envahir ce pauvre monsieur risquerait de lui être fatale.

Elle me surprend, cette frousse.

— Qu'avez-vous, monsieur Badinguais ?

— Je... Dites-moi, vous êtes bien des journalistes, au moins ? Vous devez avoir une carte professionnelle, non ? Je veux la voir... Montrez-moi votre carte ! Montrez-la-moi... Sinon j'appelle. Et si je crie, ma voisine, Mme Verduraz, accourra. Elle est prévenue... Elle alertera le concierge, police-secours, les pompiers...

La grosse panique. Il est tout pâle. Il sucre comme un tamis à moteur.

— Du calme, monsieur Badinguais. Vous ne risquez rien...

Je sors ma plaque de Royco.

— Commissaire San-Antonio.

Il se jette dessus comme un naufragé sur Géori Boué.

La pétrit.

L'examine avec ses lunettes.

Sans ses lunettes.

A la loupe.

Au binocle.

A la jumelle marine.

Au microscope.

Au périscope.

Aux rayons X.

Par transparence.

Et me la rend d'une main qui a cessé d'écrire douze mille « Z » à la minute.

— Ah bon, bien, oui, c'est ça, d'accord, je préfère, j'aime mieux. Policiers. Vous êtes policiers. Très bonne chose. J'aime la police. Il en faut. Y en a pas suffisamment. C'est la force d'une nation. Son sang. Sa gloire. Son orgueil. Je vous remercie d'être policiers, c'est trop aimable. Continuez ! Le regret de ma vie, c'est de l'avoir pas été. J'avais des dons. Le feu sacré. Pendant l'occupation je faisais un peu de police en dehors de mes heures de bureau. Merveilleuse époque. Je dénonçais les juifs, les résistants, ceux qui écoutaient la radio anglaise. Ensuite, j'ai dénoncé les collabos. Les profiteurs, ceux qui avaient dénoncé les juifs ! Une vocation, je vous dis. Tout petit en classe, je caftais. On m'avait surnommé Judas, ça veut tout dire, non ? Policiers ! Comme vous avez de la chance. Comme vous devez être fiers de vous. Vous êtes beaux. Nobles. Souverains. Puissants. Policiers, quoi !

Des larmes coulent sur son beau visage de reliquat humain déshumanisé. Un instant, on lui a filé la grande trouillance de sa vie. Il en a eu des sueurs froides, des suaires froids. Alors, maintenant que le voilà rassuré, il jubile, tu penses. Encore un sursis ! Bon à prendre, non ? L'existence, c'est essayer d'obtenir du rabe, encore du rabe, toujours du rabe. Tu l'as dans le recteur en bout de course, d'accord, seulement le jeu consiste à ce que ça soit le plus tard possible. Faire reporter la traite, encore, encore, encore ! N'importe les intérêts de retard. Brave Badinguais, qui ne se fatigue pas de sa précarité... Il aime bien sa petite respiration asthmatique, sa prostate, ses varices, sa merdoche en plaques, ses burnes creuses, ses absences de mémoire, les pouilleries reliqueuses de son appartement.

— Pourquoi avez-vous eu si peur de nous, tout à coup ? demandé-je cordialement.

— La crainte m'est venue que vous ne soyez pas des journalistes...

— Qui donc avez-vous redoutassé que nous fussions ? demande Qui-vous-savez.

— Les gens d'hier...

— C'est-à-dire, monsieur Badinguais ?

— Ceux qui ont fait peur à notre cher Duplessis.

Je lui vote un sourire majoritaire au premier tour.

— Vous devriez nous raconter cette histoire en détail...

— Il vaut mieux la demander au cardinal, moi je n'en connais que ce qu'il m'en a dit.

Bérurier se déléthargise. Vous le verriez s'étirer : Brutus quand il a eu fini de poser pour Belfort.

Il bâille comme avant le générique de la Métro (tiens, elle est de circonstance, celle-là) et murmure en désignant le vieillard :

— On l'affranchit ou on le laisse encore croire que les bébés naissent dans les choux ?

Il serait temps, en effet, d'allumer la mèche du bonhomme.

— Vous ne lisez pas les journaux, monsieur Badinguais ?

— Ceux de l'avant-veille seulement. Mme Verduraz, ma voisine, me les passe gentiment. Elle les lit d'abord. Le lendemain, elle les porte à sa maman, et le surlendemain me les communique avant de les monter à la vieille infirme du sixième.

Je suppose qu'à ce train-là, il existe des gens dans le quartier qui ignorent encore la déclaration de guerre du 3 septembre 1939.

Bérurier aime enfoncer les épées, en fougueux bretteur que l'immobilisme perturbe.

— Conclusion, déclare-t-il, si on serait pas venus, c'est demain seulement que vous eussiez appris l'assassinat de Tonin Duplessis !

Le résultat manque d'être concluant : le vieux tourne de l'œil et part en sirop.

— T'es complètement louf ! protesté-je. Deux émotions fortes coup sur coup, ça peut le tuer.

— Files-y de la flotte sur la terrine, recommande mon aminche, moi je vas essayer de dégauchir un petit vulnérable à c'te pauv' loque.

Et d'inventorier le buffet branlant de la cuisine. Béru farfouille prestement, casse deux assiettes, renverse un moutardier et finit par produire une bouteille mélancolique dont il renifle le contenu.

Encouragé par les senteurs, il goulote.

— Fameux, déclare-t-il. Ça m'a l'air davantage d'un apéritif que d'un digestif, mais l'essentiel c'est que ça soye alcoolisé, hein ?

Il s'en enfile deux splendides rasades taillées dans la masse, puis, altruiste en diable, cale l'orifice du flacon entre les « molaires de devant » de l'évanoui. L'effet ne se fait pas attendre. Le dabuche suffoque, tousse et soulève ses paupières ciselées.

— Ça va mieux, beau jeune homme ? s'inquiète mon camarade en achevant le contenu de la bouteille.

— C'est effroyable, bégaie Badinguais.

— Qu'est-ce qui est effroyable ?

— Ce que vous m'avez fait boire.

Il mate la bouteille et a un spasme répulsif.

— Mais... mais...

— Elle est pas là, mémé, endigue le Gros. Qu'est-ce y a encore pour votre service ?

— C'est du produit pour les parquets, effare notre hôte en montrant le flacon vide.

Un court moment, l'Eclusier est déconcerté. Puis il hausse les épaules et murmure :

— Ben, mon vieux, y s' mouchent pas du coude, vos parquets !

Un peu colmaté et mis au fait de l'événement par mes soins diligents, le père la Dorure parle. Et voici ce dont il nous raconte :

Hier matin, à l'heure où il se préparait son œuf coque de l'aube, on a sonné à sa porte.

Ce n'était pas Grouchy.

Ce n'était pas non plus Blücher mais bien, tu l'as deviné, pauvre nouille, le cardinal-contrôleur.

— Il semblait terrorisé, déclare le vieil amoureux de la police. N'arrivait pas à reprendre son souffle. « Des gens me suivent qui me veulent du mal, m'a-t-il dit. Je passais devant chez vous. J'ai eu l'idée de monter. Vous allez me rendre un service. Gardez-moi ceci, je passerai le chercher un peu plus tard. » Moi, évidemment, je lui ai proposé d'appeler la police. Il a refusé. « Non, non, peut-être que je me fais des idées après tout. » Il est reparti... Il semblait ragaillardi.

— Que vous a-t-il donné à garder, monsieur Badinguais ?

Le pauvre solitaire dont les quatre-vingts printemps se sont mués en quatre-vingts hivers, trottine-menu jusqu'à sa commode (dont il a le culte, comme je n'aurai garde d'oublier). Il ouvre le tiroir du haut (ou du bas, moi, qu'est-ce ça peut bien me foutre, tu te rends compte ?) de ladite pratique, si pratique qu'elle en est commode, tiens, donc comme me répétait au siècle dernier un vieux Martien. Bon, tu me suis malgré que j'embrouille du paragraphe ? Et il puise un machin dans le chose à couvercle qu'est à gauche (ou à droite si tu préfères, je te laisse le choix).

Me le rapporte.

Béru arrondit ses lèvres qui ressemblent à deux gants de boxe posés l'un sur l'autre.

Il siffle.

Il peut !

Y a de quoi !

Ce que le *very old* sieur Badinguais nous présente, tu te doutes le quoi qu'il s'agit ?

Bravo : t'as gagné. Oui, mon emplâtre : c'est bien l'anneau épiscopal de feu Duplessis.

Ses éclats violets éclaboussent l'humble logis. Dans son cadre noir (il fut un temps, j'eusse ajouté « de Saumur », mais je m'édulcore), l'impératrice Eugénie ouvre de grands yeux fascinés. Les gonzesses, tu vois le topo ? Un caillou dans le secteur et elles illuminent. Reine ou pétasse (d'ailleurs l'un n'empêche pas l'autre), grand-mère ou petite-fille : ça miroite et elles accourent. Moi, je crois que c'est une faiblesse de la rétine qui les pousses, et toi ? Aussi, le besoin de s'affubler. Elles luttent entre deux tendances : se foutre à poil ou au contraire se chamarrer l'oigne. Dior et Cartier, sinon c'est mon cul nu sur le sable chaud. Le décarpillage, ça relève de l'instinct profond. La bébête pas sortie de ses cavernes. L'autre versant du personnage tend à enjalouser les copines. Et bouge pas, Dunœud, t'as pas encore vu le plus bath ! Tu veux que te fasse une confidence martienne ? Où ça va caracoler des meules chez ces demoidames c'est dans pas longtemps, avec l'insémination artificielle et la banque du sperme. Rougis pas : y en a plein les journaux de famille. La semence en conserve, façon tante Laure. Tu peux t'emmagasiner le séminal pour en prévision (en provision) des mauvais jours. Des fois qu'on te cueille les pruneaux, ou bien que tu rabougrises du kangourou. Pas de panique. Nonagénaire, tu lèves un tendron et tu lui fais un chiare sans problème. « Bouge pas, chérie, j'ai sur le rayon du haut une petite cuvée 72 que tu m'en diras des nouvelles. Vise ma photo de l'époque, moustique. J'étais demi de mêlée, ou jeune premier de mélo, en ce temps-là. »

Le commerce s'étendra très vite. Y aura la bourse au foutre comme aux timbres rares. Ces dames claqueront des sommes bien inouïes pour se payer du super, la toute grande marque. « Ecoutez, ma chouère, je me suis fait emmatriculer un Alain Delon de la période Visconti dont je vous donnerai des nouvelles dans neuf mois ! » « Eh bien moi, figurez-vous, je me suis payé une folie : un Chaban-Delmas de l'époque Veuf. Quant à Dorothy, elle a ramené des Etats-Unis un Cassius Clay d'avant come-back qu'elle a gagné dans un jeu télévisé.

« Tu te marres comme une tranche de melon, mais t'as tort. Ce que je te prédis se produira. Moi, je serai retourné à Mars quand on en sera là, seulement técolle, t'assisteras. Et tes petites éprouvettes de réprouvé, à toi, tu pourras toujours les refiler aux guenons du zoo, à celles qu'ont une vilaine citrouille à la place du figne ! Tu dois bien piger qu'avec mes années-lumière d'avance, je vois ton avenir comme s'il était affiché sur le tableau des départs d'Orly ! J'ai pas de mérite.

Je t'en reviens à papa Badinguais et à l'anneau de sa turne, c'est-à-dire celui de Duplessis. Un beau caillou, cette améthyste. Si tu aimes le violet, regarde. Chouette, non ? Ça, c'est du quartz. De Hongrie !

Moi, je suis de plus en plus perplexe quant à l'état mental de Duplessis. Cet homme, je le saisis mal. Illuminé et timoré, à la fois. Combinard, mais poltron. A moitié mac, mais fonctionnaire... Un cas, t'admettras ? Sa bonne femme fait le tapin. Lui, il crucifie les petits rentiers souffreteux, déguisé en cardinal. Et puis quelque chose s'opère dans son existence.

De grave.

Il se met à la recherche de l'officier de police Bérurier, son pays, en compagnie duquel il a tiré jadis les 119 coups. « Gaffe, on va tuer le pape » annonce (apostolique)-t-il fiévreusement, en se refusant à en dire davantage. Trois jours plus tard, quelqu'un lui file le train dans la rue, tandis qu'il se rend à son job. Effrayé, il entre chez une de ses anciennes pratiques pour lui confier le seul objet de valeur qu'il ait sur lui : son caillou violet. Un peu plus tard, une épaule criminelle l'envoie sous les roues du métropolitain...

Ça laisse songeur, une telle odyssée, comme dirait Homère.

— Dites, monsieur Badinguais...

Je mobilise, sans très bien savoir au préalable la question que je vais poser, mais je me fais confiance. Souvent, dans la vie, suffit de se mettre en face de la situation et de lui porter le premier gnon. Après ça va tout seul.

— Monsieur le commissaire ?

Je me racle. Enfin, ça vient. L'idée imprécise comme un regard de myope s'accomplit. Le myope vient de chausser ses lunettes.

— Je suppose que vous avez dû vous mettre à la fenêtre pour le regarder partir, le sachant suivi ? Votre tempérament policier vous y a fatalement poussé, n'est-ce pas ?

— Exactement, jubile l'ancien client de Duplessis...

— Vous avez pu apercevoir ces fameux tourmenteurs qui terrifiaient si fort le cher cardinal ?

La tête troisième (et dernier) empire de mon interlocuteur penaude comme si on venait de la faire cuire au bain *marri*.

— Non, monsieur le commissaire. Chose curieuse, ce que j'ai aperçu ne correspondait pas du tout à ce que je prévoyais.

— Sept à dire ? fais-je sans qu'il s'en rende compte.

— Une jeune fille attendait M. Duplessis sur le trottoir. Il l'a rejointe et ils se sont éloignés.

— Personne ne les a suivis ?

— Rigoureusement personne, monsieur le commissaire. Je peux en jurer car à cette heure ma rue était déserte. Il n'y avait qu'un balayeur et les éboueurs.

— A quoi ressemblait la jeune fille en question ?

— C'était une fille très brune, presque mulâtresse.

Bérurier entre en lice. Treize autoritaire :

— Pratiquement négresse, somme toute ?

— Pas tant, monsieur, pas tant ! assure le vioque, et d'ailleurs elle avait des cheveux blonds.

J'adresse une pensée émue à Georges Fourest.

De fait, Béru exclame :

— Une négresse blonde ?

— Comme je vous le dis.

Il rigole, l'Enflammé.

— M'étonne pas de Tonin. Quand on allait au claque de la mère Sauveur, chaque fois il s'inquiétait si elle aurait pas engrangé une noirpiote. Et pourtant il se faisait une Alsacienne blonde comme les blés. Il aimait les estrémistes, mon pote.

— Rien d'autre à préciser à propos de cette personne, monsieur Badinguais ?

— Elle portait un imperméable clair et tenait un étui à instrument sous le bras. A la forme dudit, je suppose qu'il devait s'agir d'une flûte ou d'une clarinette.

— Bravo ! exulté-je. Et merci. Ah, monsieur Badinguais, quel limier exceptionnel vous eussiez fait !

Il éclate en sanglots.

C'est dur de constater qu'on a marché à côté de sa vocation pendant quatre-vingts ans sans parvenir à mettre le pied dedans.

Bon, écoute, dès lors que nous voilà munis d'un tuyau de cette importance, on moule le Fouché du pauvre, le Vidocq de la solitude, le Watson des faubourgs pour foncer au bistrot le plus proche.

L'importance du troquet dans la vie d'un (ver de) Terrien, c'est un truc qui a toujours épaté le Martien que je suis. Le café-tabac est aussi nécessaire à son rythme d'existence qu'une station-service l'est à sa voiture. Non seulement il s'y abreuve, ce qui est au fond la question marginale, mais aussi il y : téléphone, défèque, consulte le Bottin, joue aux dés ou aux cartes, fixe ses rendez-vous galants (voire aussi d'affaires), trompe le temps (ce salaud qui fait la vie si lente et si courte), mange, et surtout, oui, vachement surtout : il y réfléchit.

C'est pour souscrire à la première et à la dernière rubrique de cette liste (pas tellement exhaustive) que nous pénétrons en ce discret débit de boissons de la rue Eugène-Moineau.

Un loufiat, fondé en même temps que l'établissement, trempe des verres sales dans une eau qui l'est bien davantage en écoutant les doléances d'un camionneur congédié. Je lui sollicite un jeton de bigophone. Il me dit que c'est pas la peine et me branche la ligne. Béru commande deux j' sais-pas-quoi doubles.

J'appelle le B.I.T.E. (Bureau d'Investigation du Territoire Européen, service fondé par un ancien directeur du P.A.F.). Je suis au mieux avec l'un des *big boss* (on a d'ailleurs surnommé ce roussin Boboss). Je me nomme. Il se prénomme. On se demande si on va. On constate qu'on va. Et ton San-Antonio magique présente sa requête :

— Dites, vieux, rendez-moi un grand service, bien que nous soyons samedi-fin-d'après-midi et que vos gars doivent pêcher à la ligne. Il me faudrait le curriculum d'une charmante fille très sombre mais aux cheveux teints en blond, jouant de la flûte ou de la clarinette et qui pas plus tard qu'hier déambulait dans Paris. Je ne peux rien vous fournir de plus, en fait de renseignements.

— Ça n'est déjà pas si mal, répond mon correspondant ; un type réconfortant, comme tu peux voir...

Je rejoins le Mastar et j'écluse rapidos le godet qu'il m'a prescrit.

— Assez pour aujourd'hui, Gros. On regagne son gîte respectif. J'ai besoin de réfléchir à tout ça...

— Si on irait plutôt se faire une choucroute du côté de la gare de l'Est ? suggère l'Estomac. J'ai envie de Sylvaner bien frappé. Et aussi de strasbourgs fumantes. Je connais une taule rue de Valenciennes où tu chialerais tellement qu'ils la font esquise, la choucroute...

— Sans façon, décliné-je. Le déjeuner de Berthe était trop copieux pour que je puisse apprécier un dîner se composant d'autre chose que de deux Alka Seltzer.

Bon, on se quitte.

Tu restes avec moi ou t'accompagnes Béru ?

Tu préfères ma compagnie martienne ?

Tu as parfaitement raison, puisque c'est moi le narrateur.

T'aurais choisi Béru, pendant un laps de temps indéterminé tu chutais dans le néant.

Note que ça t'aurait fait les nougats, camarade.

Enfin, bref : escorte le superman.

Il te conduira toujours sur le chemin d'Henri IV (qui jusqu'à 40 ans a cru que « c'était un os »).

On rentre à Saint-Cloud dans les eaux de Seine, les zoos de scène, les os de Seine, Léo de scène ou les Hauts-de-Seine me rappelle plus.

Et c'est notre villa de meulière que t'as entendu causer. Le jardin avec son allée de gravier bordée de rosiers. Les méchands immeubles menaçants qui le surplombent mais qu'on emmerde.

M'man est rentrée en taxi avec messire Antoine. Elle lui fait becter des épinards, si bien que la bouche du chiare ressemble à un anus de vache mal entretenue. Depuis dehors, par la fenêtre, je contemple la scène touchante. Me v'là reporté à des chiées d'années, lorsque ma Félicie gavait un autre bougre prénommé lui aussi Antoine...

Un bruit menu me fait tourner la tête. Ça fait comme une souris prise au piège qui couine. Je contourne l'angle de la maison et j'avise Régina en train de chialer dans le menu hangar où on entrepose les ustensiles de jardin. Je t'ai pas encore raconté Régina?

C'est une petite bonne italienne qu'on s'est décidé à engager pour seconder ma vieille. Tu parles que m'man voulait rien chiquer. C'est moi qui ai insisté. Mobilisée pour le bougre d'Antonio II, elle n'y arrivait plus, la pauvre chérie. Ne se pieutait jamais avant deux plombes du mat', sans parler des nuits troublées par les appels du loupiot vorace, toujours partant pour un petit bib' de rabe. Quéque chose comme la gratinée du noctambule. Elle finissait par prendre une tête de catastrophe, Félicie. J'ai décidé de mettre le holà. Lui ai posé la question de confiance (imposée plutôt) : « On prend une soubrette ou on largue le mouflet. » Un ultimatum pareil, elle pouvait pas faire front, ma vieille. Alors voilà : depuis trois semaines, y a Régina *at home*.

Question boulot, c'est pas le vertige, la marée blanche, la chevalière Ajax, Régina. Elle manœuvre dans les ralentis cinématographiques. A la regarder tu suis admirablement la décomposition des mouvements requis pour balayer un perron, nettoyer des vitres ou essuyer la vaisselle. Tu vois le jeu des muscles. T'admires les crispations des phalanges. L'arrondi des gestes. Tout bien. En quasi gros plans. Tiens, l'autre matin elle a cassé un bol. Eh bien pour la *first* fois de ma *life*, j'ai compris de quelle manière ça t'échappait des salsifis, un objet. La fraction de seconde où il devient inattrapable. Mon regard est même allé l'attendre sur le carrelage où il a superbement explosé.

Néanmoins, vaille que vaille, elle abat son petit turbin. Félicie s'accoutume, lentement. Elle transpire de moins en moins de la voir œuvrer comme un zig qui traverserait un marécage à pied. Sa grande indulgence l'a aidée à supporter ce calvaire de ménagère méticuleuse.

— Pourquoi pleurez-vous, Régina?

La môme chiale de plus belle. Le coup classique des enfants et des crétins. Ça leur stimule l'émotion que de leur en demander la cause. Faut attendre que ça se tarisse un brin.

L'appentis sent la vieille pomme et le géranium séché. Des gérania (1), on en a toujours plein les jardinières devant les fenêtres du bas. Je sais bien que ça fait un peu villa *Sam'Suffit*, mais ma vieille adore tellement que je répute cette floraison sublime.

Régina hoquette un peu moins fort, s'assèche et me montre son visage de grande gamine mal nourrie qui serait joli sans son expression stupide. Elle est très brune, avec des cheveux fous descendant bas sur ses joues, comme de la barbe frisottée.

— Hein, petite, qu'est-ce qui ne va pas?

Elle me raconte ses déboires : Paulo, l'apprenti plombier avec qui elle sortait, vient de la larguer. Fini le bal du samedi soir, et le poulet-pommes-frites de la Fête des Loges. Motif de la rupture ? Elle est vierge et entend le rester. Curieux, à notre époque, une fille qui met son veto, non? Alors que toutes pratiquent la politique du collant décollé. Tu penses que le gars Paulo n'a pas apprécié cette façon de voir ! Le côté hermétique, ça lui

(1) Je suis un latiniste distingué.

échappe. Son job, justement, c'est de désobstruer les canalisations. Il a qu'un véquende par semaine pour se mettre Coquette au chaud, ne peut se permettre de le gaspiller en simagrées roucoulinantes.

J'efforce de consoler la môme Régina. Je lui dis comme quoi elle a bien fait de repousser le démon tentateur (je suis vache avec mes confrères hommes, non ?). Je lui promets pour très bientôt le vaillant garçon, romantique de partout, qui lui kidnappera le berlingue après l'avoir passée par la mairie. Un gros morceau de bravoure, il déballe ton Sana. Du Georges Ohnet pur fruit, au sirop de canne à sucre. Bon, très bien, elle cesse de chialer, me file un regard noyé, au fond duquel brille une admiration fervente tout à fait justifiée, selon moi).

Et puis elle me dit, avec son adorable accent de transalpine (non, je n'ajouterai rien) :

— Quelqu'oune l'a téléphonate cesté matine.

— Qui ça, mon chou ?

— Oune messieur.

— Un monsieur ?

— *Si.*

— Et que voulait-il, ce monsieur ?

— Parlate à vous.

— Seulement je n'étais pas là.

— No, vous pas êtes.

— Comment s'appelait-il, ce *signor ?*

— L'as pas dite *suono nome.*

— Il vous a laissé un message ?

— *Qualle messaggio ?*

— Pour moi ? *Per me ? Commissione ?*

— *Si.* L'a dite qué vous fate *attenzione* votre papa.

— Que je fasse attention à mon papa ?

— *Si.*

J'incrédule, mon drôle. Elle doit se gourer, cette petite enfoirée.

Tu mords quelque chose à ce cinoche, toi ?

« *Il faut que je fasse attention à mon papa.* » On dirait

un message codé. Style bibici sous l'Occupe : « La fermière est dans l'ascenseur, trois fois » ou « Le deuxième accroc coûte un Triolet ».

— C'est tout ce qu'il a dit ?

— L'ajoutate de non *obliare* vous dire.

Elle a recouvré sa sérénité crétinale. La force des liquéfiés du bulbe c'est l'optimisme.

Je lui flatte la joue d'une main distraite et me décide à rentrer.

Ce dégourdoche d'Antoine commence à vadrouiller dans un youpala. Il file de ces chtars au mobilier qui frisent la déprédation. Une vraie petite brute. Tu verrais ses cuissots, au bougre : un champion cycliste, parole !

— Un de tes collègues du B.I.T.E., vient de téléphoner, mon grand, annonce Félicie. Il m'a chargé de te dire que ta musicienne travaillait dans l'orchestre féminin du *Budapest*, sur les grands boulevards.

Bueno. Il n'a pas traîné, le copain... On dirait que ça évolue un peu, hein ?

— Tu veux du foie de veau, à dîner, Antoine ?

— Non, m'man, sans façon. Après la bouffe monumentale de la mère Berthe, ce soir, pour moi, ce sera une pomme et une tisane...

— J'avoue qu'elle cuisine un peu gras, admet ma vieille.

Je rigole :

— Chez les Béru, le département « beurre » grève davantage leur budget que celui de l'Education Nationale pour la France. Elle boit le beurre fondu à la louche, la Gravosse.

J'attrape Antonio II dans son bolide-tout-terrain et le lance au plafond. Il rigole aux éclats. T'as déjà entendu un rire de bébé, toi, l'horrible ?

— Fais très attention, mon grand, ça risque de lui provoquer un ébranlement nerveux...

— Penses-tu, vise-moi ce gros lard, s'il est placide.

Le mouflet me file des torgnoles sur les joues. Il adore virguler des beignes. Ça le fait marrer.

— Tu sais qu'il dit « papa » couramment, annonce triomphalement ma brave femme de mère. Toinet, dis « papa » ! Dis « papa » à papa, Toinet !

Et le Toinet de gazouiller :

— Ppppape, ppppape...

Que ma bonne Féloche en chiale d'attendrissement. Mais bibi réagit prompto.

Je suis court-circuité soudain. Un grand coup de 2000 volts dans les épinières moelleux, mon gland.

Je repose le chiareux dans sa Mercedes décapotable à propulsion directe.

— Quelque chose qui ne va pas, mon grand ? s'alarme Félicie.

— Non, au contraire... Je viens de comprendre quelque chose...

Et c'est vrai, ma noix vomique : j'ai pigé grâce à Antoine-bis le message transmis par Régina.

Le correspondant anonyme n'a pas recommandé que je « fasse attention à mon papa », mais « *que je fasse attention au pape* ».

Tu entraves, dis, macaque ?

Au PAPE !

Bon, alors je renfile ma veste. Et j'abandonne la maisonnée au bas de ce deuxième chapitre, comme les filles mères de jadis abandonnaient le fruit du péché sous le porche d'une église.

Si t'aimes la musique, suis-moi !

CHAPITRE « C » (1)

Quoi de plus sinistre en ce monde (voire même dans l'autre, mais le plus tard possible) qu'un orchestre de dames ?

Réponds, nez-pelé, t'as déjà maté des trucs plus déprimants qu'un orchestre de brasserie féminin, toi ?

Ces pauvres mémères en uniforme qui te crincrintent les portugaises en trempant la soupe, ça a quelque chose de concentrationnaire, je trouve. Ça te donne une certaine idée de l'enfer. La grosse qui violine, la maigre qui pianote, la vieille rouquine à l'accordéon, mais surtout la pauvre dame de la batterie !

Un truc d'homme, le tambour. Tu fous une gonzesse à une batterie et cette dernière se met à ressembler à une batterie de cuisine.

Elles sont dodues et d'un âge qui canonne, les mélodieuses.

Le saxophone (aphone) est « tenu » (à deux mains) par une dame qu'on verrait mieux derrière un guichet de la Sécurité Sociale. Elle a de grosses loloches entre lesquelles elle cale son instrument.

La violoniste dirige l'orchestre. C'est elle qui fait « un, deux, trois, quatre » avant de beaudanuber.

J'ai beau m'écarquiller les vasistas, je n'aperçois aucune fille sombre dans la formation. Crois-moi, elle se

(1) Comme toi.

retapisserait facile si elle était là, parmi ces tarderies bronzées au néon de brasserie.

Je commande un demi, à une table proche de l'estrade et j'attends que mesdames les mémères aient fini de musiquer. Je me respire *la Veuve Joyeuse, le Pays du Fou rire, le Machinchose de la Forêt Viennoise* et *Fascination.* Ensuite de quoi, les braves femmes font une pause-pipi des plus méritées. Je me lève et civilement aborde la cheftaine au violon.

— Madame, mouliné-je en si bémol galvanisé, voulez-vous permettre à un admirateur forcené de vous manifester son enchantement ?

Joignant le geste à la parole, je glisse un billet de la glorieuse banque de France entre les entrailles de chat tendues sur son stradimarius (et olive).

L'aimable femme glousse d'aise et me remercie avec des trémolos (déformation professionnelle).

— Votre admirable orchestre n'est pas au complet, me semble-t-il ? Je viens fréquemment au *Budapest* me délecter les trompes d'Eustache, et j'avais remarqué parmi vous une jeune femme à la peau très brune, enchaîné-je.

— Vous voulez parler de Zoé Robinsoncru ?

— Peut-être. J'ignore son nom. Elle jouait de la clarinette, je crois ?

— En effet. Elle n'est pas venue aujourd'hui, ce qui nous inquiète. Demain matin, j'irai prendre de ses nouvelles à son hôtel de la rue Dominique-Beaufils.

Je n'ai donc pas à la questionner plus avant puisqu'aussi bien elle m'a fourni spontanément le renseignement que je souhaitais.

Les gens, c'est curieux, leur tempérament, t'es d'ac ? D'aucuns, tu les attaques avec des pinces à langouste et toutim pour leur extraire un bout de morceau de tuyau et ils regimbent à outrance. Tandis que des certains, à peine tu leur dis bonjour, les v'là qui s'affalent complètement.

C'est le cas de cette grande artiste.

Merci madame Crincrin. Que Strauss, Lehar, Messager et confrères vous pardonnent ce que vous leur aurez fait.

Je peux pas me gourer : y a qu'un hôtel rue Dominique-Beaufils. Il s'appelle le *Carole* (pour des raisons qui ne regardent que moi ou presque). C'est un agréable établissement, intime et très confortable. Style la petite-résidence-bien-tenue-où-long-nez-comme-chez-soie. Tu mords le genre ? Ça commence par un salon-réception, ça continue par un salon-salle à manger, et se poursuit par un salon-bibliothèque.

Une dame d'une volée d'années m'accueille. Elle est très avancée de la poitrine : tu commences à lui apercevoir les loloches cinq minutes avant le reste quand elle tourne le coin de la rue. Elle est châtain-triste-frisottée avec un maquillage maladroit qui masque imparfaitement son eczéma.

— Oh, monsieur, nous sommes complets, désole-t-elle en me voyant entrer.

— J'en suis ravi, dis-je. Mais moi, je voudrais simplement rencontrer Mlle Zoé Robinsoncru.

L'aimable sourire se déguise en grimace désolée.

— Vous êtes de ses amis ?

— Pas encore, mais je me sens tout à fait capable de le devenir...

J'ai tort de plaisanter, la taulière n'aime pas. Elle appartient à ce genre d'hôtesses qui dirigent leur hôtel comme une institution de jeunes filles, observant le comportement de ses pensionnaires et sélectionnant leurs visites.

— Que voulez-vous à Mlle Robinsoncru ? questionne-t-elle d'une voix soudain aussi abrupte que la face nord de la Barre-des-Ecrins.

Bon, faut passer au tourniquet de contrôle. Je montre ma plaque (que je préfère à celles qu'elle trimbale sur la poire).

— Police ! fait-elle. C'est l'hôpital qui vous a prévenu ?

Le ton est plus qu'adouci : sirupeux.

Moi, tu te rends compte si je tique! V'là qu'il est question d'hôpital, *now!* Je me rencarde. La maîtresse de... (comment s'appelle-t-il, déjà? Oh, oui : céans!). La maîtresse de céans, dis-je, me narre par le menu (il est placardé contre la porte de la salle à manger) des péripéties d'un grand intérêt. Sache que, ce matin, lorsque la femme de chambre a porté son café au lait à Zoé Robinsoncru, elle a trouvé la jeune fille inanimée. Un médecin mandé d'urgence a détecté une trop forte absorption de barbiturique.

Accident? Tentative de suicide? Mystère... On a drivé de toute urgence la jeune femme à l'hôpital Albert-Brunerie, service des réanimations. Aux dernières nouvelles, son état serait jugé (par contumace, car elle n'a toujours pas repris conscience) stationnaire.

Ben, dis donc : y s'en déroule des choses, mine *of* rien, dans ce polar! T'as de la chance, t'aurais pu me passer à côté sans m'acheter. Un moment de distraction, ça arrive.

— Il y a longtemps que cette personne logeait chez vous?

— Un bon mois.

— D'où venait-elle?

— Vous désirez son passeport? Il est dans mon coffre.

Précieuse collaboratrice. Les velléitaires, en matière de police, y'existe rien de plus efficace.

La dame hôtelière sort d'un coffre-faible (il a cent vingt ans et ton petit garçon pourrait l'ouvrir avec le manche de sa sucette) un passeport français, établi par l'ambassade de Rome.

Rome : la ville papale!

Tu vas trouver que je lance le cochonnet un peu loin, mais j'aime bien trouver des points communs aux différents éléments d'une enquête.

Zoé est née à Nouméa le 27 avril 1944. Elle est musicienne de profession (ce que je pressentais déjà) et elle habite à Rome, 69 via duc d'Oteuil. Elle mesure 1,64 m (ce qui m'aurait convenu parfaitement) et elle a les yeux noirs (ce qui ne te surprendra pas). A la rubrique *signes particuliers*, le préposé a écrit néant (ce qui te prouve que les fonctionnaires français sont moins racistes que certains l'affirment).

Je contemple la photo placardée sur un feuillet bleu. Pas mal, la gosse ; mais moi, les petites filles teintées, je les préfère pas blondes.

Question de folklore. Le regard de la môme est intelligent, direct.

Je rends le document à Mme Chose.

— Quel genre de fille est-ce ?

— Quelqu'un de très bien, de la classe, de l'élégance. Et pourtant, hein ? Vous avez remarqué ? Elle est plutôt sombre !

Elle tapote le visage de Zoé.

— Quelle genre de vie menait-elle ?

— Rangée. Elle se levait relativement tôt pour quelqu'un que son métier obligeait à se coucher tard.

— Elle recevait du monde ?

— Des collègues de son orchestre, parfois. Je suis allée l'entendre un jour que je passais par les Grands Boulevards. Un vrai régal ! Quand on pense que des femmes jouent de la sorte, hein ?

— Oui, soupiré-je, quelle revanche sur les hommes. A propos d'hommes, elle en recevait également ?

— Jamais.

— Des appels téléphoniques ?

— Quelques-uns, mais qui ne duraient jamais longtemps. Ce n'est pas le genre de cliente qui bloque les lignes pendant des heures.

— Du courrier ?

— Peu.

— Quelle provenance ?

— Italie, surtout.

— Le docteur prétend qu'elle s'est gavée de barbiturique, on en a trouvé dans sa chambre ?

— Bien sûr, c'est d'ailleurs ce qui l'a mis sur la voie.

— Vous voulez bien me montrer l'appartement de Mlle Robinsoncru ?

— Venez. Il faudra m'excuser : le ménage n'est pas fait, car je prévoyais une intervention de la police et j'ai préféré tout laisser en état.

— Bravo.

Elle roucoule.

— Vous êtes jeune pour un commissaire.

— Je le fais exprès, tacautaqué-je.

Une converse, tu flanques une phrase pareille dedans, elle ressemble dare-dare à un champ d'épandage. Ton interlocuteur trouve plus rien à te dire.

La piaule de Zoé se situe au premier. C'est la porte à gauche de l'ascenseur. La dame plaquée eczéma à 18 carats glisse la clé là qu'on doit la foutre, ouvre, s'apprête à entrer. Mais la dextre puissante de ton mignon Sana la stoppe ; tu parles !

— Ne perdez pas davantage votre temps, chère madame. Il est trop précieux, je m'arrangerai tout seul.

Profitant de son éberluement, je me coule dans la pièce et referme.

Au verrou.

Je m'attendais à une odeur puissante, un peu animale, avec par-dessus ces fragrances, des effluves tapageurs. Mais, ce n'est pas le cas.

La préoccupation du *colored man,* admets-le ou va te faire jucher sur un paratonnerre, c'est le parfum. Il est obnubilé par ce qu'on lui dit de ses exhalaisons. Plus il s'inonde, plus il se croit à l'abri de lui-même. Alors il en remet. Mais son fumet implacable s'impose. Et il fait bien. J'ai horreur des races incolores et inodores. C'est sans personnalité. On t'a déjà causé de l'odeur d'un Suédois, toi ? *Never,* mec. Le Scandinave c'est du jambon de Paris sous cellophane : il sent rien. L'odeur, c'est la vie. Un individu qu'a pas de bouquet, c'est un produit de régime. Ne puer qu'une fois mort constitue à mon sens un manque de personnalité. Fouetter de son vivant, ça, oui, c'est marquer sa présence en ce monde. L'individu sans sillage est une page de papier pelliculé sur laquelle l'encre ne prend pas. Et je peux t'en déballer encore trois pleins tombereaux sur la question. Une fois lancé, faut une salve de mitrailleuses jumelées pour me faire taire. L'artiste est nullement fatigué. Au plus j'en sors, au plus il m'en vient.

Mais outrons. Passons outre. Outrepassons.

Santonio chien de chasse !

A voir. A suivre.

Viens.

Primo la commode.

De la lingerie féminine. De celle qui émeut le doigt de l'homme, fût-il flic futil. Des zizis mignons, des trusquemuches sorceleurs. Ça porte au rêve, aux sens, à la viande, à l'aqueux. C'est doux, soyeux, ça s'accroche aux ongles. Moi qui suis un ongulé de frais, je peux t'assurer de ma délectation.

Les dessous sont dessus, comme toujours dans un tiroir. Je les mets sens dessus dessous, et sous les dessous je trouve des sous (Devos t'arrangerait tout ça mieux que moi, mais il est plus cher).

Beaucoup de sous sous les dessous.

Ma surprise est de courte durée.

J'écarte les dessous, je reprends le dessus et je compte les sous.

Deux mille francs nouveaux.

Normal pour une clarinettiste, hein ? A propos tu connais l'histoire du chasseur qui avait morflé une volée de plombs dans le scoubidou-verseur ? Il a dû suivre des cours auprès d'un clarinettiste pour apprendre à placer ses doigts quand il allait lance-broquer. Bon, attends, on causait...

Continue ton œuvre exploratrice, mon San-A. Tu tiens le bon bout. Quelque chose finira bien par sortir de ce terrier à force de l'enfumer.

Et dire que pendant ce temps, à Rome, quartier Vatican, le bon Saint-Père est déjà en train de mettre son ciboire du dimanche dans son attaché-case et ses mules (Charles Jourdan) par-dessus son pyjama pontifical, sans se douter de ce qui se manigance à Paris en sa faveur.

Je vous parie une étape de Lapébie, contre une étape de l'abbé Pie qu'il n' se doutera jamais de rien, notre sixième Paul, grâce au glorieux commissaire dont le nom, le gnon et le moignon sont sur toutes les lèvres.

Un peu de correspondance, peut-être, manière d'éclairer la lanterne de m'sieur Santantonio (comme ils disent) ? Hélas, rien d'intéressant... *The desert of Gobi.*

Par contre, je remarque un tas de cendres provenant de papiers brûlés dans le lavabo. Les cendres se trouvent dans la corbeille, mais des particules de papelard roussi subsistent sur les parois de la cuvette émaillée. M'est avis, comme on disait dans les premiers romans noirs américains, m'est avis que la sœurette a bien et bel voulu s'expédier sous le gazon et qu'elle a brûlé des fafs avant d'avaler sa potion magique.

Le tube ayant contenu cette dernière se trouve encore dans le cendrier de la table de chevet. Du *Burnorectal!* Tu parles : ça ne pardonne pas. Avec un demi-comprimé, tu dors dix-huit heures, avec deux : une semaine, et avec tout le tube, c'est l'archange Dugenou qui vient te réveiller en grattant le trou de son luth.

Le reste de mes investigations (comme on dit puis) ne donne rien. Des toilettes dans la penderie, des partitions dans un cartable à musique. Une chouette clarinette baveuse dans son étui. Je peux pas me retenir d'en jouer un p'tit coup. Du moins de souffler dedans, parce que moi, franchement, je ne joue bien que de la minicassette.

Mais t'es seul avec un instrument, en grand gamin, faut que tu l'essaies. Une force polissonne t'incite. Alors j'époumone dans l'embouchure. Mais rien ne vient. Pas le moindre couac. Ça me rappelle ce Laurel et Hardy où Laurel soufflait chez un brocanteur dans un hélicon-basse. Aucun son n'en sortait. Et puis, au bout d'un moment, un fracas de cuivre faisait tituber ce cher vieux Laurel. Surréalisme. Y a que ça : le surréalisme.

Je ne reconnais plus aucun autre art. Et encore s'agit de s'entendre. L'unique authentique, le fabuleusement certain, c'est Magritte. Lui, oui. Lui : tout ! Un jour je raconterai Magritte. Très bientôt. J'expliquerai ce que c'est, la vie, la philosophie, tout ! TOUT ! Et moi, depuis lui, un acte de foi. Bientôt, je jure. Avant de me remarsienniser pour toujours dans les éthers.

Donc je souffle à m'en faire éclater la jugulaire et rien ne retentit. De quoi je conclus que l'instrument est aussi bouché qu'un contractuel. Je le retourne pour regarder sous ses jupes. Ça m'a l'air normal. J'arrache l'embouchure.

Et j'avise.

Un ruban de papier roulé serré.

On l'a comme vissé dans l'embouchure.

Je le déplie. Il s'agit d'un télégramme.

Et il vient d'Italie... Le texte est libellé en français et en italien. Je vous le livre *in extenso* (par délégation spéciale du ministère des Affaires culturelles et antidérapantes) :

« *Demain minuit Lipp stop Cravate stop Donner ceci stop Chiesa S A de la G stop Dispositivo otto stop maschera stop Donato.* »

Le télégramme a été expédié hier de Rome.

Et bien reçu par San-Antonio.

Bravo, San-Antonio (1).

Je m'assois pour réfléchir sans fourmis dans les panards.

Avant tout essayer de décrypter le télégramme.

« *Demain, minuit, Lipp...* »

Ça, c'est le pain-blanc-le-premier. Du sans bavure. Intelligible.

« *Cravate...* »

(1) Qu'est-ce qui me prend souvent ? Garde tes réflexions pour ta concierge, hé, lavement !

Un mot tout simple.

Trop simple. Donc, mystérieux dans cette occurrence où je barbote. Cravate quoi, eh, podzob ? Est-ce le nom du gars avec lequel Zoé Ronbinsoncru a rendez-vous ? Doit-elle se munir d'une certaine cravate ? S'agit-il d'un signe de ralliement ? Si t'as la réponse, j' sus preneur à cent francs.

Poursuivons. C'est comme dans les mots croisés qu'on décroise : au lieu de s'obstiner sur un os, on a intérêt à l'enjamber.

« *Donner ceci...* »

C'est-à-dire le télégramme, naturellement.

En somme, Zoé était chargée d'aller porter les mots suivants à un correspondant que le dénommé Donato ne pouvait joindre directement.

Maintenant, voyons la partie italienne du message, *prego*.

« *Chiesa S A de la G.* »

Chiesa signifie église. Le reste est la désignation de l'édifice dont il est question. *S* égale probablement Saint.

A de la G veut dire quelque chose comme Anne de la Garde.

« *Dispositivo otto...* » ça, c'est du velours : dispositif huit. enfin : « *Maschera* », est la traduction de masque.

Je décroutaille le phophoneur et demande à la gentille eczémateuse de me virguler un numéro de toute affaire cessante. En précisant comme quoi, bien que flic, je lui rembourserai la communication.

Elle me répond que : pensez-donc-c'est-pas-pour-une-communication » et me glapaoute mon numéro.

Un brin de parlementation et j'obtiens le Big Boss de la D.S.T.

Il me déclare de but en gris qu'il s'apprêtait à partir pour assister à un cocktail donné en l'honneur de Machin, de passage à Paris. Ce qui revient à me dire que je lui parais aussi opportun qu'un bubon sur la zézette d'un monsieur devant se marier demain.

— Monsieur le directeur, fais-je, des éléments nouveaux me permettent d'affirmer que la sécurité du pape sera bel et bien menacée la semaine prochaine. Il est indispensable que je vous entretienne de cette question de toute urgence.

Cette sortie, madoué ! V'là qu'il me répond que ses dispositions sont prises ; que je devrais m'occuper de ce qui me regarde, que je donne dans la baliverne d'illuminé, et *tutti frutti*.

A la fin je ronchonne quelque chose qui peut passer pour des excuses, mais qui ne sont que des imprécations traduites du San-Antonio furax et je raccroche. Tu sais ce que je vais faire, dis, poilauc ? Un petit rapport tapé en quatre exemplaires. Un pour le ministre de l'Intérieur, l'autre pour le patron de la D.S.T., le troisième pour mon vénéré chef (dont je déplore l'absence) et un quatrième pour mes archives. De la sorte ma responsabilité sera à couvert et j'en connais un qui ira vendre des moules devant Saint-Lazare si un pépin papal se produit.

Avant de vider les lieux je m'y rends : à savoir que je vais dans la salle de bains de mam'zelle Zoé. Je te passe les flacons nombreux (tu me paseras le séné quand tu te seras déconstipé le territoire), les pots de crème, les trucs à tifs, les choses à z'œil, et autres...

Du classique. Ultra-féminin, donc émouvant pour un gaillard qui aime mieux pénétrer dans une pin-up que dans une mosquée (pour les deux t'es obligé de te déchausser, mais une mosquée ne t'appelle pas chéri).

Un coup de sabord par-ci, une œillade par-là... Je ne néglige rien, pas même la lunette des ouatères. Un flic, c'est un flic, que veux-tu. Même martien d'origine, il a le côté « Vise-un-peu ». Je te parie la case de l'oncle Tom, contre la tome de l'oncle Lacaze (1860-1955) (1) que tu serais dans la volaille t'en ferais autant.

(1) Car l'amiral est l'animal chez lequel on peut constater la plus grande longévité, après le maréchal.

Si je te narre les chichemanes de la belle suicidée, c'est pas par souci de scatologie, malgré que tu connaisses ma conscience professionnelle à ce propos. Mais parce que mes scrupules vont porter leurs fruits, comme disait un maraîcher.

Magine-toi, grande guenille, que je vois flotter un papier imprimé sur l'eau dormante de la cuvette.

Tu vas essayer de me contrer, rapport qu'il y a trop de bouts de papiers consécutifs dans cette affaire. Je te connais comme si je t'avais fini, sale branque! Seulement tu l'as vu dans le Laos, vu que le papelard dont j'allusionne n'est qu'un simple prospectus pharmaceutique. Genre ceux que tu trouves, pliés menus, dans les boîtes de médicaments et que tu dévores plus ardemment que la une de *France-Soir*, histoire de te persuader que la saloperie qu'il accompagne va te guérir de tes pourrissements.

Celui-ci a trait (à longs traits) au *Burnorectal*, ce barbiturique (Ave Cesar, barbiturique te salutant) dont s'est utilisé Zoé Robinsoncru pour tenter de mettre fin à ses jours.

Je sais que c'est le prospectus du *Burnorectal*, car je l'ai repêché. Et l'ayant posé sur le rebord du lavabo, j'ai découvert qu'il enveloppait encore quatre gélules de *Burnorectal*.

Une minute de réflexion, assis sur l'abattant des chiottezingues, à mirer ma prestance dans la grande glace placardée derrière la porte; et puis Santonio se dresse comme un seul homme et va prendre un grand congé de la matrone de l'établissement, dont l'eczéma rougeoie à mesure que la soirée s'avance.

Si tu crains les remugles d'éther, vieille fiente, attends-moi devant la porte de l'hôpital Albert-Brunerie. Justement, y a des bancs sous les marronniers qui l'entourent. Comment? T'as le nez bouché? O.K., alors amène ta rognure à ma suite illustre.

Est-ce un homme, une ogresse ou un gendarme en blouse blanche? S'agit-il d'une jument ou d'un dragon échappé à la fourchette de saint Michel?

Toujours est-il que ça gronde. Que ça fume. Que ça piaffe. On dirait soit le frère aîné de l'impétueuse Fernande, soit sa tante à moustaches. Ça s'interpose dans le couloir vert-cadavre-avancé, les coudes aux corps. La pâle clarté qui tombe de la veilleuse sculpte durement les traits de la personne.

— Pas de visite nocturne! mugit-on dans les parages de sa face.

Elle a une calotte ronde, enfoncée jusqu'aux sourcils. Ses oreilles décollées ressemblent aux anses d'une marmite, et son nez au pied de devant d'icelle.

La blouse blanche boutonnée par-derrière dénonce des volumes catégoriques, opulents, solides.

— Police! réponds-je.

— Et mon cul? objecte-t-on pour m'avoir le dernier mot.

— Il est ce qu'il est et je ne peux rien pour lui, affirmé-je.

La gaillarde (car décidément ce truc appartient au sexe féminin) rit en quinte de toux.

— T'inquiète pas, p'tit gars, il a fait ses provisions, fait la dame qui vient me jouer Verdun au mitant du couloir.

Ma riposte l'a dégelée.

— Alors, on est flic, à cette heure?

— Y en a pas pour les braves, m'dame. Je veux voir d'urgence extrême la dénommée Zoé Robinsoncru qui doit se trouver en salle de réanimation pour avoir confondu une boîte de *Burnorectal* avec une boîte de cachous à la réglisse.

— Vous êtes dingue, gaillard, on ne pénètre en réanimation qu'en qualité de client ou de docteur. Rien de prévu pour les poulets.

— Je vais cependant rendre visite à cette personne, ma belle princesse, car il s'agit d'une affaire de terrible importance.

— Vous seriez le pape que je ne vous laisserais pas rentrer, assure la caricature de dame.

Drôle de référence, vu le cas, non? Le pape! Toujours lui. Et qui se doute de rien, le bon Saint-Père. Qu'est en train de potasser le Gault et Millau de Paris ou de faire des haltères avec des goupillons personnels pour travailler sa bénédiction urbi.

— Je suis prêt à me déguiser en docteur Soubiran (1) pour aller jusqu'à elle. Si vous saviez comme je suis fringant, fringué en homme-en-blanc!

— Pas trop d'humour, gaillard, gronche l'inhospitalière hospitalière. Dès que la petite ira mieux, on vous fera signe.

Elle fait demi-tour pour signifier formellement la fin de notre entretien.

Jusqu'à cet instant, je ne l'avais vue que de face. De dos, c'est détonant, parole!

Je vous ai dit qu'elle portait une blouse boutonnée par-derrière?

Or, elle ne tient fermée que par le bouton du haut. De plus, un malheur n'arrivant jamais seul, la dragonne est entièrement nue par en dessous.

Tant et si bien qu'elle a le fouine exposé à toutes les convoitises des chimpanzés croisant dans le secteur.

Un dargeot à deux portes de ce tonneau, tu n'en reverras jamais, fils. Alors mate. Mate fort! Imprime ça dans ta mémoire. Au besoin note le détail. La manière que le bas des meules pend comme deux sacs de farine qui seraient couvert de poils noirs, longs et frisés. N'oublie jamais cette régulière, pardon : cette raie culière sinueuse, abyssale. Le grand cano du Coloradon,

(1) Tiens, à propos du docteur Soubiran, un matin il m'a décerné un grand prix littéraire, le Prix Dugenou, je crois. Et me l'a retiré le soir même pour en faire cadeau à sa concierge qui lui avait merveilleusement soigné son canari et sa plante verte pendant les vacances.

mon mec. Le défilé de Roncevaux. Roland t'y sonnerait du cor comme un olifan-de-troupe. Ah! vieil oryctérope, contemple et rassasie cette soif d'horreur originelle qui est en chacun de nous, et principalement en chacun de toi! Oh, le monstre postère. Oh! ce derrière tentaculaire, tentaculier, volcanique, suburbain, sardonique, loup-garesque, prêt à mordre. Vertige, abîme, phénomène. Curare. On te salue, nébuleuse! On voudrait retourner à ses mœurs primitives pour te révérer comme un soleil poilu. Tu es l'Himalaya du cul. Tu culmines. Ton con-cul-pisses! Totem! un peu, beaucoup, passionnément. Bravo! Quelle étrange émotion nous gagne? D'où nous vient cette langueur monotone? Oh, oui! Ah, oui! Je te crie, oui, oui, oui, cul d'exception d'où soufflent l'esprit et la tempête. Source de tout aquilon; siège du moindre zéphyr! Emblême absolu de la position assise. Croupion-fanion! Drapeau-pot! Entonnoir, déversoir. Eteignoir de cierges formidables. Couvre-siège. Capote en glaise! Séisme de Panama! Fesses-tivales! Prose-roi. Gobe-triques. Trône! Bonjour! Bonsoir! Merci! Tu m'aurais manqué...

— Madame!

Elle volte-face. Le mirage tombe en poudre.

— Quoi, encore?

— Vous avez le cul du siècle!

Elle lance ses deux mains vers sa malle arrière, se rajuste en rigolant.

— Je suppose que je vous ai interrompu en pleine veille, n'est-ce pas? C'était votre tour de salle de corps de garde?

Elle se cintre de plus belle.

— C'est une blague de ce fumier de Charly, dit-elle. Je lui avais pourtant demandé de me reboutonner après.

— Indulgence, indulgence, madame! Que peut faire un mâle APRES ce suprême abandon de soi-même? Eh quoi, vous l'avez comblé et vous voudriez qu'il vous boutonnât, vous rajustât? Mais soyez logique, par pitié, par simple charité chrétienne. Celui qui vient d'honorer ce que j'ai entrevu, ne peut plus refermer son propre pantalon, quand bien même il suffirait de tirer sur la chevillette d'une fermeture Eclair.

Alors là, elle se boyaute franchement.

Ça fait un bruit de grande étable en gésine dans les caverneux couloirs de l'hosto.

— Vous êtes une grande amoureuse, n'est-ce pas ? lancé-je à voix de velours.

— Je suis belge ! répond-elle.

— Pas de pléonasme entre nous, madame. Je suis moi-même un grand ami de la chère voisine d'Outre-Quiévrain. Je sais par cœur les paroles de la Brabançonne, je pourrais réciter à un concours de Pierre Bellemarre au moins douze variétés de bière belge, j'ai garé ma voiture au dernier étage du garage sis près de la fabuleuse Grand-Place (à coup sûr la plus belle du monde) et le dernier étage de ce garage, madame, c'est comme qui dirait les Alpes bruxelloises. Ma mère m'a élevé dans le culte d'Albert Ier. J'ai le portrait de la reine Fabiola dans ma chambre. Et, comme vous l'entendez : je parle le wallon couramment. Ma belgophilie est donc certaine, elle est totale, indivisible. Vive la Belgique !

Je ponctue d'un grand baiser pareil à un lâcher de colombe.

La colombe arrive à bon port.

— Un numéro comme vous, je vous jure, fait-elle.-

Elle hésite.

Puis, dans un reniflement, soupire :

— Bon, amenez-vous, je vais vous la montrer. Mais ça ne vous avancera pas à grand-chose étant donné qu'elle est inconsciente !

Tu viens d'assister, bel indistinct, à une grande victoire san-antoniaise. L'humour (très relatif pourtant) a eu raison de la grogne.

Non : inutile de me complimenter, tu resterais en deçà de ce que je pense de moi.

Suis, et ferme-la.

De même, la marche !

— Faudrait que vous veniez passer une soirée chez moi, avec quelques copains, déclare ma piloteuse tandis que nous développons nos enjambées dans les étages ; vous me feriez mourir de rire, j' suis sûre !

— Vous fermeriez ainsi la boucle des grandes morts de l'humanité, assuré-je. Jusqu'alors, la plus belle est celle du président Félix Faure, mort en faisant l'amour. Ensuite celle de Molière, mort en scène. Puis celle de Farouk, roi des ex-rois, mort en galimafrant comme un pourceau qu'il était. Mourir de rire est une fin enviable.

Sur cette solide philosophie, nous atteignons la salle des réanimations. La Belge-au-dargif-dantesque me désigne la lucarne vitrée découpée dans la porte.

— Avant de trimbaler dans la salle vos dégueulasseries de microbes, mon vieux, jetez un coup d'œil à votre cliente. Vous la reconnaitrez sans peine, je pense.

J'approche les deux yeux qui hypnotisent tant les personnes du sexe-que-j'ai-pas de la vitre. Zoé (qui l'eût cru ?) occupe le second plumard à droite, tout de suite après celui d'un vieux mironton bardé de tuyaux et qui respire avec une paille.

Elle a eu raison, mémégère, de me faire mater préalablement. V'là une *good* idée, et qui confirme pile ce que je pensais en déboulant à l'hôpital Albert Brunerie.

Je m'écarte du judas et chope la licorne par l'une de ses pattes de devant.

— Ma belle Belge adorée, lui chuchoté-je. La scène qui va suivre risque de vous déconcerter, aussi vous prié-je de regarder à nouveau ma carte de flic, ainsi que mes autres papiers d'identité, pour bien vous persuader que je suis un commissaire authentique. J'agis en connaissance de cause et suis prêt à vous signer une décharge.

— En somme, elle me fait, cela signifie « sois belge et tais-toi ? ».

— Vous venez de trouver le raccourci idéal.

— Bien, gaillard. En ce cas, vous ne savez pas ? Moi, je vais aller finir Charly.

— Le pauvre, vous l'aviez laissé en rideau ?

— A cause de vous... Dites : j'ignore que vous êtes venu jusqu'à la réanimation, d'accord ?

— Marché commun conclu, ma chère !

On la tope.

— Si vous voulez qu'on mette au point notre soirée fantasque, appelez-moi ici. J'y suis toutes les nuits, sauf le lundi. Mme Gertrude, vous vous souviendrez ? Diminutif : Trudi.

« Non, rectifié-je in-pettieusement : Troudu ! »

— Comptez sur moi !

Elle s'éclipse.

De lune !

Moi, pour lors, mon bon doctrinaire, je comporte de manière que tu vas juger insolite, ce dont je me torchonne l'issue inférieure.

Je délourde la porte et l'écarte suffisamment pour me laisser le passage...

Des râles agoniques. Des sifflements. Des dodomontades. Des chuintements de vie me parviennent... Sale impression.

Contrefaisant ma voix, je dis, tout bas, mais suffisamment haut pour qu'une oreille lucide puisse capter :

— Je garderai la porte fermée pendant que tu tireras.

— C'est pas la peine : j'ai un silencieux.

Là-dessus, le très remarquable San-Antonio dévague son ami Tu-tue et s'approche du lit de la môme Zoé, revolver au poing.

Je ne prends pas de précautions pour rendre mon approche discrète. J'y vais carrément. Parvenu au chevet de la gosse, j'allonge mon bras armé.

Un cri terrible retentit.

Poussé par la belle musicienne.

Ce contre-ut ! T'en as pas le tympan fissuré, toi ? Moi, je me demande... Elle s'est dressée sur son plumard, à genoux, d'une seule détente, sans se soucier des aiguilles branchées dans ses veines pour les goutte-à-goutte perfuseurs.

A la lumière bleue de la loupiote, je vois rouler le blanc de ses yeux dans son visage sombre.

— Ça va, Zoé, lui dis-je en renfouillant Nestor, gueule pas si fort, tu vas déconnecter tes petits camarades...

Calvacade dans le couloir. C'est m'man Grosderche qui, contrairement à ses promesses, était restée dans les proximités et qui pas-de-charge à tout berzingue.

— Non, mais dites, faut pas pousser! Vous exagérez...

Elle a éclairé en grand.

Elle voit tout.

Se tait...

— J'ai des dons de miraculeur, hein, Trudi ? lui lancé-je. Soyez gentille, débranchez donc miss Lazare. Vaut mieux qu'elle s'alimente avec une fourchette. Et puis redonnez-lui ses frusques : je l'emmène dans le monde.

— Qu'est-ce que ça veut dire ?

— Simple histoire de simulation. Cette petite coquine n'a avalé que quelques gélules de son truc, heureusement. Elle a balancé le reste dans ses chiottes où j'en ai retrouvé une partie.

— Alors elle a subi tous ces tubages, ces piqûres, ces...

— Oui, ma Troudu jolie. Mais ne troublons pas la quiétude bourgeoise des pauvres gens qui nous entourent et filons.

Zoé est toute soumise à l'autorité policière. Son traitement de choc à l'hosto l'a quelque peu démantelée, physiquement, et elle a la tête d'une entraîneuse au petit matin, lorsqu'elle s'est *occupée* d'une équipe de hockeyeurs polonaise.

La grande Belge a trouvé un autre motif de vitupération.

— On ne sort pas d'un hôpital comme de toilettes publiques ! Il y a des formalités à remplir. Elle doit attendre demain son bon de sortie. D'ailleurs les patrons ne me croiront pas. Ça va faire tout un patacaisse !

Je l'apaise.

Avec un « p », pas avec un « b », heureusement !

— Aucune panique, Trudi : je vous couvre entièrement pour que vous ne preniez pas froid. Retournez perfuser le gars Charly qui doit virer escargot à force de se morfondre.

Puis, à la môme Zoé qui s'est déjà refringuée :

— En route, baby, notre noye ne fait que commencer !

Bonne fin de chapitre, non ?

Parvenu à ce point de l'aventure, je marque le Stop. Tu peux allumer une cigarette et récapituler tout ce qui vient d'avoir lieu, histoire de te bien préparer à la suite titanesque qui va t'être servie dans un peu moins de pas longtemps.

CHAPITRE « D »

— Vous n'avez pas envie de boire quelque chose, joli minois ?

Elle ne répond pas.

Tu la verrais, acagnardée dans ma voiture, tu la trouverais mignonne toute pleine (comme dit l'autre). Quand je mate des bijoux pareils, je me demande comment ils s'y prennent, tes potes, et toi aussi, pour être racistes ! Une perle noire. Fort peu noire, d'ailleurs, plutôt ambrée. La pénombre gomme sa fatigue, toutes les tracasseries physiques qu'elle a subies.

Vue de près, faut admettre que ça ne lui va pas mal du tout, les cheveux blonds. Sur la photo, ça faisait bizarre, on ne voyait que l'anomalie ; mais « en situation », crois-moi, c'est vachement bathouze. Bronze d'art. Pur sang. Du chouette, bien admirable. Mise en boutanche à la case de l'oncle Tom ! Autant en apporte le vent !

Je coule un œil au cadran phosphorescent de ma Pastéque-Tulipe. Il admet 11 h 20.

— De toute façon, enchaîné-je, au bout de son mutisme, nous allons prendre un verre. Et vous savez où ?

Elle darde sur ma prestancieuse personne un regard dont le blanc de l'œil est blanc.

— Chez Lipp !

Du coup, elle la fait (sous-entendu, la lippe).

Une réaction fugitive, mais marquée.

— Car à minuit, vous y avez un rancart, chez *Lipp*, n'est-ce pas ? Et, au troisième top, vous y aborderez un personnage qui...

La garce !

Ah, si je m'attendais à ce coup fourré, tante Berthe ! Les eaux dormantes du lac noir, tu parles !

Plein les carreaux !

Du poivre moulu. A peine ai-je eu le temps de retapisser l'odeur caractéristique qu'il m'arrivait dans les lucarnes. Vzzoum ! La grosse pincée ! D'où qu'elle l'a sortie, selon toi ? T'en sais rien ? Alors t'es vraiment une pelure bonne à nib, décidément ! Un authentique locdu qui se contente de suivre par-dessus mon épaule en ronchonnant. Mais course-la, bon Dieu, au lieu de me regarder danser la gigue des yeux brouillés !

Elle cavale dans la rue déserte. Dominant ma douleur affreuse, je fonce en titubant. J'y vois quine ! Tout est brouillé. Mes gobilles sont en feu. J'entends valiser Zoé comme une perdue. Je veux bomber. J'emplâtre une poubelle, je valdingue, m'offre une tartine de pavés qui me rabote le menton. Etourdi, je m'assieds sur le bord du trottoir. Je dois ressembler à un méchant poivrot beurré comme un petit LU. Et de chialer, de chialer ! Toutes les larmes de mon corps parviendront-elles à éteindre les deux foyers qui consument ma face ? (1)

Me faudrait de l'eau. Du collyre. Ah, la garce...

J'ai aperçu (à l'époque où je n'étais pas encore aveugle, œuf corse) une fontaine devant l'hôpital. M'efforçant d'écarquiller les stores et de ne plus percuter d'obstacle, je la rallie et m'ablutionne les quinquets.

Ouf, ça va mieux.

Je récupère ma vision. Note que je serais plus à mon aise avec une canne blanche, mais enfin, quand t'as pas de beurre, tu te sers de margarine, hein ?

(1) Apprécie cette phrase, hé, pelade ! Elle est de toute beauté ! Quel talent ! Laisse que je crève et qu'on m'oublie. Tu verras ce délire quand ils me découvriront, vingt-cinq ans plus tard.

Je vois un paysage tout brouillé, tout zébré, encore poivré. La rue vide... La façade de l'hôpital inerte. Des arbres alignés comme... (tiens, je vais te sortir une image dont l'originalité t'échappera pas)... des soldats à la parade ! Bath, non ? T'imagines ces soldats... de bois commak, à la baïonnette-leu-leu ? J'en frissonne. Tu serais moins ce que t'es j'en rajouterais. Mais t'as pas le temps. Avec toi faut que ça trace. Bon...

Je retourne à ma chiotte.

La môme, je perds pas mon temps à la courser biscotte nous sommes à deux pas et demi du bois of Boulogne et que c'est là que ma gazelle s'est dirigée.

Moi non plus, j'ai pas le temps. Une demi-plombe pour parer à la manœuvre...

Si je ne pleurais pas de poivre, je pleurerais de rage. Me laisser poivrer de la sorte par une panthère ! Merde ! Enfin, m'objecteras-tu, vaut mieux qu'une gonzesse te poivre de cette manière-là. Ça te fait des éconocroques d'antibiotiques...

Je remonte dans ma guinde.

Et je fonce en direction du boulevard Saint-Germain. Il est 23 h 45 lorsque j'y déboule. J'abandonne ma tire sur un passage clouté, miraculeusement libre. Un dernier coup de chiftir à mes lanternes, un coup de peigne réparateur, un toc-toc-t'es-beau à mon nœud de cravate.

Paré !

Saint-Germain-des-Prés grouille de monde à cette heure. Une vraie arche de Noé. Artistes et pouilladins. Tout-Paris-de-mes-Deux et bite-niques. Un sacré méli-mélo. Quand tu penses qu'ils ont compromis l'avenir du microbe à coups de drogues perfides toutes plus sulfamidiques l'une que l'autre et qu'ils laissent pulluler ces messieurs-dames depuis Hiroshima-l'Amour-de-Truma, sans oser réemployer leur détergent miracle, tu vires incrédule, ma panosse.

On s'était pourtant magnifiquement fait à cette idée de grand nettoyage hygiénique. Ça solutionnait si bien les problèmes... Vloum ! aujourd'hui je te sucre le quart de l'Inde. Et pan ! sur la Chine, scrafez-moi donc trois cents millions de jaunets. Du temps que tu passes par là, file encore un petit coup de vaporisateur sur Tokyo, que leur courbe démographique harde trop fort à ces tronches plates ! Et puis tu me solutionneras la misère du tiers-monde. Bling, bling ! Au tas ! Y a pas de restes. C'est tout bon. Une grande réactivité règne dans l'Univers. Les v'là tous redevenus hommes de gros moignons. La thalidomide ? Une sucette ! Dégagez, mortels, puisqu'aussi bien vous l'êtes. Et pas trop de suivants. Place aux vieux. Y a qu'eux qui savent vivre. Quand ils sont bien gras, bien riches. Le monde à ceux qui savent s'en servir, lui faire suer le pétrole, la bauxite, les boxons. La plaie de notre planète, c'est l'amateurisme. Tous ces navetons qui bousculent les autres, leur pompent l'air sans faire autre chose que travailler et se multiplier, c'est le chancre mou de l'espèce. Une honte déambulatoire. Processionnaire. Quoi, ils sont frappés d'apathie, les bien-puissants, ou si des fois, ils ne le sont plus, puissants ? Anémiés du dedans, tu crois ? Chiffes mollasses ? Epuisés de puissance comme on l'est de fatigue ? Blasés d'avoir ?

Ça doit être ça. La gavance les a eus. Ils sont tellement las de cet état de chose que le communisme, ils l'imposeront de force. On assiste. C'est en cours : regarde ! Et les autres grouilleurs anonymes regimbent. « Mais non, laissez, on est pour la société de consommation, mes messieurs. Notre rêve, c'est vous : l'obésité, la crise cardiaque, la médaille de la Légion de ma Croix sur la Commode de l'Honneur, les voyages, les belles maisons, Hermès, Fauchon, Dior, Eden-Roc, toute la panoplie. »

Ah, vrai : j'sus content d'être martien.

Bien entendu, c'est bourré à craquer chez *Lipp*. Mme Alice Sapritch braque son fume-cigarette de star sur l'entrée. Trois ministres choucroutent en bonne compagnie. Deux avocats célèbres se coupent alternativement la parole et une foule d'inconnus examinent des inconnus en se demandant s'ils sont vraiment inconnus ou si c'est eux qui ne les reconnaissent pas.

« Cravate. »

Le mot tartifuge (1) dans ma tête.

« Cravate. »

V'là ton San-hante-Tonio qui déambule devant les tables, faisant mine de chercher quelqu'un de connaissance. J'examine les cravetouzes des pèlerins rassemblés en l'auguste brasserie. Elles n'ont rien de particulier. C'est plutôt du classique, genre Lanvin. A Saint-Germain-des-Prés, y a pratiquement que les vieux jetons qui mettent encore des baveuses (les autres sont en col roulé), alors comme ils sont vioques, ils les choisissent sérieuses, tu comprends? Chez nous, à Mars, où on remplace la cravate par le mégot, on ignore ce genre de contingence.

Donc je passe les cravatés en revue et j'ai le désagrément de n'en dégauchir aucun dont on puisse trouver la cravoche plus ou moins singulière. Je te dis : c'est du mylord tiré à quarante-quatre épingles et accompagné de souris visionneuses pour la plupart.

Pourtant il est minuit, docteur Schweitzer, et le correspondant de la môme Zoé est sûrement ici. On est exact à un rendez-vous de cette importance.

« Bien, me dis-je familièrement, si le mot « Cravate » ne se rapporte pas à l'élément complémentaire de l'élégance masculine, peut-être est-ce là le patronyme du monsieur?

Ricane pas, pied de porc, j'ai connu des drôles de blazes le long de ma vie. Des Crétin, des Ducon, des Lamerde et je t'en épargne. J'ai même rencontré un malin qui s'appelait Dard, ce qui fait tout de suite dégueulasse; remarque qu'il méritait bien son nom. Alors, donc, pourquoi pas Cravate? Un qui annonce, dans la foulée : Jean-Louis Cravate, pour peu qu'il

(1) Cherchez nulle part, dans aucun dictionnaire d'argot, le verbe tartifuger : il n'a jamais existé et va cesser dès tout de suite.

déplace un chouïa l'accent tonique (ou qu'il prenne l'accent teutonique), je te parie mon truc contre ton chose (tu y gagnes) que tu ne sourcilles pas.

Je dévale aux toilettes et j'aborde avec une politesse exquise la garde-chasse (d'eau).

Je lui raconte comme quoi j'ai la ranque avec un dénommé Cravate, que je ne connais pas, et qu'elle m'obligerait en le mandant. Une généreuse obole ponctue ma requête. Dès lors, la dévouée personne écrit le mot Cravate sur son ardoise à sonnette et part à la pêche. J'attends, non pas en rongeant mon frein, mais en faisant pleurer Margot. Comme je prends congé d'elle, et alors que j'achève de la mettre à l'abri des convoitises, la porte d'une cabine téléphonique s'ouvre et un homme qui turlutinait en sort.

Tu veux que je te dise ce que refait mon sang?

Ah, t'as deviné? Ben oui : il ne fait qu'un tour.

Mais un beau.

Vingt-gu. J'en ai le guignol qui gesticule et il me grimpe des vapeurs ardentes au niveau de la visière.

Le personnage mentionné ci-dessus, ce que tu remarques sur lui, avant tout, c'est sa cravate, justement.

Elle est jaune. Unie. Mais attends, t'énerve pas, vieille figue, elle est ornée d'une épingle d'or, ce qui ne se fait plus beaucoup, sauf chez les vieux retraités ou dans les bars à Nordafs. L'épingle décrit un motif bizarre. De très loin, tu prendrais ça pour un hippocampe stylisé, d'un peu plus près, ça ressemble à un point d'interrogation, et quand tu regardes à nez-portant, tu t'aperçois que le bijou représente en fait une sorte de crosse épiscopale.

Ça chef-lieuse Ajaccio, hein? (1)

Au moment où je désespérais...

J'aborde l'épinglé avec ce sourire franc et massif que tu me connais.

(1) San-Antonio a voulu dire : « Ça se corse. »

— Pardon, fais-je, mais je crois bien que nous devons nous rencontrer à minuit…

Boudiou ! J'espère qu'il ne savait pas préalablement que c'était une ravissante fille bronzée qui devait le contacter ! Et j'espère également qu'aucun mot de passe n'était prévu au programme…

Le zig me dévisage d'un œil plutôt malsain. Il est grand, bistre, moustachu de noir, comme on dit dans les romans moins bien travaillés que celui-ci, avec des sourcils hérissés et de longs favoris qui grisonnent déjà du bas bien que l'individu frise tout juste la trente-troisaine. Un Méditerranéen, à coup sûr… Et qui vient de l'autre côté de ce que nos grands-mères appelaient « la grande bleue ».

Ses yeux se posent sur ma cravate. Pigé : une petite crosse devrait s'y trouver. C'est ça, le signe de reconnaissance.

— Figurez-vous qu'on vient de me la piquer dans le métro, dis-je avec un sourire, en tapotant ma belle Hermès ramageuse.

Un peu piètre comme argument, je suis d'accord. Si t'en vois un meilleur, écris-le-moi sur l'ardoise de Mme Chiottezingue et brandis-la dans le dossard du copain.

Il ne moufte pas.

Je tire le télégramme de ma fouille et le lui fais respirer sans le déplier.

— L'endroit n'est pas sain, allons discuter de ça ailleurs, je vous attends sur le trottoir. O.K. ?

Est-ce qu'il entrave le franzouze, au moins, Césarin ?

Oui, il.

Et même qu'il le parle admirablement, puisqu'il me répond « O.K., *boy* ».

Il a l'accent amerloque, ce qui tendrait à m'incliner de supposer qu'il s'agit d'un Méditerranéen d'outre-Atlantique.

J'entends, là-haut, la dame des toilettes qui annonce :

— On demande M. Cravate ! M. Cravate !

Tu parles... Je l'ai ferré, mon « M. Cravate ». Et à présent, il s'agit de l'opérer énergiquement. Ma décision est prise : je l'embastille d'autorité sitôt que sorti de l'illustre brasserie.

Mes menottes me démangent les doigts, si je puis dire. Et je le peux. Je le saute à la surprise. Le coup de fumée : clic, clac. Tant pis pour le mandat d'amener. J'ai un talon de mandat-carte sur moi, ça suffira bien.

After quoi, hop : la grande taule. Je convoque messire Bérurier pour la séance de nuit et on s'entreprend l'homme à l'épingle de cravate en grand. En très grand. Qu'il nous raconte un maximum de choses, mes oreilles trépignent d'impatience.

Donc, il me répond « O.K., *boy.* »

Je paraphe notre accord d'un sourire engageant et gagne l'escadrin.

Comme je pose le pied droit sur la première marche, je cesse de penser.

Noir complet d'une durée indéterminée. On continuera la séance dès que la lumière reviendra. L'éditeur décline toute responsabilité à propos de cet arrêt momentané de l'auteur. Le présent ouvrage ne sera ni repris ni échangé contre les Mémoires *du général de Gaulle.*

De très loin, ça me parvient en bouillonnant. De la mousse de bain, tu vois ce que je veux dire ? Ça gonfle en crépitant.

« Illlll... yatilllllll unmède... cindanlassssss... salle... salle... salle... allllllllle... »

Galopade... Exclamations...

« Il est mort ?...

« Non : le cœur bat...

« Tombé à la renverse ?...

« Raté une marche...

« Sa tête a porté...

« Il ne saigne pas...

« La tête, c'est ou tout l'un ou tout l'autre...

« Vous êtes médecin ?

« Dégagez, voyons, comment voulez-vous que le docteur...

Je suppose, tant bien que mal, qu'un certain San-Antonio gît sur le carrelage des vouatères.

On l'ausculte. Un type qui devait bouffer de la choucroute. Son haleine sent la choucroute. Les toubibs, ça aime la choucroute. La choucroute de *Lipp*.

— C'est grave, docteur ?...

Un examen plus approfondi... ambulance... Hervé, tu veux aller chercher ma trousse dans la voiture?... Tiens, les clés!...

Attends que j'essaie de me souvenir. Qui est ce dénommé, ce surnommé, ce bien nommé San-Antonio, couché sur la dure, cerné de pieds, et dans la frite duquel on vaporise des relents de choucroute ?

T'as une idée, toi ? Ben aide-moi, merde ! J' sais pas ce qui m'arrive, j'ai un petit coup de flou dans le cassis. Pourtant j'ai pas picolé. Il fait quoi, dans la vie, ce lascar ? Il rate les marches ? T'es pas louf ! C'est du mec équilibré, Santonio.

Il a les pieds sur la terre...

Mince, ce que je trimbale comme migraine, mon neveu. Le foie, tu penses ? La bouffe des Béru ? Possible. Elle cuisine tellement gras, la mère Berthoche... Chez elle, tu peux dire que ça baigne dans le beurre ! Ah, pour ça, oui... *Donne, Hervé !*

Je lui fais une piqûre de Silcozobinchecontractovislar de protobitedanloc. Inscris sur une feuille de bloc, Hervé... On la remettra aux brancardiers... pour l'interne de service... Pas de i grec à protobitedanloc, petit con !

Attends, flûte, v'là une vague noire qui m'avance dessus. Je veux pas... Je v...

Re-noir (comme dirait Pierre, fils d'Auguste).

L'astérisque étant « un signe typographique en forme d'étoile indiquant un renvoi, une lacune », j'en dépose sans hésiter un ici.

A mes astérisques et périls.

Parce que, en fait de renvoi, même si tu ne te nourris que de radis, tu peux pas faire mieux.

Quant à la lacune, celle de Venise n'est rien en comparaison de la mienne. Voici donc mon astérisque, fais-en bon usage.

*
**

Rien de plus commun que la salle commune de cet hôpital où je recouvre mes esprits.

Les dieux hospitaliers que cause Jeannot Lapin dans la fable de La Fontaine feraient bien de se manifester, ou, à leur défaut, le service de santé.

T'as déjà vu un endroit plus misérabiliste, toi ? Une caravane de plumards dans un immense local dont la peinture marron-merde s'écaille. De hautes fenêtres aux verres gris de poussière. Un peuple de malades geignards, vagissards, agoniques. Des qui prient, des qui supplient, des qui pètent, des qui rotent, des qui gémissent, des qui râlent, des qui s'infectent, des qui réclament, des qui déclament, des qui mutisment, des qui espèrent.

Mister Dantès, à moi !

Chacun sa croix.

Ce sont les bannières qui manquent.

J'ai très bobo derrière la tronche, mais enfin, c'est supportable. Et à part ces lancées dans le citron, tout va bien. Je me sens même reposé.

Pendant ces heures de complète relaxation, mon sub' a dû continuer de fonctionner car je me sens comme enrichi par des considérations fortement enracinées dans mon esprit.

Ainsi, par exemple, je sais ce qui m'est arrivé. Toi

aussi, bien sûr, seulement, toi, mon julot, t'avais le recul. Tu spectatais...

Le gars à la cravate crossée, je vais t'expliquer, il a reçu un appel téléphonique chez *Lipp* juste avant que je me pointe. De qui? De la mère Zoé, camarade. Cette petite garce l'a prévenu que j'étais en possession du télégramme.

Comme il quitte la cabine, je l'affronte. Le type sait qui je suis. Il devine que je vais l'enchrister. Nous sommes seuls dans le local des toilettes. Alors il m'assomme.

Puis s'esbigne.

Dans le tohu et dans le bohu de la brasserie, sa décarade passe inaperçue.

Mme Fafatrain fait retour, me découvre, crie à l'aide. Explique comme quoi la pomme que je suis a raté la *first* marche et s'est binoclisé le cassis sur le carrelage.

Merci. Bravo. N'en jetez plus! Poivre-aux-châsses et goumi-occipital : je suis décidément promu roi des navets et reine des pommes. J'oubliais : empereur des cornichons!

Pauvre Sana, va!

A nouveau mes idées se brouillent comme si elles venaient de faire un héritage. Je mélange tout : le « cardinal » Duplessis, son améthyste, sa grande jument de Fernande, la gredine de Zoé, le petit père Badinguais, la chère dame Trudi et l'autre enviandé de chez *Lipp*. Un vrai nuage de mouches...

Qui tourne autour de l'image immaculée du Saint-Père.

Le bon Paul VI qui va être assassiné dans...

Dans combien, au fait? Quarante-huit plombes? Deux jours?

Duplessis nous l'a affirmé.

Un correspondant anonyme a téléphoné *at home* (non, je n'ajouterai pas de Savoie, inutile d'insister. Tu tiens vraiment à ce que je passe à côté de ma carrière, toi!) pour dire à Régina que je dois faire attention au pape.

Le pape! Je voudrais me signer. Me soussigner. Invoquer des saints recommandables pour leur dire de m'arracher à mes vapes, de m'éclairer la route avec leurs auréoles fluorescentes... Un miracle! Je veux un miracle. Je suis catholique, j'y ai droit. Pourquoi ce serait réservé à des petites connasses pubères, dis? Y a pratiquement que des péteuses qu'ont de temps à autre le privilège d'une apparition de la vierge. Ça suffit! Place aux bonshommes, un peu, Seigneur. Je paie mon denier du (Troudi) culte. Je suis baptisé. J'ai fait ma *prome.* A moi l'extase, la grande clarté béatifique. Je vais remonter les Champs-Zé en brandissant une pancarte. Et puis scander, au côté de Georges Séguy : « Nous voulons... des miracles! Nous voulons... des miracles! »

Quoi! Se peut-ce? En v'là un. Un vrai. Homologable.

La sainte paire qui m'apparaît. Me jaillit dans la rétine. S'approche de mon lit grabataire. Pas d'erreur. Je la reconnais.

Paul!

Six!

Paul VI, mon bédouin : en chair, en os (surtout) et en civil.

Dis : ça remue dans le clergé, t'admettras! Jusque z'alors, le souverain pontife portait sa belle robe blanche en toute occasion. Eh ben, imagine que le v'là en costar gris-muraille, avec un vieil imper. Notre imper quête soucieux...

Je déraille. Escuse. C'est ces piquouzes dont on m'abreuve les veines. Mais la réalité est là.

Sa sein tété est à mon chevet.

Personnellement.

Et tu sais qu'elle m'adresse la bonne parole?

Comme je te le dis.

— Et alors, mon petit, que t'est-il arrivé?

— Un petit coup fourré, très Saint-Père. Merci de vous être dérangé pour moi.

— C'est tout naturel ; j'étais de permanence lorsque le commissariat du sixième nous a prévenus qu'il t'était arrivé un accident.

— Le pape, de permanence ? J'ai entendu causer de la permanence de l'Eglise, certes, mais...

Le Tout-terrain pontife allonge une dextre maigrichonne au-dessus de ma calbasse endolorie.

Une bénédiction ? Dis, je rêve ? Une bénédiction papale, pour moi tout seul ? Pas besoin que je la partage avec mes petits camarades de la J.O.C. ? Tu jures ?

— Votre Sainteté est trop bonne, remercié-je.

— Et tu trouves encore le moyen de te foutre de moi, soupire Paul VI.

Pour le coup, je réagis. Bye bye, le mirage dont je m'enorgueillissais déjà.

Tu veux savoir, Paul VI ? Ben c'est Pinaud.

Inouï ce qu'il ressemble au pape, Baderne-Baderne, j'avais encore jamais remarqué. Il aurait pas cette petite moustache de rat visqueux, tu le prendrais pour le jumeau du Saint-Père.

Ma lucidité affleure. Bandant comme un cerf ma volonté, je parviens à m'installer dans une espèce de nomade's langue (comme dit Béru) qui n'est pas encore la véritable « possession de mes moyens » mais qui, du moins, n'est plus la délirade. En termes émincés je narre l'ensemble des faits à la Vieillasse.

Parler attise mes facultés. A la fin du récit, je suis redevenu normal. Dans le fond, c'est peut-être cela le miracle ?

— Ils vont te garder ici deux jours, bien que tu ne souffres que d'un léger traumatisme, m'avertit Pépère. C'est le règlement.

Je hennis.

— Je suis dans une période où je chamboule les règlements hospitaliers, Pinuche. Trouve-moi mes harnais, qu'on foute le camp d'ici. Des choses un peu terribles se préparent.

Tu m'as déjà vu me barrer d'hostos où je gisèle (pardon : où je gisais) dans un état beaucoup plus pitoyable qu'en ce moment, hein ? Je te passe donc la scène du sauve-qui-peut pathétique avec une garde malcommode et pas pittoresque comme l'était ma grosse Belge. Des infirmiers alertés qui se pointent ! Un ramdam dingue. On me traite d'assassin et de flic (ce qui peut paraître manquer de logique au premier degré). On essaie de m'agripper. De me gripper. On invective le Pinuche. Non, je te gaze sur tout ça. Deux scènes d'hôpital consécutives, déjà c'est gonflé. En charabia littéraire, ça s'appelle un doublon. Contraire à toutes les règles, même grammaticales. Je serais nouveau au Fleuve, recta on me virerait, on me conseillerait d'aller apprendre mon métier chez Plumzingue.

Ils transigent pas sur les questions techniques, les gueux. J'entends d'ici ce raffut : « Non, mais qu'est-ce y vous prend, mon vieux ? Alors vous sortez d'une scène d'hôpital pour rentrer dans une autre ? Dites, ça va pas ! Votre type, chez Lipp, *vous auriez pas pu le faire s'esbigner sans qu'il vous rectifie la verrière ? C'était vraiment nécessaire, cette redite avec les nouveaux tarifs d'imprimerie ? L'augmentation du papier, la T.V.A. et tout le personnel qui mendie des rallonges ? »*

Remarquez, je pavane, mais un jour viendra qu'ils en auront marre de mes fantaisies et me diront bye-bye.

Le tout, dans la vie, c'est d'être toujours prêt au départ. Bien se conditionner pour le largage fortuit. Tu laisses tout quimper, petit. Va-t'en mains dans les poches. Pas de valise, surtout ! Ça gênerait ta liberté de mouvement. Emporte seulement ton carnet d'adresses, c'est la seule chose qui soit duraille à recommencer dans la vie.

Quatre plombes du mat', c'est une heure tordue. Aussi tocassonne dans son genre que trois heures de l'après-midi. Le jour n'est plus là et la nuit agonise. Alors quoi? Rentrer se zoner pour se refaire un moral?

A quoi bon? Je me sens d'attaque, ayant eu droit à une ronflette de première...

J'interroge le Détritus :

— Tu regagnes ton clapier, vieux lapin?

Il renifle dans l'air frisquet de la pré-aube.

— Je fais ce que tu fais, mon petit.

Gentil Pinuche. Quand je sors d'un grave turbin, il devient tout paternel avec moi. Il a une âme de grand-père, c't' homme-là. Dommage qu'il n'ait jamais eu de progéniture. On n'est pas des forcenés de la procréation dans la bande. Notre belle semence, on la virgule dans des terres stériles. Le Gros a recueilli sa nièce, et moi un petit enfant de gredin. On pratique le marché de l'occasion, quoi. Dans un sens, quand tu vois ta vacherie de planète surpeuplée, tu te dis que c'est de bonne politique...

— Ton affaire est insensée, déclare l'Amoindri. L'on dirait du feuilleton à épisodes...

— Je n'y joue pas un rôle très brillant, soupiré-je.

— Parce que tu n'y as pas cru tout de suite, renchifle notre Pater-Austère.

— Explique...

— Tu as cru que Duplessis était un louftingue. Quand il a été tué, tu as cru à l'accident. Bref, jusqu'à ce que tu sois directement embarqué sur ce navire, tu regimbais, Antoine, tu regimbais. Donc, n'étant pas conditionné, tu devenais vulnérable. A présent, tout va changer... Tu possèdes des indices, des signalements, une certaine conception des choses : tu as des personnages à ta disposition...

— Lesquels, par exemple?

La Momie laisse partir une stalactite de son pif

branlant. La chose s'écrase avec un bruit d'éjaculation mal dirigée sur l'asphalte du boulevard Saint-Germain.

— Lesquels ? Comment ça, lesquels ? Tu n'as que l'embarras du choix, mon garçon. Tu te trouves encore traumatisé pour ne pas le comprendre. Je compte...

Il écarte sa pauvre main qui ressemble à un gant perdu et énumère, en pinçant alternativement les déchets jaunis lui servant de doigts :

— Mme Duplessis. M. Badinguais. Mlle Zoé. Ton agresseur. Plus les collègues de Zoé. Ça fait du monde, non ?

— J'ai déjà dénoyauté tous ces gens, César.

— Superficiellement. Ils n'ont peut-être pas donné tout leur jus ?

Décidément, il me flanque la riaque, ce bon bonze fondant. M'insinue le doute professionnel sous le cuir.

— Tu préconises quoi, somme toute, vieux rhizopode à gueule de protoptère ?

— Une nouvelle conversation avec la veuve Duplessis, déclare catégoriquement l'Ancêtre. Depuis que tu l'as vue, il s'est passé des choses...

Franchement, c'est pas si bête, hein ?

Tu l'as bien digéré mon astérique, tout à l'heure ?
Yes ?
Alors en v'là un autre. Mais si t'as peur qu'il te fatigue, t'as qu'à ne pas le lire.

***

La vraie ganache.

Le menton qui dépasse le bout du pif de vingt centimètres ; tu mords ? Vieux, pas rasé, les joues en creux, le regard en pâquerette effeuillée. Eculé, quoi. Et tellement résigné qu'il ne doit plus avoir l'impression d'exister.

Tel est le gardien de nuit de l'hôtel *Belcrampe*.

Il nous voit entrer et conjugue son énergie afin de

soulever ses paupières. La seule chose qui paraisse solide, chez ce branlant, les paupières. De vraies coquilles, mec. Des praires. Elles sont bombées, solides, minérales. Il les soulève difficilement et ne parvient pas à les garder remontées très longtemps.

Le père de Ma Ganache (de potasse) fait un effort pour nous regarder, du tréfonds de ses apathies.

— V' v'lez une chambre à la nuit ou à l'heure ? nous questionne-t-il avec un accent russe à couper au sabre cosaque.

On se contemple avec une légère tendance à l'hébétude, Pinaud et moi. UNE chambre à l'HEURE !

Pour nous !

Il nous prend pour un couple de monsieur-madame, ce mannequin !

— Dites, petit père, rugis-je et russifié-je, faudrait voir à ne pas confondre paire de couilles et paire de chaussettes. Nous ne sommes pas le gentil ménage que vous pensez !

Il a une moue dont le fatalisme n'échapperait pas à la vigilance d'un gardien de prison française.

— Oh, moi, soupire-t-il, je m'en fous. Chacun est maître de son corps.

Je produis ma plaque, espérant, également, produire mon petit effet.

— Police !

— Y a pas de sot métier, assure le Russe blanc désaffecté. C'est le livre que vous voulez ?

— Non : l'une de vos locataires. Fernande Duplessis !

— Prenez le couloir. Au fond il y a une porte vitrée. Elle donne sur la cour. Vous traversez la cour. Vous trouverez un autre couloir. La première porte à droite, c'est là.

— Une succursale de l'hôtel ?

— En quelque sorte. Des logements loués au mois.

— Elle est ici, Fernande, à cette heure ?

— Je suppose, oui. Mais comme elle a sa clé en permanence, je ne peux le vérifier au tableau.

Ses paupières retombent.

Chouette baisser de rideau. Le Ruscoff (sur le Don) reprend place sur son lit de Caen (celui-ci a été fabriqué dans le Calvados) et s'enroule dans des songeries tzaristes.

Nous suivons l'itinéraire préconisé par le cher homme. La cour non seulement est contiguë, mais elle est en outre exiguë. Trois poubelles, une voiture à bras implorante, deux chats en train de s'accoupler et un cadre de bicyclette sans roue la prévertent.

En quatre enjambées on a franchi cet espace malodorant.

Le second couloir est faiblement éclairé par une ampoule spasmodique. Des lambris chocolats, un papier-pain laissant voir le plâtre qui le supporte, tu te fais une idée des lieux. D'autant que la porte en est ouverte, au fond du corridor, et qu'on voit la cuvette fêlée, sans abattant, comme je te vois. La chasse est en marche et dégobille à glouglous fatigués. Une ficelle merdeuse du bout a remplacé la chaîne à poignée originelle. Y a un moignon de balayette dans un bocal et des graffiti de toute beauté sur les murs, dont le plus attrayant raconte les vœux lubriques d'un monsieur qui souhaite avoir des rapports étroits avec le président de la République. « Première porte à droite », qu'a dit l'ancien cosaque qui n'a pas voulu tourner casaque (il est resté tellement tzariste qu'il achète sa vodka chez Nicolas).

J'y toque.

Discrètement. Juste de quoi réveiller l'immeuble.

Mais *nobody* ne répond.

Et ton Santantonio martien de réitérer.

Dans le voisinage immédiat, une voix de pute réveillée nous crie comme quoi on doit s'aller faire sodomiser, nom-d'Dieu-quoi-merde.

J'hésite.

Non pas à suivre ce conseil qui vaut ce qu'il vaut, mais à poursuivre mon solo de tam-tam.

— Elle n'est pas rentrée, souffle le Suave.

— Eh bien, nous, si, réponds-je, en bichant mon sésame légendaire. Je vais profiter de son absence pour couler un œil sur le paquetage de la donzelle.

Ouvrir cette porte est presque une insulte à mon mignon appareil, car un cure-pipe y suffirait.

Cric !

C'est te dire. Jusqu'alors, dans les meilleurs cas, fallait tout de même faire « cric-crac »...

La lourde s'écarte aussi volontiers que les cuisses de la locataire et, comme les clients de celle-ci, nous pénétrons.

Lumière.

Hou you y houille, ce chantier !

Il m'intéresserait que tu visses ça. On ne peut parler de désordre. Le désordre, c'est seulement de l'ordre dérangé. Tandis que nous assistons à un chamboulement radical de la pièce. La literie en charpie. Suis bien, suis bien, ça va devenir passionnant. Les tiroirs de la commode vidés et disloqués. Deux valises crevées, lacérées, laminées. Des bouteilles brisées. Un poste de radio éventré. Carnage et concassage sont les deux lamelles de la frange. Un énergumène a fouillé cette chambre jusqu'au délire. Une minutie hystérique. Un déboyautage frénétique du local. Tu sais pas ? Jusqu'aux boules de cuivre du vieux pucier qu'on a dévissées, tu juges de l'acharnement ?

Pinaud résume la situation par une formule fabuleuse de concision.

— Eh ben dis donc ! exclame le Prolongé.

Mais y a rien à dire.

Tu regardes seulement.

Ensuite t'enjambes ce que les autochtones de la région Rhône-Alpes et des cantons suisses romands appelleraient ce « cheni » pour t'engager au cœur du séisme, tout capter dans ta rétine avide, bien te goinfrer de cette lamenterie.

— C'est du vandalisme, ajoute Trompe-l'amour après une nouvelle vague de méditation.

Quelle justesse d'expression ! Comme c'est très bien vrai ! Comme le terme s'applique idéalement à ce qu'il qualifie !

Oui, mon ognard faisandé : c'est du van-da-lis-me.

Et je pèse les mots du Cloaqueux.

L'œuvre d'un sadique ?

Il se pourrait.

Mistress Fernandoche aurait-elle dragué un folingue ? Ce Brutus, ma baronne ! La manière qu'il lui a fait le ménage !

Prise de peur, se serait-elle enfuie ?

Ou bien l'a-t-on kidnappée après la séance d'émiettage ?

— Ce que le vandale cherchait ne devait pas être bien gros, continue l'Extasié.

— Pourquoi, César ?

Il me montre les quatre boules de cuivre du plumard.

— Puisque c'eût pu être dissimulé là-dedans...

— En effet, excellente annotation, officier de police Pinaud.

— Et il n'a pas découvert l'objet en question, enchaîne le successeur de Sherlock Holmes.

— Sur quoi te bases-tu pour affirmer cela, Téméraire Vieillard ?

— Sur le fait qu'il a tout exploré, Antoine. TOUT ! Regarde... Rien ne subsiste. Or, il eût fallu un bien grand hasard pour qu'il trouve *en tout dernier lieu* ce qu'il cherchait si furieusement.

Le Magique va au fond de la chambre (à savoir il parcourt 3,05 m) pour jeter un œil au coin sanitaire pudiquement masqué par un bout de cloison vitrée du haut de verres dépolis.

— Viens voir, m'invite-t-il.

Je le rejoins.

La « salle de bains » se compose d'un lavabo grand comme un plat à barbe et d'un bidet déglingué : l'instrument de travail de la veuve Duplessis, somme toute.

Tu veux que je te dise ?

Si le « cardinal » n'avait pas été scrafé à la station Max-Corre, sa femme ne serait pas veuve, à c't'heure...

Par contre, c'est lui qui serait veuf.

Et je te vas expliquer pourquoi au chapitre suivant où je me rends séance tenante avec armes (tu parles) et bagages (j'ai mon certificat d'études primaires avec mention bien).

CHAPITRE « E »

C'est, je crois, la concierge de Jean-Jacques Rousseau qui écrivait « Il vaut quelquefois mieux une association de malfaiteurs qu'une association d'idées. » Hein ? Je me goure pas, c'est bien elle ? Ben, ma vache, qu'elle vienne faire un tour dans cette histoire, elle reviendra de son erreur.

De tout ce qui vient de préambuler, t'as déjà conclu que la môme Fernande s'était fait rectifier, hein ? Ça prouve que, depuis ton traitement au phosphore tu me reçois cinq sur cinq, bravo. Continue et tu finiras par me recevoir dix sur dix.

Ce qui surprend, outre sa mort, à la grande cavale rouquine, c'est la position de son cadavre.

Elle est agenouillée devant son bidet, la pauvrette. On a passé une sangle sous ses genoux et serré cette sangle autour du pied de ce siège de l'amour-propre que causait l'autre, pour obliger la veuve à rester prosternée. Elle a les poignets liés dans le dos. Tu me files le dur ? Bien. Sa tronche est plongée dans l'eau jaunâtre du bidet. On l'y a noyée proprement (si je puis dire) après lui avoir fait subir le dur traitement de la baignoire si magistralement mis au point par ces messieurs de la gestapette.

— Tu vois que j'avais raison ! note à voix émue le Fibreux.

— C'est-à-dire ?

— Le visiteur n'a pas trouvé ce qu'il voulait.

— C'est-à-dire ?

— Il a torturé cette malheureuse fille avant de fouiller. Si elle n'a pas parlé, avec un traitement de choc pareil, c'est parce qu'elle ignorait elle-même l'endroit où est dissimulé l'objet en question. L'autre a fouillé par acquit de conscience, mais en vain...

Il tient à la rigueur de ses hypothèses, Pinaud. Quand il est en état de démonstration, son obstination est quasiment animale. Une vraie mouche à merde survoltée par une tartine de confiture (car, quoi que tu en penses, les mouches à merde ne sont mouches à merde que par nécessité : elles préfèrent le miel, pas comme toi, pauvre espèce de, dont la scatophagie est originelle).

Je soulève la tête de Fernande.

Du moins, veux-je.

Impossible, la rigidité cadavérique (sur laquelle tu comptes pour te trouver en érection un jour) a fait son œuvre, comme on exprime dans les beaux livres écrits par des confrères syndiqués, et la mère Duplessis est aussi souple que la statue de Jeanne d'Arc place des Pyramides.

Ça fait de la peine de lui voir la figure à l'endroit où elle mettait si volontiers son prose. Pour une radasse, tremper son visage dans son bidet, c'est le monde renversé, hein ? Une déchéance, positivement.

— Ça se complique, il me semble ? bavoche la Vieillarderie.

— Il te semble bien, César. Je crois que nous ne sommes pas au bout de nos malheurs.

— Que faisons-nous ?

— Une enquête. Ces deux époux séparés par la vie mais unis par la mort, c'est pathétique, non ?

— On la laisse là ? il demande, le Vioquard.

— Si elle te fait envie, emporte-la, je te la donne, dis-je sinistrement, j'en conviens, mais si on était pas sinistre une nuit comme celle-ci, c'est qu'on aurait la rate hypertrophiée.

— Un peu de décence ! rappelle à l'ordre mon compagnon.

— Ben quoi, protesté-je, M. Perón, l'Argentin que tu sais, vit bien avec le cadavre de sa première femme, la belle Evita. Elle est embaumée dans un beau cercueil à couvercle de verre et ils font ménage à trois, avec sa seconde épouse. Tu les imagines, le soir, devant la téloche ? Ecoutant le Léon Limon espago ? Touchant tableau, hein ? Et les sorties du véquende, dans les hostelleries andalouses ? Le côté : « Dites au bagagiste de me monter le cercueil arrimé sur la galerie de la voiture. »

Je sors dans le couloir et me mets à tambouriner à la porte voisine.

La voix de pétasse enrouée qui, naguère, m'invita à subir des intromissions anales ne se fait point attendre. Elle s'inquiète de savoir si ce con-là va la faire chier longtemps ou bien s'il convient de l'évacuer à coups de pompes dans le cul et dans les couilles.

Je lui réponds « Police », ce qui surenchérit sur toutes les insultes homologuées à ce jour et, après des geignements, des savateries et des maugréations, la voisine de Fernande Duplessis vient ouvrir.

C'est une brune enveloppée, avec des cheveux longs et gras, un visage bouffi par l'alcool, un regard hongrois, et une limouille de noye qui ne lui cache pas sa façon d'être.

Elle délourde en se fourbissant les miches façon Béru. Elle pue le chenil à l'abandon.

Cette dame est maussade, mais soumise (c'est du reste sa profession). Les chicaneries avec la Rousse ne l'intéressent pas.

— Ecoutez, dit-elle, c'est quand même pas une heure pour jouer *Marthe Richard au Service de la France.* Vous venez de carboniser mon premier sommeil, et comme je suis du genre insomniaque, à présent ça va être tintin pour retourner chez Morphée.

Ce langage t'indique qu'on peut être pute et posséder

une certaine culture...

— Navré de vous déranger, ma belle. Je vous réveille pour vous montrer un spectacle que vous n'aurez peut-être plus jamais l'occasion de revoir...

Et de l'entraîner, tout éberluée, dans la turne d'à côté.

— C'est comment, votre nom, chérie ?

— Ninette Enchetibe, me répond-elle en entrant dans la chambrette d'amours (oui : pluriel) de la morte.

Le Pinuche qui furette dans le local lui désigne le coin propreté.

— Mettez-vous là, vous verrez mieux, conseille-t-il.

Ninette obéit.

Regarde.

Voit.

Porte la main dans la région de son cœur.

Se remonte vingt-cinq kilogrammes de glandes de consommation courante et se réfère à Cambronne pour traduire d'un seul mot : sa stupeur, son effroi, et sa désolation.

Ensuite de quoi elle respecte une minute de silence ainsi qu'il est d'usage pour honorer des défunts.

— Votre métier est dangereux, lui dis-je. Par moments je me demande si vous ne seriez pas davantage en sécurité en vous faisant astronaute...

— Un maboul ? chuchote Ninette.

— Quelqu'un de pas frais, du point de vue moralité, toujours est-il. Dites, petit cœur, ce turbin a dû faire un certain bruit. Vous n'avez rien entendu ?

— Je pouvais pas : elle est rentrée avant moi. Je me suis payé une de ces parties de trottoir, ce soir. Ça ne dérouillait pas.

« Quand je suis rentrée, j'ai cogné à sa porte. Elle n'a pas répondu et pour cause. »

— Quelle heure était-il ?

— 1 h 30 environ.

— Vous turbinez devant l'hôtel ?

— Bien sûr.

— Alors, si vous êtes rentrée après elle, vous avez dû voir qui l'accompagnait ?

— Non, car elle a emballé son dingue pendant que j'éclusais un rhum-limonade au tabac d'en face. Elle tapinait avant que j'y entre, a y était plus quand j'en suis ressortie.

— Vous êtes restée encore longtemps dehors ?

— Tu parles : une bonne plombe !

Ma respiration devient haletante.

— En ce cas, vous avez fatalement vu repartir l'assassin.

— Vous croyez ? fait-elle naïvement.

— Je vous le promets. Quand vous embarquez un clille, vous ne passez pas par l'hôtel, mais par le porche de l'immeuble voisin, la cour étant commune aux deux ?

— En effet.

— Il ne doit pas sortir grand monde à 1 h 30 de la nuit, en dehors de vos pratiques, à Fernande et à vous ?

— C'est vrai.

— Alors essayez de vous rappeler qui vous avez vu s'en aller à partir du moment où vous avez repris votre... poste ?

Elle paraît sincèrement désolée de ne pouvoir nous aider. Pas qu'elle chérisse tellement la Poule, mais le meurtre de sa collègue l'outre.

— Non, franchement, j'ai vu repartir personne, sauf quelqu'un qui devait venir de l'immeuble.

— Comment savez-vous que le quelqu'un en question sortait de l'immeuble et non pas des studios de l'hôtel ?

— C'était un curé.

Silence.

De choix.

Le Caverneux en profite pour tousser. Il hésite quant au sort qu'il doit réserver aux expectorations consécutives, mais, homme bien élevé, il prend le parti de les ravaler.

— Un curé, reprends-je en écho lointain.

J'ai la gamberge qui se pâme, gars... Un curé, dis : un curé ! Donc, on reste dans la logique des choses, non ?

— Notez, reprend Ninette, qu'on en a des curetons dans notre clientèle, mais ils se pointent pas en soutane. Même à l'époque qu'ils vadrouillaient pas encore en civil, ces messieurs se défroquaient pour venir nous voir. Là, s'agissait d'un prêtre en tenue de travail. Probable qu'y venait d'administrer quelque vieillard en partance... Les derniers sacrements, y a encore des abonnés.

— Il se ressemblait à quoi, ce curé ?

Elle hausse les épaules :

— Ça ressemble à quoi, un pingouin ? A un autre pingouin, n'est-ce pas ?

— Jeune, vieux ?

— Lali lala, entre les deux...

— Petit ou grand ? Gros ou mince ? Chauve ou chevelu ? Remuez un peu vos méninges, ma gosse.

— Il vous intéresse tout de même ?

— Ne vous occupez pas de ça, et déballez-nous le personnage.

Vaincue par mon autorité, la prostipute se concentre.

— Un grand, un peu voûté, blond clair, il portait des lunettes cerclées d'or et tenait une petite valise à soufflet noire à la main.

— Vous le reconnaîtriez ?

— Peut-être... Il faisait sombre et je ne lui ai pas tellement prêté attention...

— Fernande vous entretenait de sa vie privée ?

— Assez vaguement. Je sais qu'elle était mariée et que son bonhomme est mort avant-hier à la station de métro Max-Corre. Mais ils ne vivaient pratiquement pas ensemble. Simplement elle allait faire des passes avec des vieux tromblons racolés par son bonhomme.

— Elle ne vous a jamais parlé des affaires de son mari ?

— Non.

— Ni fait part de certaines inquiétudes concernant la sécurité de ce dernier ?

— Non plus.

— Il lui est arrivé de mentionner des relations de Duplessis ?

— Rien, je vous dis. Dans le fond, Fernande, elle était gueularde mais discrète. Elle déplaçait de l'air sans toutefois se mouiller...

— Vous ne l'avez jamais vue en compagnie d'une jeune femme basanée à mèches blondes ?

— Non, mais c'est marrant ce que vous dites... Cette fille sombre...

Un léger bruit de crécelle retentit. C'est César Pinuche qui secoue une boîte de cachous au-dessus de sa main en sébile. Comme nous le regardons, il a un petit sourire d'excuse et murmure :

— C'est à cause de ma gastrite. Croyez-moi si vous voulez, mais ces cachous me calment la muqueuse plus efficacement que mes granulés.

Je lui déclare que le sujet nous passionne, sur un ton qui pourrait me faire passer pour un menteur et je reviens à Ninette.

— Quoi, cette fille, mon chou ?

— C'est pas une musicienne du *Budapest,* sur les Grands Boulevards ?

— Exactement. Vous la connaissez ?

— C'est pas tellement courant à Paris. Figurez-vous qu'un après-midi où je faisais relâche pour cas de force majeure, je vais prendre un *drink* au *Budapest* en compagnie d'un ami à moi... J'aime beaucoup la musique. Il m'arrive au moins une fois l'an d'aller à l'opéra et j'ai tous les disques de Tino Rossi.

J'approuve d'un air recueilli qui lui fait chaud au cœur.

— Et alors, ma bonne Ninette ? C'est tout, ou il y a une chute à l'histoire ?

— Au moment de quitter le *Budapest,* j'ai aperçu

Duplessis, seul à une table. Il semblait captivé par l'orchestre.

— Car vous connaissiez Duplessis ?

— Il passait quelquefois dans le quartier, dire un bonjour à sa femme, ou bien lui fixer rendez-vous pour une séance avec un kroumir...

Je visionne le cadran de ma tocante.

5 heures dépassées. Et je me sens de plus en plus fraise et dispos, à croire que tout à l'heure, à l'hosto, ils m'ont débranché le canal hypnotique.

— Bon, merci, ma belle, pour votre coopération. Essayez d'en écraser un chouïa avant l'arrivée de mes collègues : ça va être le gros ramdam. Sans compter les journalistes. Faites-vous belle pour les affronter, car il y aura votre physionomie dans les journaux de demain.

Je me trisse en remorquant Pinaud.

Et Maintenant ?

Qu'est-ce que tu branlerais à ma place, dis, fêlure ? Un petit coup de plumard pour te déblayer tous ces miasmes de l'esprit ?

Seulement, pendant ce temps, les chaudes pistes refroidiraient. Et, comme disait un dominicain : il faut battre le frère pendant qu'il est chauve (1).

Gagner la grande turne pour mettre un dispositif sur pied destiné à retrouver Zoé et le mec de chez *Lipp ?*

Ce serait sage.

Mais la sagesse et moi, hein ? Quand on se rencontre, on fait semblant de ne pas se connaître.

Il agit d'instinct, ton Tonio, chintok. Et en force, comme un enfonceur de portes. Il vient de se

(1) En être réduit à ça, c'est scandaleux. Mais j' suis forcé, c'est dans mon contrat avec le Fleuve. Je leur dois cent calembours classiques par ouvrage ; ces à-peu-près sont destinés aux lecteurs de la catégorie petit « c ». Car, comme le disait Cinq-Mars : il faut de Thou pour fuir un monde.

décréter l'état d'urgence. Faut qu'il se récupère en plein. En grand. Qu'il étudie ses cartes.

Alors...

— Dis-moi, César, on va se séparer. Avant de regagner ton gîte, passe par les Etablissements Bourremane et lance un avis de recherche contre une jeune mulâtresse blonde, musicienne au *Budapest,* nommée Zoé Robinsoncru. Elle ne doit pas être tellement duraille à retrouver, que diantre !

Pinuche écoque son regard suintant d'un auriculaire dont l'ongle ressemble à la corne d'un béret de chasseur alpin (1).

— Es-tu sûr de ne plus avoir besoin de moi ?

— Je suis presque certain d'en être sûr, César.

Il m'adresse alors un geste flou de la main. Quelque chose de vaguement bénisseur, de bénéfique en tout cas. Dans la grisaille de l'aube, à la lumière clignotante de l'hôtel, il dégage j' sais pas quoi de hautement spirituel, le père Balochard. Je vous jure qu'il ressemble à Paul VI.

On se sépare.

Et San-A. se met à arquer vers sa chignole.

J'ai un pote comédien qui ne quitte pas les Champs-Elysées. Il y passe ses journées de liberté, et comme il ne travaille presque pas, elles sont nombreuses.

Quand je le rencontre, on bavarde du peu qu'il fait, et surtout de ce qu'il fera. Car les artistes, tu remarqueras, leur seul sujet de conversation, c'est eux. Chaque fois, au moment où je le quitte, il m'agite la paluche en me disant, le plus sérieusement du *world :* « Merci de ta visite. » Ce qui implique qu'il considère les Champs-Zé comme un territoire lui appartenant. C'est son logis.

Et te goure pas, vieux narval : y a plein de mecs dans

(1) On se demande où San-A. va chercher des comparaisons pareilles !

Richard Nixon

son cas. Des gus qui se sont approprié le monde, spontanément, simplement parce qu'il était là et eux aussi. Conjoncture.

Si je pense à lui, je vais t'expliquer, c'est à cause de l'affaire Duplessis. On peut considérer que j'ai mis l'embargo dessus. A présent elle est à bibi. C'est MON affaire.

Une drôle d'affure, hein? Au lieu de rechigner, reconnais. T'as déjà eu droit à des péripéties de ce tonneau, toi? Mon œil, oui!

Tout en fonçant en direction de la rue Dominique-Beaufils, je me paie une petite récapitulation.

Si tu veux en profiter, assieds-toi à la place passager.

Sinon saute jusqu'au banc que je vais supplier l'imprimeur de placer après mon inventaire, eh, feignasse. Cela dit, un peu de révision ne te ferait pas de mal, betterave! Tu te crois fortiche, doté d'une mémoire I.B.M., alors que ton cerveau ressemble à une tartine de caviar pressé.

Duplessis, Tonin Duplessis, natif de Saint-Locdu-le-Vieux, employé à la R.A.T.P. est un phénomène de piètre envergure. Un peu louftingue, un peu escroc, un peu guérisseur, davantage proxénète, mais timoré... Il éponge doucement les retraites de quelques vieillards souffreteux sans toutefois quitter son emploi au métro. Bon, v'là le moyeu de la roue infernale en place.

La vie... La sienne, coule comme la Seine (semblable à ma peine).

Et puis un jour, il se produit je ne sais pas quoi dans son univers jusque-là paisible. Et c'est le gros chantier! La panique. Il a vent d'une chose terrible, affreuse : un attentat va être perpétré contre le pape.

Il veut faire quelque chose. Seulement ses sources d'informations ne lui permettent pas d'aller trouver carrément la police (cela lui vaudrait de gros ennuis, probablement) alors il biaise. L'ami Béru, son pays, ex-compagnon d'équipées galantes, n'est-il pas officier de police? Voilà le joint. Et « Tonin », faux cardinal, faux guérisseur, mais vrai contrôleur, de venir nous avertir en catastrophe : « *Achtung,* messieurs, les archers : on va assassiner Paul VI ».

Bien concisé, tu trouves pas ? Un rapport sucesein, comme dit mon Béru.

Je poursuis.

Mais encore une fois, si t'es fatigué, va te faire tirer la tige pendant que j'usine.

Peu après son intervention auprès de nous, le contrôleur-cardinal déambule au côté d'une ravissante musicienne noire dans la rue d'un de ses clients : M. Badinguais. Il laisse sa compagne un instant pour se précipiter chez le bonhomme et lui confier son améthyste.

Bon Dieu !

Un coup au cœur, mon gars. La cabriole vasculaire. Je plonge ma main affolée dans la petite poche ventrale de mon grimpant, celle qu'on mettait sa montre jadis et son Feudor à présent. La bagouze est toujours là. Je la contemple à la lueur de mon tableau de bord. Je suis certain que c'est cela que l'assassin de Fernande cherchait. Mon instinct de flic de chasse me l'affirme, me l'aboie, me le certitude... Ce caillou... Pourtant, ça ne vaut pas le Pérou, une améthyste. Pas de quoi devenir meurtrier pour se l'approprier !

Un beau caillou, certes, mais qui n'est pas un diamant blanc-bleu, quoi, zut (1).

Je le tritouille sans parvenir à piger.

Le rempoche pour continuer mon résumé.

S'étant débarrassé du caillou, Duplessis file au labeur.

Quelques heures plus tard, un méchant va le catapulter sous une rame de métro et le déguiser en hamburger.

Sa veuve fait un scandale parce que l'améthyste a disparu. Elle semble attacher au bijou un intérêt vénal et regrette davantage sa disparition que celle de l'époux.

(1) J'ai envie de remettre « zut » à la mode. Il est tout exsangue, le pauvre, tout flasque, tout con. Si on l'emploie en superlatif dans des situations fortes, ça peut lui redonner sens et vigueur, non ? Bon, on va essayer.

Qui est Fernande ?

Une grande bringue putassière qui ne se complique pas l'existence. Elle tapine comme son jules cardinalait : pour faire joujou, dirait-on, parce que c'est une solution de facilité, que ça rapporte de la fraîche et que c'est moins fatigant que la femme de votre notaire le prétend à son thé du mardi.

Elle a l'air d'une assez bonne fille, Fernande. Grande gueule, jument qui s'ébroue, mais plutôt sympa.

Dans la nuit, un « curé » la contacte devant son hôtel. Elle l'embarque. Fâcheuse initiative. L'homme la torture et la tue pour lui faire dire où elle a planqué... Quoi ? L'améthyste ? Puis se tire après avoir mis le « studio » à sac.

Voilà pour le ménage Duplessis.

A présent j'aborde le chapitre « crosse ».

Je viens de le baptiser ainsi, que ça te plaise ou non, à cause de l'insigne fixé à la cravate de mon agresseur, tu t'en doutes un peu, malgré l'état de tes méninges.

La musicienne ocre, facilement retrouvée : Zoé... Elle connaissait le cardinal Duplessis. Se trouvait en sa compagnie quand il est allé confier sa bagouze au vieux Badinguais. Elle créchait à la *Résidence Carole*, élégante pension de famille-hôtel. Et puis voilà qu'elle chique au suicide, fait mine d'avaler une drogue salopante, en réalité la virgule dans les goguezingues. Se laisse embarquer à l'hosto. Pourquoi ce simulacre (avec elle c'est plutôt un simulâtre) ? Eh ben je vais te l'apprendre, pissat de poussah. Elle a comporté de la sorte, la belle Zoé, pour éviter de se rendre au rendez-vous de chez *Lipp*. Tu me crois pas ? T'as tort : je sais que je touche la vérité du bout de la pointe. Maintenant, te révéler la raison de cette esquive pivotante, vieux flash, c'est une autre paire de quenouilles. L'avenir nous l'apprendra peut-être...

Brèfle, je continue, histoire de poursuivre. Je fonce à l'hosto. Découvre la fille en même temps que sa supercherie. L'entraîne...

Une fois dehors, elle me joue (J'aime tes grands yeux » au moulin à poivre.

Puis disparaît.

Ton Cent-ans-d'tonneaux, qu'est-ce il fait ? Il va au rendez-vous, lesté du fameux télégramme. Se trouve en présence du correspondant. L'aborde (Alexandre, comte DE). Et se prend à l'arrière de la capsule le plus bath coup de goumi jamais administré à un perdreau.

Voilà.

C'est provisoirement tout. Relis les pages qui précèdent pour bien te les inscrire dans le cigare pendant que je vais te fignoler celles qui suivent.

La quiète rue Dominique-Beaufils torpeure dans les voiles... (tiens, je te vas ajouter arachnéens, pour le même prix), dans les voiles arachnéens donc, de l'aube.

La façade de la *Résidence Carole* est éteinte et ses volets clos ressemblent à des paupières baissées. Une phrase pareille, tu l'achèterais chez Hervé Bazin, tu la paierais le quintuple, parole !

Toutefois, une lumière brille dans l'hall. J'approche la porte vitrée. Elle s'ouvre, n'étant point verrouillée, comme l'écrivait Marcel Claudel dans *Chapeau Melon et Soulier de satin.*

Une grosse femme, dont je te parie n'importe quoi qu'elle est polonaise, fourbit le carreau à grand dos, car cette femme, non seulement elle est polonaise, mais elle est également « de ménage » tout comme le pain du même blaze.

Elle a un beau visage pareil à un appareil photographique à soufflet replié.

Elle respire fort en astiquant le sol.

Mon arrivée ne la trouble pas. Un regard de vache vêlante et elle serpillière en couronne. Je lui octroie un salut matinal, enjambe son seau, épargne mes semelles à la zone mouillée et file droit comme une bugne jusqu'à la piaule de miss Zoé.

A l'instant (et non pas à l'instar, comme Alice Sapricht dirait) d'y pénétrer, mon ouïe est rebuffée par un ronflement.

Alors je pense que, de deux choses l'une : ou bien je me goure de turne ou alors la dirlotte de l'établissement a fait zoner quelqu'un dans la pièce.

Je m'assure du numéro. Pas d'erreur : c'est bien nici.

Délibérément, car j'adore les adverbes, je loquète. Et la bobinette choit.

D'étranges, de fortes, de suspectes odeurs occupent la pièce. Senteurs d'étable, senteurs de chiottes et de caserne. De caverne aussi.

Le ronflement est vigoureux, paroxysmique.

Il te met en confiance comme deux moteurs d'avion tournant sur le même rythme.

Light! please!

Thank you, sir.

Tu devines ce que je découvre dans le pucier à dessus de cretonne de miss Robinsoncru?

Merde, il a deviné! Tu sais que tu deviens un vrai père spicasse, tézigue, dans ton genre?

Yes, monsieur : Béru!

Il roupille, tout habillé sur le lit. N'a même pas pris le temps de poser ses pompes ni son galure.

L'hippopotame affalé dans la torpeur de son marécage... Le cloaque endormi. La fange compacte.

Alexandre-Benoît Bérurier en écrase.

En broie.

Par quel étrange cheminement l'homme qui remplace l'engrais azoté est-il venu échouer sur cette couche?

Va falloir qu'il me le dise dans les soixante secondes qui suivent.

Je le secoue.

Tu verrais cette promptitude.

Là que tu juges l'homme. Des réflexes pire que James Bond.

D'ailleurs, le bond, il vient de le faire.

D'une secousse il est à bas du lit, du côté opposé à l'endroit où je me tiens. Feu en pogne. Un poil de retard dans sa lucidité, et ce cachalot me purgeait aux dragées

« Flica ». Ses yeux beaux comme deux rubis enchâssés dans du lard, ont heureusement un éclair de compréhension. Le canon de son arquebuse s'abaisse doucement.

— Ah bon, en somme c'est toi ? bafouille Chéri Bibide.

Je me pose en rase-miches dans un fauteuil club un peu épluché des accoudoirs.

— Comment es-tu venu ici, Gros ? Allez, vite, vite ?

Croyez-moi, je ne fais pas exprès, mais c'est vraiment le bouquin des doublons, hein ? Déjà, tout à l'heure, Pinaud qui se pointe à l'hosto... Et puis à présent c'est moi qui bute dans Béru... On pourrait croire, a priori, que mes méninges prennent un bain de soleil. Seulement attends la suite. T'occupe pas du camp du ratthon, mec. Je sais mes détracteurs. Même leurs noms. M'en récite la liste quand je suis aux chiches et que j'ai omis de prendre mon Pursennid Sandoz. Mais je te fais observer que j'ai jamais rien demandé à personne, jamais. Je suis ma route comme je peux, sans m'occuper des autres, sachant tellement que j'en ai rien à attendre, non plus qu'à foutre. Y en a que j'indispose, d'autres, plus nombreux Dieu merci, que je dispose. Tout est donc parfait. Mes détracteurs peuvent se détraquer à leur aise : j'ai plus besoin d'eux. Les ennemis, ça rend service un moment, et puis très vite ils n'ont plus de raison d'être. Les deux grandes forces d'ici-bas, c'est l'absence et l'indifférence. Je les sais. Les ai apprises par cœur, malgré moi. M'en suis fait une combinaison isolante. Les radiations merdeuses ? Tiens, fume !

Excuse pour le dérapage incontrôlé, fiston ! Faut se dire les choses quand elles te viennent.

Bérurier vient de s'asseoir sur le plumard. Il bâille à s'en décrocher la mâchoire, mais c'est seulement son dentier qui choit. Il le ramasse, lui pratique une vidange, et l'enfourne après l'avoir astiqué avec le pan de son veston.

Tandis qu'il procède, je décide quelque chose, mon brave boucanier. Je décide que, jusqu'à présent, et malgré les coups de théâtre fracassants qui se succèdent, le point le plus mystérieux de cette affaire, c'est ce coup de fil reçu par Régina, à la maison. Le plus grand mystère d'entre ces mystères, c'est ce correspondant anonyme qui me recommande de *faire attention au pape.*

T'es de mon avis ?

Pas forcément ?

Alors c'est que tu es plus truffe que tu n'en as l'air.

— Alexandre-Benoît, je te consacre mes deux oreilles, soupiré-je. Comble-les de ta musique.

Etant facétieux de tempérament, l'Energique m'octroie tout alors une incongruité pareille à l'explosion d'un dépôt de munitions. Ce tribut versé à l'humour, il commence.

Et je te prie de l'écouter attentivement, toi aussi, car si tu perds le fil, compte plus sur moi pour te le renouer, j'en ai ma claque de mâcher pour toi... « Vous qui mâchez toujours et jamais n'avalez », dirait Toto.

Le chéri. L'aimerai toujours, lui. C'est ma faiblesse. Con génial. Un torrent de verbes. *O combien de marins...*

— Si tu te rappellerais, commence ce bipède nommé Bérurier, en te quittant, j'avais des idées de choucroute dans le bocal ?

— Je t'entends encore, encouragé-je.

— Et moi, tu me connais ? Une idée dans le crâne, faut que je l'obtempère.

— Car tu es un homme d'action, Gros.

— Exaguete. Conséquemment, je sus été rue de Valenciennes pour me mettre les envies à jour. Comme c'est tristounet de bouffer seul, j'ai commandé deux choucroutes.

— Que tu t'es cognées coup sur coup ?

— Dans la foulée. Mais la deuxième, moralement, c'était la tienne.

— Merci.

— De rien, gars, à charge de revanche, la prochaine fois ça sera ta tournanche. Tout en graillant, comme j'étais seul, j'avais le regard baladeur. V'là que mes yeux de velours se posent sur un affichette qu'annonçait le nouvel orchestre féminin du *Budapest,* sur les boulevards. Au début je m'y intéresse pas, mais toujours mon attention revenait dessus, tant qu'à la fin je finis par remarquer une noirpiaude sur la photo du groupe. Avec des cheveux blonds. Pour lors, le signalement du vieux crabe me revient au cigare. *Une Noire blonde, avec un instrument de musique à la main.* Tu te rappelles ?

Je lui souris. Brave chien de chasse, flic au milieu des plus plantureuses choucroutes...

— Ta gamberge s'est déclenchée, poursuis-je. Une fois ta choucroute expédiée tu as téléphoné au *Budapest* pour avoir l'adresse de la musicienne.

— Yes, sœur. J' sus donc arrivé ici. On m'a dit que la môme était à l'hosto pour cause de suicide. Là-dessus, la vieille de la caisse est appelée pour un turbin avec un fournisseur en coulisses. Le gars bibi, il fait ni une ni deux : il consulte le carnet de police posé bien au nez de l'évidence sur le burlingue. Je trouve le numéro de la turne et je me coule comme une ombre dans la carrée de la gosse. Je l'explore de la fonte aux combles. Mais pour tout te dire, j'en avais un peu dans les galoches, ayant éclusé trois bouteilles de Sylvaner, sans parler de quelques marcs d'Alsace payés par le taulier.

— Alors tu décides de récupérer, tu t'allonges sur le pucier et tu te fous à ronfler comme trente gorets ! achevé-je, méprisant.

Au lieu de renfrogner, comme toujours dans ces cas-là, le Pachachyderme sourit.

— Exaguete, mon bien cher frère.

— Tu as un tempérament de détective, certes, Alexandre-Benoît, mais celui-ci perd tout effet à cause de ta veulerie congénitale.

— Plus génitoire que conne, ma veulerie, rebiffe, toujours souriant, l'Infroissable. Mate un peu sous le plume et t'en auras la preuve.

Que voilà donc d'étranges paroles !

Je me baisse, la tête lourde de points d'interrogation en fonte. Et j'avise une masse sombre (comme on dit immanquablement) sous le lit. Sana avance des mains avides qu'il ramène, pleines d'un bonhomme roulé dans la carpette et ligoté serré (style Béru) avec une cordelière de rideau (1).

Une fenêtre comportant deux rideaux, bien souvent, Béru a pu disposer ainsi de deux cordelières (des Andes). Il s'est servi de la seconde pour bâillonner *the man in question.*

— Qu'est-ce que c'est que ce machin ? demandé-je.

— Demande-z'y toi-même, bâille le Flagrant du lit.

— Tu l'as acheté au drugstore ?

— Non, il m'a été livré à domicile...

M'est avis qu'il a dû arroser sa choucroute d'une belle quantité de marc, le Dodu, car il a de la peine à articuler correctement...

— Moi, tu me connais, se décide-t-il tout de même. J'ai le sommeil profond, mais quand je sus sur le qui-vive, me faut pas longtemps pour refaire surface.

— J'ai vu tout à l'heure.

— Donc, tandis que je me payais la brasse coulée dans l'eau calme de mon premier sommeil, v'là la porte qui s'ouvre sans bruit. Un gus entre, d'un pas feutré. Au lieu de cigogner le commutateur, le petit père utilise une loupiote de fouille. Louche, ça, non ?

« Il s'approche de moi en demandant comme ça : « Tu es déjà là ? »

« J'y ai démontré qu' oui. Mon une-deux au bouc, mon coup de remonte-claouis dans le kangourou et y avait plus que d'en faire un paquet. »

— Et ensuite tu t'es repieuté ? effaré-je.

— Ben, je te dis : en entrant il a murmuré « Tu es déjà là ? ». Donc, il avait rembour av'c quéqu'un. M'a

(1) Les zauteurs de romans policiers ne remercieront jamais assez les tapissiers pour l'aide précieuse, constante et permanente qu'ils leur apportent.

paru intéressant de voir avec qui est-ce. Je m'ai rendormi. Et puis t'es venu et j'ai cru qu'il s'agissait du quéqu'un.

Quelle santé morale, non? Neutraliser un mec, guetter l'arrivée d'un second, et dormir comme un baby en attendant, faut posséder le tempérament d'un Béru pour réussir une telle démonstration de self-control.

Je me gratte le crâne.

— A quelle heure s'est pointé celui-ci?

Le mari-bison réfléchit...

— Pour être précis, j'en sais rien, fait-il. Ma tocante est à l'horloger depuis mon dernier passage à tabac. J'ai dû me pointer sur les choses d'une heure... Mon temps de ronflette, je peux pas apprécier.

Il rebaîlle.

— Mais au fait, lui te le dira.

Grand temps est venu, en effet, de s'intéresser à l'enroulé.

Sa Grasse Majesté quitte sans enthousiasme la couche réparatrice.

Exécute quelques parcimonieux mouvements de gym' chargés de déblayer le tartre de ses articulations.

— Bon, on va usiner, décide-t-il, ce serait-y pas le jour dont je vois poindre par les fentes des volets?

— En personne, Alexandre-Benoît.

— C'est quand est-ce que le pape déboule?

— Demain, monseigneur.

— Faudrait voir à se remuer le panier, si comme je suppose de plus en plus, une méchante béchamel l'attend, non?

— Ta pensée se superpose à la mienne, la renforçant de toute sa vigueur.

Il ramasse l'entortillé et le jette sur le lit.

— Y craignait pas de prendre froid, hé? ricane l'Enflure en désignant sa victime chaudement enveloppée de la carpette. Avec un Rasurel pareil, il peut s'offrir une croisière au Gros-and-lent.

Et de détortiller le gars.

Celui-ci a été lié si serré, si serré, que son corps n'est plus qu'une fourmilière. Impossible lui est de remuer la moindre phalange.

L'ayant extrait de sa cangue (ou de sa gangue, dans un certain autre sens), le prudent attache chacune des pognes du gus au châssis du sommier métallique « pour s'il récupérerait », explique-t-il.

Avant de rendre à l'homme l'usage de la parole, je contrôle ses fouilles. Elles sont révélatrices de ses bonnes intentions, juge-zan plutôt : un pistolet, une matraque, un couteau. Ce citoillien est paré pour déclarer la guerre à l'ordre établi, non ? Pour ce qu'y est des objets « civils », il possède un tube de Sintrom, une liasse de billets de cent francs, un mouchoir douteux, un portefeuille contenant des pièces d'identité au nom de Ovide Tonssak, sujet (à caution) italien d'origine hongroise. Détail intéressant : il porte une petite crosse au revers de sa veste.

— Délie-lui la menteuse qu'on s'explique, ordonné-je.

Il a des yeux de drogué, Ovide. M'est avis qu'il part en planeur fréquemment. Je palpe les doublures de ses frusques, mais sans y dégauchir le moindre « joint ».

La cordelière servant de muselière lui a sûrement allongé la tronche de plusieurs centimètres et creusé la bouche profond car sa bouille est en forme de tube de pâte dentifrice vide.

C'est un type d'une trentaine damnée, petit, rabougri, avec un teint de pêche gâtée et un regard d'épagneul auquel on a oublié de donner sa pâtée.

— T'es cardiaque ? j'attaque en secouant comme un hochet le tube de Sintrom.

Les comprimés produisent un bruit de crécelle.

Il hésite à me répondre. Fait la moue, plus pour se décontracter le clappoir que pour m'adresser une mimique.

— J'ai eu un petit ennui, l'an dernier, oui, finit-il par répondre.

— C'est ballepeau à comparer de çui que tu vas avoir c't' année, prophétise le Gros.

L'autre se permet un sourire qui lui vaut une baffe retentissante.

La mornifle, c'est le stabilisateur du policier. Son plus sûr moyen de rendre un interlocuteur attentif. A preuve : Ovide se remplit illico d'intérêt brûlant.

— Que venais-tu faire dans cette chambre ? lui demandé-je.

Et tu sais ce qu'il me répond ? Ça t'intéresserait de l'apprendre ? Vrai ? Il me dit : « Et ta sœur, poulet ? »

C'est pauvre comme réplique, tu trouves pas ? En tout cas, ça reste impertinent et le Mastardingue le lui signifie du geste et de la voix. Seulement, cette crevure ambulante a de la ressource (thermale). En un rien de temps il s'est équipé le moral en costume de héros... T'as des zigoloches, comme ça, les gnons leur apportent une espèce de griserie. Des masos, en somme.

Le v'là qui regarde le Teigneux d'un œil tout rigolard, bien que poché, et qui lui jette :

— Cogne, grosse merde. C'est tout ce que tu es capable de faire !

Dis, tu parles d'un téméraire. C'est Du Guesclin, Ovide. Traiter Bérurier de grosse merde, faut oser. Ou alors le faire par téléphone, depuis Pointe-à-Pitre, après s'être assuré qu'il y a la grève d'Air-France.

V'là le Musclé qui pose sa veste et roule ses manches. Une zone orageuse, porteuse de cyclones, grisonne sur sa terrine.

— Remets-toi, Alexandre-Benoît, conseillé-je. Ce macaque aime trop les coups, tu le dorlotes en lui en administrant, moi j'ai une recette dont je devine qu'elle portera ses fruits.

Je chope le verre à dents sur la tablette du lavabo, l'emplis de flotte au tiers, et débouche le tube de Sintrom (Orient-Express). Je chope quatre comprimés et les laisse choir dans le verre où j'hâte leur délayage d'un doigt concasseur.

— Pince-lui le pif qu'il avale son godet sans rechigner.

J'ai mis dans l'Emilo, comme disait Rousseau. Un certain frémissement de mister Zigoto me révèle qu'il réagit en profondeur. Il tente de se débattre.

Veut rebuffer le breuvage. Seulement, refuser quelque chose à un Béru en furie, c'est comme essayer de faire élire M. Marchais à la Cadémie française.

Une manchette au temporal l'estourbe. Un empoignage du nez le déguise en crabe faisant une partie de campagne. Je n'ai plus qu'à lui vider la drogue dans la gargouillette. Force lui est de l'absorber. Il veut aussitôt ensuite s'en libérer à grands renforts de spasmes, mais l'Irascible veille. Nouvelle manchette mutine sur le profil d'Ovide qui cesse ses grimaceries.

— Il est nouveau, ce coup de coude, fiston? m'étonné-je.

— Ouais, confirme le Réjoui, je l'ai appris accidentellement dans le métro, l'autre jour, à l'heure de pointe. J'allais louper mon estation, et j'ai voulu m'effrayer un passager dans la populace. Tu me croiras si tu voudras, mais quand j'ai déboulé de la voiture, y avait seize personnes dans le sirop, même que si j'eusse pas z'eu ma carte de matuche, ils m'enchristaient, ces teigneux.

Je moule l'intéressant sujet pour me pencher sur Tonssak, lequel reprend du tonus.

— Je pense que tu as réalisé mon petit moyen de pression, garçon? Il est d'une simplicité monacale. Après chaque question restée sans réponse, je t'administre quatre cachets de Sintrom. A ce tarif-là, tu vas tellement décoaguler que ton raisin, plus fluide que l'eau de roche, se répandra dans ta carcasse de voyou. Ça te tente?

Il ne répond pas. Plus flegmatique qu'un lord anglais trouvant sa lady assise sur les genoux de son gardechasse, je prépare une nouvelle dose.

— Cette fois, tu joues avec le feu, soupiré-je. Déjà

quatre comprimés, c'est pas très raisonnable ; ton taux de prothrombine va chuter au-dessous de 10. Mais si tu gobes cette nouvelle ration ; il te faudra rester sans bouger pendant plusieurs jours pour couper à l'hémorragie interne...

— Faites-pas ça, murmure-t-il dans un souffle.

— Il en reste encore un bon pacsif dans le tube, j'annonce. Tu risqueras pas de boudiner de l'oreillette. Allez, Gros, on lui file sa seconde ration.

— Non !

Il a hurlé. Le voilà disponible. Ne pas atermoyer. Prendre le dessus, à la sauvage. Comme Bérurier lui renouvelle son coup de coude métropolitain, j'enquille une giclette de flotte dans la gargoule du truand. Seulement de l'eau, car cette fois je n'ai pas touillé les cachets et ceux-ci reposent, entiers, au fond du godet. Mais ce qui importe c'est l'illusion, pas vrai.

— Tu accouches ou je te transvase tout le blot ?

— Oui, oui... Que voulez-vous savoir ?

— Un tas de choses, camarade. Tiens, je te pose les questions en vrac. Que venais-tu faire dans cette piaule ?

— Chercher une pierre.

— Celle-ci ?

Je sors l'améthyste pour l'agiter devant ses yeux hagards.

— Oui. Comment se fait-il que ?...

— Pourquoi t'intéresse-t-elle, cette pierre, c'est tout de même pas Le Régent ?

— On m'a chargé de la récupérer, mais j'ignore pourquoi.

Je le sermonne du doigt.

— Ovide, dis-je, je n'ai pas regardé le creux de ta main, mais je gage que ta ligne de vie n'a pas la longueur du Nil. Puisque t'aimes le Sintrom à ce point, je vais te le servir en tartine.

— Non, non, je ne mens pas. Je vous assure que j'ignore pourquoi « ils » veulent ce caillou.

— Qui ça, « ils » ?
— Ben, les gars de la Société.
— Quelle société ?

Des battements de cils précipités. Visiblement, mon ignorance le surprend. Il m'estimait davantage affranchi.

— Eh bien... Heu... Mais, la Société Secrète, quoi. J' sais pas comment elle s'appelle au juste.
— Tu en fais partie ?
— Je travaille pour. On nous appelle la garde suisse.
— Quel est ton travail ?
— Comment dire, je... je protège certaines personnes : j'exécute certains boulots.

Je lui désigne sa panoplie de tueur.

— Tu l'exécutes avec ce matériel ?

Ovide Tonssak détourne pudiquement les yeux de ma question.

— Vous êtes nombreux ?
— J'ignore. C'est très fermé. Très cloisonné.
— Qui te donne des ordres ?

Il tarde. J'adresse une œillade significative à Béru. Mon pote neutralise l'Italo-Hongrois de Paris et je vote à ce dernier un supplément de Sintrom. Quand il a bien hoqueté, je reprends l'interrogatoire :

— Tu as oublié de me répondre, Ovide. Qui te donne des ordres ?
— Mon chef de section.
— Nom et adresse, please ?
— M. Edmond Karl. J'ai pas son adresse... Juste un numéro de fil.
— Vous vous rencontrez où ?
— Dans des bistrots. Et ce n'est jamais le même.
— Un numéro de tube, cela correspond à une adresse. Aboule !
— 633-61-92.

Je note.

— Tu sais chez qui tu venais fouiller ?
— Une fille nommée Zoé Robinsoncru.

— Elle fait partie de la Société ?

— D'après ce que j'ai cru comprendre, oui. Mais elle les aurait doublés à sa manière en essayant de se suicider.

— Tu travailles seul ?

— On est quelques-uns.

— Qui, les autres ?

— Notez que notre collaboration est occasionnelle.

— Qui, les autres, je te demande ?

— Max Gounheim, et à ce qu'il paraîtrait, car je ne l'ai jamais vu : Pietro Formi.

Du beau monde. Deux gentils tueurs à gages de renommée universelle traqués par Interpol.

— C'est tout ?

— A ma connaissance.

— C'est vous qui avez buté le dénommé Duplessis, l'autre jour, à la station Max-Corre, n'est-ce pas ?

Il a des velléités pour nier. Simplement j'agite le tube jaune et tout rentre dans l'ordre.

— Je crois que c'est Formi...

— Avec qui as-tu rendez-vous ici ?

— J'ai pas rendez-vous ! hypocritise cette laide enfoirade.

Il n'a pas achevé que le loquet de la turne se met à tourner doucement. Comment m'en aperçois-je ? Je vais te dire : l'instinct. Une prémonition. Un machin secret. Pourtant il ne fait pas de bruit, ce loqueteau. Quelqu'un se pointe, qui veut nous surprendre, puisqu'il nous entend causer. Donc, qui de de mauvais projets nous concernant. D'un signe de tronche j'indique la porte au Mastar. Il comprend au bout de dix secondes, le v'là qui pose ses ribouis et, en chaussettes à trous, s'approche de la lourde, flingue en pogne. Imperturbable, moi, je continue de causer.

— Tu avais fatalement rendez-vous, puisqu'en pénétrant dans la pièce tu as dit, apercevant la silhouette de mon ami « Tu es déjà là » ?

Tout en jactant, je recule de manière à me loger entre

l'armoire à glace et le mur. Pas la peine de demeurer au milieu de la chambre.

Tu vas voir comme j'ai grandement raison.

Tout s'opère en un temps faramineusement court. La porte s'ouvre à la volée. Un curé armé de deux seringues garnies de silencieux se met à arroser devant lui comme un automate. On dirait un crépitement d'abeilles dépollenisant une roseraie. Les silencieux du flingueur sont vachetement efficaces. Je te jure que dans la pièce voisine tu prends ça pour une poignée de grains de café chutant sur le plancher.

Mais un autre boum a lieu.

Non : deux. Et ils font bien d'avoir lieu.

Bing ! bing ! déclare la pétoire péremptoire du Gravos.

L'arrivant exécute une cabriole un peu stupide. Il lâche ses fers à repasser ses contemporains pour se cramponner à quelque chose qu'il ne trouve pas et s'abat en avant.

Je m'approche. Son regard est encore net, mais ça ne va pas durer vu qu'il a morflé une quetsche en pleine tête et qu'il y a rien de plus pernicieux pour les idées.

Max Gounheim ! J'ai jamais vu ce vilain zoizeau, mais son signalement est trop connu pour que je ne le retapisse pas presto malgré sa soutane.

V'là qu'il me meurt devant comme un malpropre.

— Eh bé, soupire l'Epanoui. Heureusement que t'as pas les lampions dans ta fouille, mec, autrement sinon on ressemblerait à deux flûtes.

Un vilain glouglou requiert notre attention. C'est l'ami Ovide qui s'ovide prompto, la décharge de son pote lui ayant déchiqueté l'avant-bras.

— Vite, supplie-t-il, faites quelque chose. Je me saigne...

Je sais qu'il est mort d'avance, comme disait ma tante Adèle...

On ne peut rien pour lui.

Note qu'il n'a que ce qu'il mérite, vu que quelques secondes auparavant il essayait encore de nous fabriquer en affirmant n'attendre personne ! Pourtant, la vue d'un homme qui se vide de son sang est un affreux spectacle, n'importe l'homme. Malgré tout, je vais devoir être cruel.

C'est mon sale métier qui l'exige.

— Parle-moi du pape, Tonssak. Je ne te porterai pas secours avant. Tu sais qu'il se prépare un vilain turbin contre lui ?

— Oui, oui, je sais... Mais je vous en supplie, sauvez-moi. Je veux pas crever comme ça. Je vous dirai tout après...

Ça dégouline sur le plancher comme l'eau coule d'un robinet ouvert.

Et dans la *Résidence Carole*, espère un peu, foi de Martien, c'est l'émeute. Un branble-haut de con bas. Un remue-ménage du diable. A croire que l'hôtel douillet est devenu un paquebot en naufrage.

Béru s'évertue à rétablir l'ordre :

— Police ! Circulez ! Restez pas là, M'sieurs-dames, *on a encore du travail à faire.*

Textuel ! « Encore du travail à faire ! » Faut oser, hein ? faire ! » Faut oser, hein ?

Glou, glou ou glou, fait le sang d'Ovide, comme sur l'air de Véronique. Mais lui, c'est le Messager de la mort qu'il attend.

— Je ne lèverai pas le petit doigt tant que tu n'auras pas vidé ton sac, Tonssak. Allez, le pape, vite, qu'est-ce qui se prépare ?

— Je ne sais pas quoi. Tout ce que je sais, c'est que ça doit se passer dans la crypte de l'église Sainte Articulaire de la Génuflexion... Vite !

Pour dire de lui apporter quelque rassurance, je lui fais un garrot et j'appelle Police-Secours. Mais il meurt avant l'arrivée des ambulanciers.

Ecoute, charrie pas, mais faut reconnaître que c'est une drôle d'histoire, non ?

En tout cas, toute modestie mise où je pense, moi j'aime bien.

[illegible] en [illegible], à [illegible] [illegible]. Toute [illegible] d'un homme qui se voit [illegible] sans [illegible] l'homme. Mais [illegible] devoir [illegible].

C[illegible] qui [illegible].

— [illegible] moi [illegible] Tossa[illegible]. Je ne [illegible] pas [illegible] avant [illegible] qu'il [illegible] préparé [illegible] contre lui ?

— Oui, [illegible] je [illegible]. Mais je vous [illegible] capitaine [illegible] je vous [illegible].

[illegible] sur le plancher [illegible] comme [illegible].

[illegible] capitaine [illegible] Maintenant, c'est [illegible]. Un [illegible] du diable. À propos, que [illegible] est devenu [illegible].

[illegible]

— [illegible] capitaine ! [illegible].

Tossa[illegible] au travail [illegible].

[illegible] l'Ovide [illegible], et le [illegible].

— Je ne [illegible] pas [illegible], mais [illegible] que [illegible] pas [illegible] Tossa[illegible]. [illegible] préparé ?

— [illegible] pas [illegible]. Tout [illegible] que [illegible] qui [illegible] passer [illegible] contre [illegible] de la [illegible].

Pour dire [illegible] apparence [illegible] Tossa[illegible] et [illegible].

Écoute, [illegible] pas [illegible] recommandé que c'est une [illegible], non ?

En [illegible].

CHAPITRE « F »

Les seules femmes qui scandalisent sont celles qui trompent leurs amants. Mais pourquoi je te dis ça, au juste ? Qu'est-ce que ça vient fiche dans le brouhaha actuel ?

La taulière frisottée et eczémateuse, celle qui a la poitrine en ogives nucléaires, glapit des hystéreries en martelant le mur de ses frêles poings. Son établissement déshonoré ! Souillé de sang à tout jamais, comme la clé du placard à Barbe-Bleue ! Les journaux, demain... Leurs manchettes. Leurs délirades... Elle refuse. Trente ans d'hôtellerie bourgeoise ruinés. Elle a consacré sa vie à cette résidence plus celle de son ex-mari, chassé des lieux jadis parce qu'il buvait et jamais remplacé. Pas le moindre amant ! Une tenue irréprochable. Elle se rappelle seulement plus le comment que c'est fait un sexe masculin. La débâcle frappe à la porte. Deux cadavres ! Et des pires : des cadavres d'hommes foudroyés par balles. Une honte ! A présent, devant l'immonde désastre, elle regrette sa longue, sa solennelle abstinence inutile. Elle aurait dû dévergonder comme toute une chacune. Se payer des jules, des Samoyèdes, des garçons de peine, des bananes. Goûter au gigot aillé. Se laisser consommer au lieu de se laisser consumer. Ça l'aurait évité de déformer son index droit en crochet à bottine. Ah, pauvre infortunée, traqueuse de poussière, houspilleuse de chambrières, maniaque de l'ordre et du silence, son corollaire. Que d'années gaspillées, d'étreintes perdues... Comme toutes les fourmis bernées elle se voudrait cigale...

Tandis que les camarades de Police-Secours s'évertuent, Béru console la gente personne. Tu sais qu'il est sédatif, Alexandre-Benoît, lorsqu'il compatit au-dessus d'une dame emmalheurée ? Il fait curé de campagne.

Papa Noël. Tino Rossi. Docteur de famille. Ami-de-toujours. Je gagne le salon-bibliothèque.

Une vraie bibliothèque, avec des livres. Je hais les fausses. Celle qui ne sont qu'un décor. Où les livres sont en trompe-l'œil. Ça me fait comme si la gonzesse que je m'apprête à calcer était en carton ! Des bouquins, du pain, du vin et du (1) c'est cela, la véritable relaxation.

Le jour brille sous son manteau d'or. Une profonde fatigue me remonte à la surface. Je m'installe dans un fauteuil, les mains croisées sur la panse. Je clignote des quinquets.

Bon, j'ai fait du slalom spécial (tout à fait spécial) entre des cadavres au cours de cette incroyable nuit, mais j'ai progressé.

Attends, un nouveau bilan s'impose. Rapide, t'inquiète pas. Chez nous, à Mars, que la mesure d'énergie mentale est le mégot froid, on procède par couche de conclusions superposées.

Fernande morte. Deux « gardes suisses » de la Société secrète morts... Confirmé : ces deux bougres cherchaient la bague de Duplessis. Ils ont tué pour se l'approprier.

Encore un petit coup de périscope sur le caillou, please ! Il rutile dans la glorieuse lumière matinale. Des éclats sourds. Dans le fond, c'est une couleur bête, le violet. Indécise, faussement riche. C'est du rouge qui aurait le sang bleu, ou du bleu atteint de couperose. Je m'assure que le chaton n'est pas truqué. Cette vérifica-

(1) Emplacement publicitaire à louer.

tion uniquement pour te satisfaire, bougre de pommade. Depuis le début, t'es là qui frissonnes du rectum en prévoyant des piètres coups de théâtre à base de chatons basculants ou autres navrances style bibliothèque rose, vrai ou faux ? Et ben non, mon cuistre, la bagouze est saine. Conclusion, tu l'as dans l'œuf.

Qu'ai-je appris d'Ovide ?

Qu'il était mercenaire (avec deux autres flingueurs de renommée mondiale) dans une Société occulte dont il n'a pas l'air de savoir grand-chose. Il recevait ses ordres d'un certain Karl dont il connaissait seulement le numéro de téléphone. Il est au courant de ce qui se trame contre le Saint-Père et a pu — ô miracle ! — me préciser que Articulaire de la Génuflexion (où effectivement il est prévu que le pape se rendra).

Je suis bien. La fatigue, parfois, est un sédatif.

Tu parles que j'en ai fait du chemin, puisque j'ai appris où doit se produire « la chose ». C'est capital, comme dirait Marx...

A propos de Marx, j'en reviens au mystérieux Karl. En voici un qu'il va falloir contacter de vive urgence, avant qu'il apprenne le décès tragique de ses gardes rouges. Primordial. La filière unique. A ne pas rompre, surtout.

Tout à coup, je tressaille.

Pietro Formi ! Je sais : le type de chez *Lipp*. Sa frime, dans le fond, remuait quelque chose dans ma mémoire. C'est à lui que la môme Zoé devait refiler le télégramme. *Lui qui, probablement, doit assassiner Paul VI.*

Une chose me reste inexplicable, parmi tout ce champ de mystères. Et je te vas la bonnir telle qu'elle me pend de la cervelle, mon gars. *Pourquoi Gounheim est-il venu rejoindre Tonssak à la* Résidence Carole *après avoir liquidé la Fernande ?* Ils y avaient rendez-vous, alors qu'ils savaient Zoé à l'hosto. Etrange... Voire même stupéfiant (comme dirait Ray Charles).

Et si tu reprenais le fil de tes occupations, Sana ? me dis-je.

Un ahanement pour m'arracher du moelleux fauteuil.

Je gagne le hall (dans une tombola).

Le calme est revenu, les cadavres s'en étant allés.

La femme de Pologne ménagère (ou la femme de ménage polonaise, au choix) a repris ses fourbissements.

Frotte, frotte, frotte, Charlotte...

— Le téléphone ? j'enquiers.

Elle redresse son buste de quatre-vingt-douze kilogrammes et me bovine un regard qui me déguise en train.

Je fais « tu tu » comme Yvette Chauviré.

— Téléphone ? répète la serpilleuse.

— Oui, téléphone.

Je déguise ma main droite en combiné, plaçant mon pouce à la hauteur de l'oreille et le petit doigt, frivole auriculaire, devant ma bouche sensuelle.

— Téléphone ! conclut la Polonaise en me désignant une petite porte.

Que je pousse.

Et qui s'ouvre.

Me voici dans un minuscule bureau, grand comme une agence théâtrale d'hôtel, et ausi dépourvu de fenêtres.

Je m'installe sur le coin de la table et place le bigophone dans une position propice.

633 61 92

A la volée... Tsing, tsing, tsing...

On me filerait à la retraite anticipée, je courrais me placer comme standardiste dans un hôtel. Je suis un virtuose du disque à trous. L'habitude... J'obtiens la tonalité « pas libre ».

Donc, M. Karl est chez lui. Je raccroche. Voir plus tard...

J'attends...

Et j'entends...

Des soupirs, des râlements.

Ça provient d'à côté. Une autre porte tapissée du

même papier peint que les murs du local s'offre. Je l'entrouvre. Elle déboule sur une chambre confortablement meublée en Louis-Philippe-mère-grand.

Celle de la pauvre propriétaire ; laquelle, grâce à la compassion active du Gros, oublie provisoirement ses malheurs.

Pour tout t'apprendre, la maîtresse de maison est en train de devenir celle de Béru.

Le Mafflu est à pied de basses-œuvres. Te lui pratique une séance super-choc, à Poupette. S'en fait un gant droit et un doigtier de médius gauche, tout simultanément.

Sans préjudice d'un goinfring's mammaire à grand effet.

Très joli travail. La frisette clame sa libération. Déclare qu'elle se fout de son hôtel désormais. L'offre en succursale à la Villette. Tout ce qui l'intéresse à partir d'instantanément, c'est d'être appointée.

Moi, tu me connais ? Pudique comme la petite rosière que tu as violée l'an dernier en vacances. Je laisse ces choux pâmés à leurs dévergondages pour retourner téléphoner.

Mon index magique voltige sur le disque... 6-3-3-6-1-9-2.

Encore occupé.

Par mesure de précaution je réitère, des fois que j'aurais composé un mauvais chiffre...

Non : la sonnerie irritante reprend, imperturbable.

Dis, il a l'air un tantisoit bavard, le camarade Karl.

Manière d'user le temps, je retourne me payer un ticket de parterre. A présent, le Mammouth travaille dans les télécommunications. Il lui fait la liaison hertzienne par câbles coaxiaux, à sa petite mère. Il progresse nettement dans les débordements, le Suractivé. Elle trémulse, Pomponnette. Rappelle-toi qu'elle prouste sauvagement du prose. A la recherche du temps perdu, faut voir ! Elle en exige, en implore de plus en plus.

Ah ! la la ! les refoulées, quelles salingues !

Je me rabats une fois de plus sur le bignou, bien décidé à en faire le siège. Je vais recommencer inlassablement le numéro jusqu'à ce que j'obtienne un résultat. Hardi petit. Va bien falloir qu'il reprenne souffle, le bavard !

6-3-3-6-1-9-2

Va te faire, oui !

Moi, si tu veux mon avis : il a décroché, ce tordu. Probable qu'il entend dormir tranquille. Car, en fait il n'est pas encore 6 heures !

Je vais toujours demander aux renseignements à quelle adresse correspond ce foutu numéro.

On dit que les aveugles ne voient pas ; c'est faux ; ils voient noir, comme prétend un de mes potes. Une qu'en ce cas, je présume aveugle, c'est la préposée des renseignements. Tu l'entendrais, quand j'ai posé ma question. Un charivari varié, mon frère. Elle fume des naseaux, tant et si fort que ça me grabouille la trompe droite, si chère à Eustache de Saint-Pierre.

— Dites, vous croyez que c'est une heure pour se foutre du monde ! rabroue-t-elle.

Et zou, de raccrocher.

J'en demeure perplexe depuis le thorax jusqu'au petit cascadeur du dessous. Enfin quoi, il a rien de polisson, ce numéro. Il n'est pas tissé avec des 69. Il prête pas le flanc au calembour, comme par exemple « Q B C 10 20 » ou « L H O O 100 » qu'on se raconte à la communale. Alors ?

Je repousse le bignou d'un geste rageur. Ma nervouze est telle qu'il glisse sur la plaque de verre recouvrant le burlingue et choit.

Flac !

Fendu en deux, le bloc d'ébonite. Je ramasse les morcifs et, comme heureusement ils sont entiers, les rassemble afin de les scotcher. Alors tout s'éclaire. Tu sais qu'au centre de tout cadran, se trouve une pastille où sont inscrits les numéros de : *Police, Pompiers,*

Dérangements, Renseignements. Y figure également le propre numéro du poste en question. Celui de la *Résidence Carole* est à demi effacé, voilà pourquoi je ne l'ai pas primitivement remarqué. Oui, mon idiosyncraste (1), ce numéro c'est le 633 61 92.

Tu saisis, dès lors, comme disent les derniers gaullistes, la raison pour laquelle la pététeuse de service m'a expédié chez Plume ?

En provenance d'à côté : un double « bang ».

L'équipe Béru-Poupette vient de franchir le mur du son. Avec un « c ».

> *Tiens, y a un moment que je me suis pas répandu dans une colonne de droite. Comment ? T'aimes pas tellement ?*
>
> *Soit. Comme je suis bien luné je reprends ma vitesse de croisière normale. Si je donnais pas satisfaction au client, de temps à autre, me resterait plus que de retourner à Mars.*

L'homme qui cherchait la fortune et qui l'avait dans son plumard. Fable ! Comme quoi, faut jamais dire « La Fontaine, je ne boirai pas de ton eau. »

Mes méninges se frottent les mains de jubilation. M. Karl est ici. Cher M. Karl ! A portée de voix, de poing, de cœur... A portée de chienne. En l'occurrence mistresse Eczéma qui, précisément rapplique, au flanc de son trousseur, radieuse, les guibolles en palmes académiques.

— Eh bien, eh bien ! l'hélé-je, on se dévergonde, chère madame la directrice !

Elle baisse les yeux, comme le font pas mal de dames après avoir baissé leur culotte.

— J'ai perdu la tête, avoue-t-elle. Ces affreux malheurs m'ont bouleversée.

(1) Je déforme, mais comme de toute manière tu ignores le sens d'idiosyncrasie, abstiens-toi de revendiquer.

— Le bouleversement te va bien, Adrienne, affirme galamment Bérurier. Pour une gamine qu'a pas arrosé son réséda depuis les années 30, tu marnes du réchaud comme une médaillée olympique. T'as le bon vouloir à fleur de peau, fillette. Une manière d'écoper le bonhomme digne de la haute tradition française. Le coup de reins ravageur, quoi. Tu fluctues de la fourrure que c'en est un vrai bouquet de bonheur, ma gosse. Je valdingue encore dans les espaces sidérés. La guibolle flanelleuse. Faut dire aussi qu'y a la nuit blanche à inscrire au tableau d'affichage. Note que ça dope le sensoriel de pas pioncer bécif. Tel que tu me vois, je peux immédiatement te rejouer « Ramone-moi j'ai fait z'un rêve merveilleux » au fifre baveur.

Comblée, elle se blottit dans le bras puissant du mâle prometteur.

— Navré de troubler ces belles amours en comparaison desquelles celles de Chopin et George Sand ne furent que mièvreries de calendrier, chère petite fée pour couches-pleines-d'odeurs-légères, mais il urge que je vous parle.

Béru la pousse du coude.

— T'affole pas, ma praline, lui dit-il, il jacte comme ça mais il est pas méchant.

— J'aimerais vous entretenir de M. Edmond Karl, continué-je. Il loge ici, je sais...

Frisottine écarquille les châsses aussi grand qu'elle écarquillait du présélecteur dans la chambre.

— Je n'ai pas de M. Karl ici. Et même, je n'en ai jamais eu.

La douche écossaise, conviens (ou va-t'en). Un coup pile, un coup face.

De quoi devenir bouc, si ça continue. Ce petit pourri de Tonssak se serait-il payé mon effigie ? Pourtant... Pourtant non. Parce que je vais te dire, *s'il m'avait aboulé un numéro bidon, il en aurait choisi un autre que celui de l'endroit où nous nous trouvions et que j'étais censé connaître. Mieux :* il ignorait que le 633-61-92 était le numéro de la *Résidence Carole.* Tu vois que je vais plus loin ?

— C'est toujours vous qui répondez au téléphone, ici ?

— Moi, ou la personne qui me remplace.

— Et qui est ?

— Ma cousine germaine, Amélie... Une vieille fille retraitée de l'Enseignement. Elle habite avec le personnel, dans les combles. Personne de grande confiance...

— Vous n'avez pas de pensionnaires dont le nom se rapprocherait de Karl, tels que Charles, Khane, ou je ne sais pas, moi ?...

Elle hoche la tête.

— Non, vraiment pas. Vous pouvez vérifier sur mon livre des entrées...

Dans notre job, tu ne l'ignores pas puisque tu le sais, on ne doit rien négliger, aussi profité-je de la permission pour feuilleter le registre. Je suis sur orbite, mon ami. Une légère fièvre m'embrase le sang. Car je sens, t'entends ? Je sens que le gars Ovide ne m'a pas bourré le mou et que du louche stagne par ici. Après tout, un élément majeur de l'affaire : Zoé Robinsoncru résidait dans l'établissement, s' pas ?

Ne jamais perdre de vue cette vérité première (ou deuxième, ça ne fait rien : je l'ai jouée placée), gamin, tu as plus de chance d'attraper une truite dans le trou où tu en as déjà chopé une que dans un bénitier.

Alors, bon, je sonde assidûment la liste des passagers. Mon bulbe est en grande ébullition. Je me dis qu'après tout, Ovide n'a pas précisé qu'il réclamait *directement* M. Karl. *Peut être passait-il par le truchement d'une autre personne ?* Et j'imagine que cette autre personne pourrait être Zoé. On a le droit de supposer, non ?

Mon ravissant index manucuré (de campagne) remonte la colonne du grand livre. Des noms, des noms... Une enfoirade de noms, mon biquet. C'est presque de la poésie, une nomenclature. T'arraches une feuille d'annuaire, tu la lis en y mettant le ton, et tu t'aperçois que ça vaut de l'Eluard.

La bébête qui monte, qui monte...

Et qui soudain s'arrête.

Mes yeux vont-ils rouler sur le fin bristol rayé ?

Tu sais ce que je découvre, pile en haut d'un feuillet ? Bien tracé, guilleret, rondouillard ?

Antonin Duplessis, domicilié à Saint-Locdu-le-Vieux.

T'as bien lui, oui ? Et tu respires encore ? T'as de la chance. Moi, si j'avais su qu'il y aurait autant de coups de théâtre dans ce polar, tu parles que je l'aurais jamais commencé !

— Vous voyez : aucun Karl ! triomphe la dame à la poitrine en console Louis XIV.

— Alors parlons de Duplessis, riposté-je.

Je désigne au Gravos l'étiquette de son défunt pote majusculée en sommet de page impaire (la meilleure des positions sur un livre d'or, tu noteras. Tous les mégalos se propagent d'autor à cet emplacement. Le type qui « s'est fait un nom », faut qu'il le brandisse comme une oriflamme, le fasse éclater en bonne place. Haut de page, je te dis. Manchette. Cinq colonnes à la une. Caractères gras, voire obèses. Et même qu'il n'est pas célèbre, l'andouille, il titre de gloire vaille que rien qui vaille avec son blaze : *Dugenou, crêpes*. Ça, je l'ai retapissé dans une ville bretonne. *Triperie Machin*. Des lettres que t'aurais pu t'en servir comme tabouret. Et au plongeon ça continue. Sur les beaux mausolées de marbre : *Félix Monzob* (1903-1983). Et les gnards qui te font part d'eux-mêmes. Comme quoi ils naissent, se marient, défuntent ou donnent une soirée bandante en les salons de l'hôtel *Chprountz*. Marre-toi, mon pote. Fais comme Sésame : ouvre-toi large. Leur comique, pour ma part, ne m'amuse plus. J'ai cessé de me débattre. Simplement je m'en vais d'eux sournoisement, en me laissant glisser en queue de peloton. J'aspire à les regarder disparaître dans un nuage de poussière. Alors je mettrai pied en terre. Bon Dieu, cette régalade parmi mes camarades asticots. Bien, tu sais ce que je vais faire ? Refermer la parenthèse. Tu te rappelais seulement plus que je l'avais ouverte, hé, fromage !).

— Tonin serait venu dans c't' hôtel ! effare mon Gravos.

— Toute idée synonymique doit être bannie, renchéris-je, l'adresse qu'il a mentionnée : Saint-Locdu, ne laissant aucune place au doute.

Sa Majesté évente sa stupeur de son chapeau.

— Un mystère aussi mystérieux, finit-il par articuler, je crois bien n'en avoir jamais rencontré au préalable d'auparavant. Tu parles d'un tombereau de salades !

La bonne Adrienne nous raconte ce qu'elle sait de Duplessis.

Peu de choses importantes, en vérité.

« Le cardinal-contrôleur » s'est pointé le mois dernier. Il a expliqué qu'il était agent général d'une maison de commerce d'Outre-mer et qu'il visitait bon nombre de clients un peu partout en France. Il a pris une chambre au mois, en prévenant qu'il ne l'occuperait que de façon sporadique, au gré de ses voyages. Mais il lui fallait une base fixe... Il a versé une provision. Effectivement, il a passé assez peu de temps à la *Résidence Carole*. Il arrivait sans crier gare (bien qu'il fût contrôleur de métro). Prenait son courrier, recevait quelques visiteurs, dînait ou déjeunait parfois, dormait très peu, puis repartait. Un homme gentil, affable, discret.

D'après le livre, il aurait débarqué à la *Résidence Carole* la veille du jour où Zoé y est descendue. Détail qui a son importance, si tu refuses d'en convenir, tu peux aller te faire foutre, je ne te retiens pas.

— Quelle sorte de gens recevait-il ?

— Des hommes d'un certain âge, bien mis...

Bien mis ! La clé de voûte de l'édifice ! Le monde appartient aux gens bien mis.

— Fréquentait-il Mlle Robinsoncru ?

La taulière cille comme une poupée articulée qui aurait de l'eczéma.

— Pas du tout, quelle idée !
— Vous ne les avez jamais vus en conversation ?
— Jamais.

Le ciel de nos mystères continue de s'obscurcir, comme l'écrivait avec satisfaction ce télévisé de frais qui fait croire qu'il est critique littéraire depuis qu'on s'est aperçu qu'il n'avait jamais été écrivain.

— Quand est-il parti ?
— Qui ça ?
— Duplessis ?
— Parti... où ?
— De votre hôtel ?
— Mais il n'en est pas parti !

C't' ami Béru me vaporise le regard du siècle, dans les tous S.O.S.-le-navire-donne-de-la-bande (à Bonnot).

— Vous voulez dire qu'il occupe toujours sa chambre ?
— Il ne l'occupe pas, étant donné qu'il est absent depuis plusieurs jours, mais il l'a à disposition...

Alors là, mon frère, que ça te chante ou non, je me paie un texte de liaison. Et encore te plains pas : un feignasse te flanquerait une fin de chapitre et filerait boire un glass. Mais chez nous, à Mars, que la mesure d'énergie est le mégot de cigare, on s'en voudrait d'avoir recours à de tels expédients.

T'apprécies, j'espère ?

Vouelle. Nous voualà donc en ruée jusqu'à la turne du défunt cardinal Tonin. Ce bonhomme, au plus on avance dans son histoire, au plus sa personnalité recule. Devient complexe.

Si je puis me permettre de placer un mot d'une extrême drôlerie, je dirais que ce cardinal n'était pas catholique ! Tu vois que je sais aligner mon humour sur le tien, pas vrai, poire d'angoisse ! Alors on déboule au 14. Ça se trouve en bout de couloir. C'est classique, confortable et inhabité. Le couvre-lit ne fait pas un pli et le parquet rutile. On sent que la chambre ne sert pas, car aucun objet familier n'y traîne sur une table ou une commode. Nul briquet, pas le moindre San-Antonio, aucune médication. Il n'y a pas de frusques dans les tiroirs. Un vague complet pas très frais pend dans l'armoire, manière de marquer une occupation théorique. Un imperméable lui tient compagnie, tout neuf, lui. Sur un rayon, un chapeau noir. Et puis alors, au-dessus de l'armoire, une valise neuve. En cuir véritable, avec des sangles façon sellier. Je la descends. La trouve lourde.

Pourtant elle est vide.

Ça peut peut-être abuser une femme de chambre portugaise, mais pas un poulardin.

— Soupèse, Gros !

Il hoche la tête.

— Pas besoin, mon père, la manière que tu l'as arrachée de l'armoire, j'ai bien vu qu'elle était pesante.

Il sort son Opinel de cérémonie. Ses initiales sont gravées au tisonnier rougi dans le manche déverni : A.-B. B. L'Opinel, t'as aucune idée de son importance dans la vie rurale et en général manuelle des Français. Moi, je sais des gus, même chez *Lasserre,* ils négligent le beau couteau d'argent pour user de leur Opinel. C'est devenu leur prolongement naturel, je te jure. Une fois que t'as fait tourner la virole, il devient cran d'arrêt, quasiment. C't' un instrument que t'as bien en main. Conditionné à l'extrême perfection pour aider l'éplucheur, le tailleur, le découpeur, le dépeceur, le vendangeur, le rabbin, même. Si je t'affirmais : j'ai un bon copain arabe qu'a été circonsis à l'Opinel. Et je m'ai laissé dire que le professeur Hamburger opérait à l'Opinel dans les cas délicats, plutôt qu'au laser thermostatique. Paraît que c'est plus sûr...

Tu comprendras donc, ma bonne nouille à l'eau,

que ce lui est un jeu, à Bérurier, de découper le fond de la valise.

Et craaaaaaaaaaaaaaaaaaaaaaaaaaac (dans le sens de la longueur).

Il soulève le fond. Et on découvre quoi donc ? Non, donne pas ta langue, tu en as trop besoin pour baver sur tes voisins. On découvre le couvre-lit. Y avait pas de double fond.

C'est ce que, dans la bonne société on appelle « l'avoir dans le prose. »

L'Aimable se tourne vers moi, comme si je possédais le don rarissime de dissiper tous les mystères. Alors que... Hein ?

Je reprends la valoche, la soupèse longuement...

Hochement de tête presque médical. Je la file au docteur Béru, appelé d'urgence en consultation. Ce praticien de grand savoir exécute les gestes appréciateurs d'usage, puis déclare :

— C'est dans les montants, mec.

CHAPITRE « G »

T'as vu ?

Elle m'est venue toute seule, cette damnée fin de chapitre. M'a giclé du tabulateur. Vrrrrr, comme ça. Fin de page. Tu tournes. Le métier. T'y peux rien. Avant de passer ma licence de romancier, quand je fonctionnais dans les rangs des amateurs, je parvenais à me contrôler. Mais à présent, bernique. Ce sont les doigts qui agissent. Le cerveau, étrangement, ne fait que leur obéir. Paradoxal ? Mes choses ! L'homme se berce d'illuses. Se croit pensant. Alors qu'il n'est que pansé (et tant bien que mal, d'ailleurs). Heureusement qu'il finit mal, ce connard. Toujours, obligatoirement. Bien détérioré par l'âge, diminué de la cave au grenier. Abruti d'existence.

Heureusement...

T'entends ? Je pèse mon mot. Le répète : heu-reu-sement ! T'as entendu la déclaration du Gros ?

« C'est dans les montants », il a affirmé. Et tu peux lui faire confiance. Béru, c'est la sagacerie en personne.

Il se met à dépiauter le cuir couvrant la partie rigide de la valise. Dessous, c'est du bois. Un contre-plaqué spécial, très dur. La pointe de l'Opinel fouille dans la paroi. De menus copeaux pleuvent. La lame du couteau s'enfonce. Sa Majesté pèse sur le manche. Y a une déchirade verticale. Oui, mon joli, les montants sont doubles. Entre les deux parties, un espace très réduit, large d'un demi-centimètre à peine. Encouragé, Pépère s'acharne de plus belle. La malheureuse valoche ressemble très vite à une épave.

— Bouge pas, ça vient ! avertit le bagagicide.

Et il ne ment pas.

Deux plaques d'or, mon lapin. D'égales dimensions. L'une et l'autre mesurent environ trente centimètres sur dix-huit. Elles sont lourdes et gravées. Très anciennes, ça tu peux croire. La gravure, c'est un texte rédigé en gothique... Du latin... J'ai beau essayer de le déchiffrer, en mobilisant ce qui me subsiste de connaissances, ça demeure lettres (gothiques) mortes. Au bas de chaque texte, se trouve un sceau fait de deux crosses croisées et d'une espèce de signature accompagnée d'un chiffre.

— T'as une idée du quoi que c'est? balbutie Bérurier.

— Des espèces de tables de la loi, murmuré-je en examinant les plaques. Il va falloir porter ça dare-dare au labo, mon grand, pour identification et transcription... Je crois que nous venons de mettre la main sur quelque chose d'assez étonnant.

— On dirait du jonc, hein? émet le Cupide en soupesant les plaques.

— C'en est, et pas du moindre. Mais je peux te dire que la valeur de ces documents ne réside pas dans leur matière.

J'enveloppe les deux plaques dans une serviette de bain empruntée à la *Résidence Carole.*

— Saute dans un taxi et confie ça à Mathias en lui recommandant d'en prendre le plus grand soin. Qu'il fasse venir des latinistes distingués, des experts, qui il voudra, mais qu'il perce le secret de ces plaques d'or ; je l'appellerai en fin de journée. Pour ma part, je rentre chez moi me zoner. Si je ne ronfle pas, je sens que je vais virer en purée de navets.

Bien, très bien, parfait. Ensuite je rentre à Saint-Cloud. T'as beau être martien, donc natif d'un endroit où l'on peut remplacer le sommeil par la fumée de mégot, quand tu es fourbu il vaut mieux te mettre à l'horizontale sur du moelleux, après avoir plongé la pièce dans des pénombres ravigotantes.

Je gagne mon pucier au moment où m'man commence à talquer le fouinozof d'Antoinet. Ce veau a pioncé comme un champion de la dorme pendant une belle douzaine d'heures et le v'là en pleine forme pour attaquer la vie par le bon bout. Je lui vote un guiliguili qui le fait marrer, j'embrasse m'man et je monte à ma chambrette de jeune homme attardé.

Dans la cuisine, Régina chante. Ce qui porterait à croire, soit que Paulo le plombier l'a rambinée, soit qu'elle l'a déjà oublié. La seconde hypothèse paraissant la plus vraisemblable. Tout le monde oublie tout le monde. C'est chouette, non?

Je me file complètement à loilpé entre les drapeaux. Quand on est très fatigué, pioncer nu équivaut à prendre un bain tiède. Essaie, tu verras.

J'appuie sur le disjoncteur.

Tchao.

*
**

Son éminence, monseigneur Demption, archichevêque de ceci cela et primate d'autre chose, me reçoit fort aimablement dans un bureau qui pourrait aussi bien être celui de M. Dassault, tant tellement qu'il comporte de téléphones, de graphiques aux murs, d'interphones et j'en passe.

Belle et noble figure que celle du cardinal André Demption. Pas du tout le genre prélat de jadis, avec ballon de rugby planqué sous la soutane, teint rougeaud, onction, café (saint) chrême arrosé saint marc...

Monseigneur Demption est un petit homme vif dont le regard remue sans cesse derrière des lunettes de businessman. Il a le nez pointu, la bouche mince. Il porte un complet gris anthracite (il est originaire du

Nord) avec un col de pasteur. Dans le fond, il a la mise du défunt Duplessis (son malheureux confrère).

Il m'a écouté attentivement, les mains croisées sur des paperasses étalées devant lui.

Je viens de tout lui déballer, dans l'ordre chronologique. Tout, depuis le rendez-vous avec Tonin, jusqu'à la découverte des deux planches d'or.

Il hoche la tête d'un air préoccupé.

— Tout ceci est bien ahurissant, monsieur le commissaire. Qu'en disent vos supérieurs ?

— Ils vont renforcer le service de sécurité pour protéger Sa Sainteté, Monseigneur.

— Je ne vois en effet pas d'autres dispositions à prendre.

— Puis-je vous demander votre sentiment après avoir entendu cette histoire ?

Il essuie ses lunettes. Son regard n'est soudain plus que deux fentes étroites.

— Mon Dieu, commence-t-il, ce qui me flatte beaucoup venant d'un homme d'Eglise éminent (et d'autant plus éminent qu'il est cardinal), mon Dieu, que vous répondre ? Vous ne l'ignorez pas, des sectes pullulent un peu partout, qui parodient notre Eglise et prétendent la suppléer. En général, elles ne recrutent que de pauvres illuminés inoffensifs qui se livrent à une triste mascarade et profanent les sacrements. Notre Seigneur ne doit pas se formaliser beaucoup de leurs agissements. Du reste, toute bonne intention est louable et les chemins sont infinis qui mènent à la lumière... Seulement, dans le cas présent, cette Eglise parallèle s'accompagne de gangstérisme. Cela sent sa machination, et je suis terriblement inquiet. On a traduit les textes de ces fameuses plaques ?

— Pas encore. Ils sont très hermétiques et il est malaisé de mettre la main sur des spécialistes. La police, vous savez, Monseigneur, fonctionne encore de façon plus ou moins artisanale et ne dispose que de petits moyens.

— En somme, vous êtes coupé de la bande ?

— Pour l'instant, oui. Des recherches sont entreprises pour tenter de remettre la main sur la petite mulâtresse et le dénommé Pietro Formi. Nous les dénicherons, la fille surtout, c'est certain. Mais ça risque de prendre un certain temps, et c'est cela qui précisément nous manque : le temps. Paul VI arrive demain...

Je sors l'améthyste et la dépose sur son buvard.

— Trois ou peut-être même quatre personnes sont mortes à cause de cette pierre, Monseigneur. Elle ne vous dit rien ?

Il examine la bague, la fait miroiter, puis me la rend.

— Non, rien.

— Tant pis... Maintenant, Monseigneur, je voudrais vous entretenir d'un projet qu'il me plairait d'accomplir à titre officieux. Seulement, pour cela, j'ai besoin de votre concours, et qui plus est, du concours de Sa Sainteté...

Le cardinal Demption fait la grimace.

— Le concours de Sa Sainteté ! Comme vous y allez ! Enfin de quoi s'agit-il ?

— De sa sécurité. Avant de mourir, l'un des gangsters, je vous le rappelle, m'a révélé que l'attentat doit avoir lieu dans la crypte de l'église Sainte Articulaire de la Génuflexion.

— J'ai noté ce trait au passage et m'en suis beaucoup étonné car cela paraît être au contraire l'endroit le moins propice à un attentat, étant donné qu'il ne comporte qu'une seule issue et qu'il est d'une nudité complète. Si nous exceptons le tombeau de la sainte, monsieur le commissaire, ce lieu est absolument vide.

— Je sais, Monseigneur, j'en viens. Je l'ai examiné centimètre carré par centimètre carré. Des dalles, des dalles... C'est tout. Cependant, je dois tenir compte de la déclaration du bandit. Il l'a faite à un moment où il ne songeait plus à mentir. Sa vie s'en allait et il était terrorisé.

— Alors ?

— D'après le programme concernant le séjour de Sa

Sainteté, elle doit se rendre dans la crypte après-demain matin, sur le coup de 7 heures, et en très petit comité, n'est-ce pas ?

— C'est Sa Sainteté qui en a décidé ainsi, monsieur le commissaire.

— Il faut absolument que l'horaire soit changé, Monseigneur. Et qu'il soit modifié secrètement. Il convient de reculer d'une heure au moins la visite du pape à la crypte.

— Dans quel but ?

Je rapproche ma chaise du bureau de l'Eminence. D'instinct, je baisse le ton :

— A 7 heures, comme prévu, c'est un faux pape qui descendra dans la crypte.

Le cardinal Demption sursaute. Je te jure qu'il se décolle son saint siège du fauteuil.

— Que dites-vous-là, monseigneur le commissaire ? s'égare-t-il.

— La vie de Sa Sainteté avant tout. Service de sécurité ou pas, nous ne pouvons prendre le risque de le laisser se rendre dans cette crypte à l'heure prévue. Un comédien jouera le rôle du pape. Il accepte d'en courir ce danger, car c'est une âme noble et un homme au courage tranquille. Il sera entouré des ecclésiastiques qui doivent participer à la cérémonie.

— Mais c'est impossible ! récrie le cardinal. Il y aura la presse et la télévision devant l'église ?

— *Devant* l'église, mais non *dedans,* Monseigneur. Le faux pape ne sera visible que pendant le court laps de temps qu'il mettra à sortir de sa voiture pour pénétrer dans l'édifice. A 7 heures du matin, il fait encore sombre. Nous interdirons aux techniciens T.V. de brancher leurs projecteurs, au besoin, nous provoquerons une panne de secteur au moment opportun. Le faux pape est le sosie de Paul VI. En outre, il sera coiffé d'un chapeau à large bord et entouré de prélats. Les conditions pour une substitution seront donc idéales. La cérémonie aura lieu. Et nous verrons s'il se passe du vilain. Dans l'affirmative comme dans la négative, le Souverain Pontife arrivera secrètement une heure plus tard. Vous pouvez même éviter de jeter le trouble dans son esprit en trouvant un motif plausible pour décaler le programme. Ce doit être faisable, non ?

Un long silence succède.

— Effarant, effarant, soupire mon interlocuteur.

— Je vous l'accorde. Pourtant, compte tenu des circonstances, il nous faut prendre un maximum de précautions. Il y a déjà pas mal de morts dans cette affaire, Monseigneur. Si quelque chose arrivait à Sa Sainteté, nous ne nous le pardonnerions jamais, ni vous ni moi, car à partir du moment où vous êtes informé de ce qui se trame, vous partagez ma responsabilité. Je crois que l'enjeu en vaut le cierge, non ?

Il sourit mince.

Me défrime avec intérêt.

— Jamais vous n'arriverez à faire prendre un simple quidam pour le Saint-Père, murmure-t-il, quelle que soit leur ressemblance.

— Je vais toujours essayer, réponds-je.

***

Chez nous, à Mars, où la préoccupation dominante des individus c'est le mégot, on a toujours tendance à oublier le présent au bénéfice du passé. Car un proverbe du Nord-Mars dit comme ça que « c'est en interprétant les renseignements du passé qu'on peut se préparer au futur ».

Et moi, tu sais ce qui me turluqueute en sourdine ? Toujours ce coup de fil à Régina, ma vieille rainure. Cette voix d'homme avertissant que je dois prendre garde au pape. Donc, quelqu'un sait. Quelqu'un qui est contre l'attentat prévu, mais qui ne veut pas se manifester ouvertement. Je ne suis pas riche, mais je donnerais volontiers la moitié de ton capital pour posséder l'identité du jules en question.

Qui est-il ? Où se planque-t-il ? Comment sait-il que je m'occupe de cette affaire ?

Les interrogations me pleuvent dru sur la pensarde.

En sortant de l'enchevêtré, pardon : de l'archivécé, je m'engouffre dans un bistraque pour tuber à la grande cabane.

A-t-on des nouvelles de Zoé ? De Formi ? Des textes anciens gravés sur les plaques d'or ? Les différents services interrogés me répondent que non avec un synchronisme endiablé.

A croire qu'on fait relâche pour répétition chez les archers.

Hargneux, je raccroche, écluse un baby scotch et vais rejoindre le Révérend (c'est le cas où jamais d'y dire) Pinaud chez ce grand costumier de la fête sans qui les films d'époque ne seraient que ce qu'ils sont.

Lorsque tu veux juger de la transformation d'un travesti, un bon conseil : n'en suis pas la progression. Juge de l'ensemble une fois que tout est fini. Le maître de la défroque m'annonce (apostolique, toujours le cas d'y dire) que l'officier principal Pinaud est « en » salon d'essayage et m'invite à l'aller rejoindre. Je décline et fait de l'attentisme dans un fauteuil de cuir en feuilletant *Lui,* ce qui est la meilleure manière de tromper le temps, je le dis tel que je le pense, sans changer un point virgule au titre de cette revue.

Une demi-heure plus tard, le costumier du cinéma écarte une tenture et annonce avec emphase et emphysème (il a l'alvéole qui se dilate) :

— Sa Sainteté le pape Paul VI.

Et Paul *vé i* paraît.

Hallucinant. J'ai mis un hache à hallucinant pour faire plus sincère. Comment ? Tu dis ? Il en faut un de toute manière ? Eh ben alors, de quoi tu te plains, dis, furoncle ?

Je reprends : Allucinant. Plus vrai que nature. Le nonce fait à Marie ! Il s'en va tiquant ! Il plaque les derniers accords de Latran ! Mieux vaut tiare que

Jeanneney. Attends, bouge pas, qu'est-ce que je peux te délirer encore ? Ça va me venir... Il coince la bulle. En six cliques ! Ça te suffit ? Non ? Alors passe dans mon bureau, on continuera à tronche reposée, mais j'en vois qui bâillent déjà. Et faut pas leur surmener les grains de caviar parce que si oui, ils décrochent illico du ventral, les gueux.

La vérité m'oblige à confesser (c'est re-encore le cas d'y dire) que je n'ai jamais eu le béatifique honneur d'approcher Sa Majesté le pape, mais j'ai vu des posters d'elle, et franchement, entre lui et César Pinaud, il n'y a que le siège de Saint-Pierre. Tu les filerais au coude à coude dans une basilique lourdaise, Dieu aurait de la peine à reconnaître le sien. Lui faudrait procéder à une analyse de sang. Tout le monde crierait au miracle ! Et à Lourdes, c'est plutôt rare. Les traditions se perdent depuis les rayons « X ». Ça aussi ç'a été carbonisé par l'électroménager, la bagnole, la résidence secondaire. De nos jours, les gens n'ont plus le temps de se faire miraculer, sauf au L.S.D. Dieu s'épure, au fil du siècle. Bientôt, ne restera que Lui. Unique, nom de Dieu ! Enfin unique ! Toute simagrée humaine effacée, Dieu merci. Les châsses resteront ouvertes toute l'année. On cessera de Le brocarder, de Lui dorer l'auréole, de Lui laisser des pourboires et des ciboires, de Le psalmodier, de Le bredouiller, de Le grande-pomper, de L'embrigader, de Le louer et de Le vendre, de Le solder, de Le subdiviser. On ne Lui filera plus d'associés. On ne Le mangera plus. Ne L'affublera plus d'une Sainte-Face de carême ! Ce sera Dieu seul, mon dieu. Dieu tel qu'Il est, dépouillé de ses oripeaux par notre trouille quand on L'appelle au secours. Dieu sans la connerie des hommes...

Pinaud, cher Pinaud, dis-moi tout. Ton grand-père maternel ne s'appelait-il pas Montini ? Raconte, explique, justifie ?

Que disait-il, le cardinal Demption ? *Jamais vous n'arriverez à faire prendre un simple quidam pour le Saint-Père ?*

Admettons.

Mais alors j'inverse les réacteurs, et je te demande, moi : César Pinaud est-il un simple quidam ?

A le voir, sublime de simplicité dans sa soutane d'une conception immaculée, rayonnant de mansuétude. Le visage éclairé du dedans. L'âme au bord des yeux. Suintant de miséricorde. L'ascétisme en bandoulière. Peureux des fastes vaticons. Un sourire de Saint-Père laconique fiché aux lèvres. A le voir ainsi, cher Gaston (comment ? tu t'appelles pas Gaston ? et alors, ça change quoi ?) l'émotion te vient. La foi te gagne comme un froid aux pieds. Une discrète émotion t'amollit. T'as envie de te signer, de te sous-signer, de te contresigner. De crier gloire au pape ! De l'appeler très Saint-Père. De lui baiser la mule.

— Réussite complète, n'est-ce pas ? souligne le costumier.

— Totale. Je prends !

Machinalement, Pinaud VI lève la main et nous accorde une aimable bénédiction, avec les doigts arrondis, comme s'il nous la traçait à la craie.

*
**

Tu sais que l'église Sainte-Articulaire de la Génuflexion se trouve tout au bout de la rue Marcelle-Ségal, presque à l'angle de la place P.-L. Courrier-Duqueur. C'est l'une des plus vieilles églises de Paris, puisque, d'après la légende du temps, Cécile Sorel y fut baptisée...

Un impotent sévice d'ordre barre la rue ce matin-là, qui est le matin en question, celui qui nous intéresse.

Une foule qu'un journaliste de l'Uhénèretéef qualifierait de nombreuse si elle se trouvait rassemblée là pour accueillir un membre de la dynastie carolingienne attend dans la rue et le recueillement, malgré l'heure matinale.

Les lampadaires sont encore allumés.

Une brume floue, mouillée, infiniment parisienne, ouate les contours des choses.

Y a du mystère sur la voie publique.

Les préposés de la téloche sont en batterie. Les photographes de presse tapent du panard pour se défourmilier les radis. On entend, tombant des immeubles d'alentour, des transistors racontant ce qui se passe devant l'église Sainte-Articulaire de la Génuflexion.

Il ne se passe rien, mais ils le racontent admirablement. D'ailleurs, la radio sublimise les moindres banalités. N'assiste jamais à une course cycliste sans avoir ta radio en main, sinon tu passes à côté de l'épopée. Une étape du Tour, tiens, c'est beau qu'à travers Blondin ou Chapatte. A voir, ça paraît tout bêta, trop simple, banal. Faut qu'un spécialiste te tisse la grandeur pour mettre autour. Cuisse de coureur sur lit de gelée à l'estragon. Plus appétissant. Mieux comestible. La réalité ? Une foutaise.

Vive les poètes du radioreportage ou du radiotage-reporté.

Donc on attend, avec onction, comme il sied, compte tenu de la qualité de l'illustre personnage qui va débouler.

Un jour maussade s'installe.

Les projos de la tésillusion française luttent d'influence avec lui, étalant de grands ronds dorés sur le trottoir luisant et le pavé gras.

La foule frileuse des petits matins de Paname chuchote en se tassant. Cela évoque confusément les prémices d'une exécution capitale, ancien style. Au temps du temps qu'on amenait les condamnés sur la voie publique pour les raccourcir et que les bonnes commères venaient tremper leur mouchoir dans le sang pour s'exciter.

Soudain, un cri part de la populace.

Cette exclamation qui ponctue toujours l'arrivée d'un cortège longtemps attendu :

« Le voilà ! »

Un autre cri fait écho.

« Merde ! »

C'est le réalisateur du reportage tévé qui a poussé le second.

Car, d'un seul coup d'un seul, ses projecteurs viennent de s'éteindre.

CHAPITRE « H »

Trois motards disposés en fer de lance.

Puis une D.S. anonyme pleine d'officiels.

Derrière, la grande Mercedes papale, avec le fanion du Saint-Siège...

Et après l'immense limousine (une Daimler-Benz 280 SE 3,5 1) une caravane de voitures noires...

L'auto de Sa Sainteté stoppe devant le perron de l'église Sainte-Auriculaire de la Génuflexion. Le chanoine du lieu, flanqué de *curton's boys* dévale les marches pour accueillir l'illustrissimo visiteur.

La portière est délourdée. Une silhouette blanche, menue, fragile, s'extirpe de la tire et virgule quelques solides bénédictions alentour. Les têtes s'inclinent. Une bonne espagnole qui allait chercher des croassants pour ses maîtres, éclate en sanglots. Un israélite crie « Vive le pape ». Un manœuvre arabe demande : « Qui c'est la vieille dame en blanc ? ». Des catholiques applaudissent. Des apostoliques s'agenouillent. Des athées se signent à tout hasard, pour si des fois ils feraient fausse route. Bref, c'est la monstre ferveur, mon cher fils. Il se passe quelque chose de grand, de noble, de généreux. C'est presque aussi impressionnant que sous le maréchal de Gaulle quand il faisait sa tournée de Marseillaise. Comme le dit un grand malabar : « On se sent tout petit. » Les frissons vous glissent le long de l'échine comme des gouttes d'eau le long des stalactites.

Ah, Pinaud! Ne t'avais-je pas *prémonié* (1) hier, à l'hosto, tandis que tu te penchais sur mon lit? Je t'ai VU pape, alors. C'est, cher vieil enfant de la non moins chère Eglise chrétienne. Ta mission te transfigure. Ta soutane éclatante t'illumine. Ton courage t'ennoblit.

Tu le verrais, Pinuche, en cet instant d'exception, tu chiales, recta.

Ce geste apaisant de la dextre, chéri! Il brinde à la foule. Il salue. Il bénit. Courbe les tronches, allume les cœurs, attise la foi vacillante, fortifie les défaillants, inculque les grands principes. Beau, très très beau. Fleur de coin! Voilà le terme que je cherchais : fleur de coin! Un moment de l'humanité.

Je veux bien qu'il a été enfant de chœur dans les très jadis, César, mais tout de même, de là à pratiquer les exercices papaux, y a une marge, non? Il t'emballe le morceau comme s'il faisait le pape toute la sainte journée. Il « papote » magnifiquement, le geste sûr, la démarche tranquille.

Il est à la fois pontif et souverain.

Et souverain pontife, aussi.

Le cortège pénètre dans l'église.

Y a prière devant le maître-autel. Une petite rincelette d'oraisons latines, on descend à la crypte.

L'instant est solennel. L'ambiance saisissante. La presse n'est point admise, car il s'agit d'un machin ultra-privé. Ça se passe entre le pape et la sainte. Quelques membres du clergé. Et moi.

Emu.

Oui, malgré le côté factice de la cérémonie. Malgré Pinaud ou plus exactement à cause de lui.

Le cardinal Demption est là, parmi les quelques privilégiés. J'échange un regard avec lui. Il m'accorde une espèce de sourire complimenteur. Ah, on ne peut pas faire prendre un quidam pour le Saint-Père, hein?

(1) Je t'ai bricolé ce mot en partant de prémonition, t'auras compris, j'espère?

Eh ben, j'ai essayé, mon pote. Et je vais t'assurer d'une chose : on peut !

On peut tellement que *même moi*, l'instigateur de cette comédie, *je me laisse prendre au piège*. Cela ne ressemble-t-il point à une espèce de miracle, en soi ? En soie ? Hein, dis ? Cette émotion que j'éprouve ardemment, cet élan vers des infinis célestes, cette foi qui brusquement me Frossarte, cette certitude d'arriver au bout de ma mission sacrée, ça ne relève pas du miracle ?

Si tu dis que non, t'es une crêpe, alors cours te faire fiche chez les colonels.

Faut pourtant que je décrive la scène. Ou la Cène ? Qui Seine...

Le tombeau de la bienheureuse Marie Couchtouala, une simple dalle. Quatre torchères aux angles.

Des séminaristes munis de flambeaux font le cercle dans la crypte. Impressionnant, hein ?

Le « pape » bénéficie d'un prie-Dieu placé au pied du tombeau.

Un grand silence s'établit. Cette cérémonie est une méditation du Souterrain Pontife. Il est là pour s'unir par la pensée avec la bienheureuse. Une communion mentale, quoi. Le procès en machin de Marie Couchtouala (elle était d'origine martiniquaise, oublie pas) vient d'être instruit. Les plus hautes zautorités de l'Eglise ont reconnu son droit au calendrier, à l'auréole phosphorescente et tout. Désormais, c'est le pape qui se concentre.

Et le Pinuche, tu peux y compter, il fait drôlement bien son boulot de grand penseur. Y a rien à lui reprocher. Il Rodine à tout va, le débris. Du beau travail cérébral. Il va s'en écarteler les méninges à force de faire semblant.

Il reste là, une demi-plombe. Faut le faire, hein ? C'est prévu dans le planinge de la visite. Sa Sein-tété doit penser trente minutes d'affilée. Ça t'éberlue, toi qui appelles « penser » chercher dans ta mémoire un numéro de téléphone. Seulement, je t'objecte que tu n'es pas pape, heureusement pour Votre mère l'église. Chez nous, à Mars, que la religion c'est le mégot trempé dans l'huile, on est toujours impressionnés par les prouesses des penseurs terrestres. Surtout les professionnels. Déjà le penseur de ligne C, il nous époustoufle, alors tu juges si les super-cracks nous en fichent plein la vue...

Que je t'informe de ma position, maintenant. Je me tiens dans l'escalier livrant accès à la crypte. Vue imprenable sur l'ensemble du local. Je domine. En plus, je barre la seule voie d'évacuation. Ne me suis-je point démantelé le moral un peu vite ? Parce qu'enfin, que craint-il en ces lieux austères, le pater ? Il est entouré d'ecclésiastiques triés sur le tabernacle. Partout, des forces policières vigilent...

Alors ? Hein ?

Tu ne penses pas que le pauvre Ovide m'a lâché ça à la volée pour gagner du temps ?

Ou peut-être délirait-il déjà ? Affolé par cette inendigable hémorragie, il devait tout mélanger... Je ne sais. Toujours est-il que je ne conçois pas de quelle manière on pourrait s'y prendre pour agresser le pape. a moins qu'une des personnalités présentes tire brusquement un parabellum de sa soutane... La gamberge-party continue.

Tassé sur son prie-patron, Ma Sainteté ne fait pas un mouvement. L'œil chassieux de Pinuche erre sur le tombeau de la bien-machin Marie Couchtouala dont l'œuvre est encore dans toutes les mémoires. Je te rappelle qu'elle fut femme de ménage dans la paroisse Sainte-Articulaire de la Géneflexion et que son ancienne patronne, la marquise de Foutrepaf, vit encore. D'ailleurs n'a-t-elle pas déclaré récemment à un journaliste qui l'interviewait à propos de son ancienne domestique : « Si j'avais su que Marie serait en sainte un jour, je lui aurais permis d'user de ma salle de bains une fois par mois et peut-être aurais-je augmenté ses gages ? »

Donc, Pinaud médite.

Déjà vingt minutes qu'il joue son rôle d'auguste, pardon : son auguste rôle avec la perfection mentionnée ci-dessus et à gauche après avoir tourné la page...

Il ne se passe rien.

A cause de l'hécatombe de l'autre noye ?

Faute d'effectifs, la société secrète a-t-elle dû renoncer ?

Faut dire qu'elle en a prise un sérieux coup. Deux de ses principaux « suisses » abattus. Le troisième traqué. La dénommée Zoé Robinsoncru en fuite, y a pas de quoi se mettre la crosse en trompette. Si ça se trouve, au lieu de mettre leur projet à... exécution, ils ont plutôt le souci de filer à l'étranger, ces tristes apôtres.

Dehors, la foule continue de grossir et moutonne. Ce qui revient à dire qu'elle bêle. Toi qui es réactionnaire, tu mouilles d'enregistrer cet élan de curiosité fervente, hein, Duchenock ? Rassure-toi, va. La spiritualité ne se perd pas. Seulement la vie ayant changé, elle est à prendre sur les loisirs, tu piges ? Alors, pour le coup, les fidèles ne le sont plus. Ils s'accommodent le confort spirituel autrement. Mais rien n'est foncièrement changé.

Trente minutes.

Le cardinal de manœuvre se lève et vient s'émietter l'arthrite devant le faux cinq paires, histoire de lui indiquer que le temps de recueillement est révolu.

Pinuche semble avoir du mal à s'arracher. Il est bien dans son rôle, s'y love comme un vieux chat dans du duvet. *Pinaud, pape.* Un titre pour Escarpit, ça. J'y donne. Faudra que je me fasse remettre des photos de presse en souvenir de cet instant rarissimo-exceptionnello-extraordinaire.

The end of the cérémonie.

On rembarque Sa Sainteté par l'escadrin. Il paraît foutrement songeur, le big chief de l'église catholique. Plus céleste que nature. Aérien, presque... Il passe devant moi, yeux mi-clos, kif-kif une punaise de sacristie revenant de la table de communion. Touchée par la grâce jusqu'au tréfonds, la Vieillasse. Tu vois pas qu'il fasse comme ce comédien ayant interprété le rôle de Napoléon et qui, rendu à la vie civile, continuait de se prendre pour le vainqueur d'Austerlitz ?

De quoi se l'éplucher et se la faire confire, non ? Au passage, le cardinal Demption me jette, du coin des lèvres :

— Voilà une mascarade bien inutile, n'est-ce pas ?

Je rougis. Que répondre ?

Rien.

D'abord parce qu'il est déjà passé.

Ensuite parce qu'il a raison. J'ai chamboulé le protocole pour ballepeau. Si ma Félicie savait que je me suis permis d'intervenir dans les activités du Saint-Père, elle passerait le restant de sa vie à réciter des chapelets pour tenter de rebecter mon salut éternel et sempiternel.

La crypte se vide.

Je suis seul.

Je m'approche du tombeau de la très heureuse Marie Couchtouala. Une simple pierre, rude et glaciale.

Les quatre cierges continuent de monter leur faction. Leurs flammes fumeuses vacillent à peine dans l'air glacial mais immobile de la crypte.

A présent que les séminaristes à torches s'en sont repartis, l'obscurité a repris possession des lieux. Une vague angoisse me point. Etrange, hein ? Maintenant que le « pape » est reparti, j'ai le sentiment qu'il va se passer quelque chose. Mon fameux instinct de flicard.

Mais il ne se passe rien.

Je devrais repartir...

Je reste.

Pourquoi ? T'en sais rien non plus ? Quel manche !

Un pas dans l'escalier moussu. C'est un assistant chanoine qui se pointe. Il escortait le responsable de la paroisse tout à l'heure, pour accueillir le pape. Il s'agit d'un grand gaillard, style footballeur, qui doit diriger le patronage et organiser des camps de vacances pour les mouflets du quartier.

— Que faites-vous ici, monsieur? demande-t-il surpris.

— Police, j'appartiens au service de sécurité.

— Ah, bon...

Pas l'air si joyce que ça. Il est révolu le temps où le clergé et la rousse marchaient la main dans la main, mêlant tendrement goupillons et bâtons blancs. De nos jours, le prêtre a pris ses distances. C'est-à-dire qu'il s'est installé dans le peuple.

— Vous comptez rester encore? demande-t-il du ton d'une maîtresse de maisons qui dit à ses invités : « Vous habitez loin et vous vous levez tôt, je ne voudrais pas vous retenir malgré le plaisir que je prends à votre compagnie » (de sapeurs).

— Non, mon père, je m'en vais. Pourquoi?

— Parce que je vais éteindre les cierges.

— Eteignez, éteignez...

Il s'amadoue, tel un briquet de jadis.

— Emouvante cérémonie, n'est-ce pas? dit-il en mouchant ses cierges.

— Très émouvante.

— Je ne voyais pas le Saint-Père comme ça, ajoute l'abbé, comme se parlant à lui-même.

— Ah non?

— Franchement, il m'a parut très diminué.

— Que voulez-vous : il n'a plus l'éclat du neuf, hein?...

Ne reste plus qu'un cierge.

Souffler n'est pas jouer.

Il souffle.

Ne subsiste plus alors que la clarté grisâtre tombant de la montée d'escalier. Je me retourne pour voir si l'abbé radine. Je suis surpris (et non surplis, comme t'as la sottise de me souffler) de le trouver immobile, le dos tourné à la sortie.

— Ça alors, murmure-t-il...

Je m'approche de lui.

— Que se passe-t-il?

— Regardez !

Il me montre le prie-Dieu occupé il y a un peu moins de naguère par Pinaud.

— Je me demande bien d'où peut provenir cette lueur, là sur le siège...

Effectivement, un disque de lumière très pâle, blanche, incertaine, est posée sur le coussin de velours grenat... Le célèbre San-Antonio avance sa main au-dessus du cercle. L'ombre de la fameuse dextre s'exprime sur le coussin du siège. Donc, cette clarté « tombe » du plafond voûté. Sans autre formalité, me v'là juché sur le prie-Dieu. Un peu trop jeune.

— Dites, père, vous voulez bien me faire la courte échelle ?

Il ne demande que ça. Il a du muscle à revendre, l'abbé. Je me hisse comme une bannière à la sainte Jehanne d'Arc. Cette poigne ! Devrait se mettre porteur de palanquin à Saint-Pierre de Rome, cézigue. Comme on connaît ses saints on les arbore. N'importe quoi, ça ne fait rien, la caravane passe, Dieu reconnaîtra les chiens.

Me voici au niveau des voûtes salpêtreuses. Je promène le dos de ma main à quelques centimètres des pierres.

Le reflet.

Il déboule d'un trou large comme une pièce de un franc. J'actionne mon stylo-lampe de poche. Ce trou est très net, vu de près. Récent, car la pierre est blanche sur ses bords. Il a été foré dans un joint des dalles, ce qui a dû faciliter la tâche du perceur. Rien de plus fastoche que de boulonner dans cette crypte en toute tranquillité. Il a suffi au « bricoleur » de se laisser enfermer dans l'église, un soir. Il a eu la nuit pour aménager son petit dispositif.

Seulement, voilage : quel est-il, ce dispositif ?

— Vous trouvez ? demande l'abbé.

— Oui. Qu'y a-t-il juste au-dessus du tombeau, père ?

— L'arrière du chœur, il me semble, répond mon compagnon après une brève estimation.

— Allons-y voir.

— Que pensez-vous de ça ? murmure-t-il, alors que nous refaisons surface.

— Rien de bien fameux.

Les portes de l'église sont ouvertes à deux battants. Des membres du clergé continuent de palabrer avec les édiles de l'arrondissement. La foule met du temps à se disperser. Nous remontons la travée principale jusqu'au chœur.

Contournons l'autel.

Tiens, c'est la première fois que je vais à l'autel avec un abbé !

Entre l'autel et le mur, il y a un espace demi circulaire dont le rayon n'excède pas quatre mètres. Et dans cet espace, rien... Le vide.

Désappointement de l'étonnant commissaire San-Antonio. Il s'attendait à découvrir quoi donc, ce daim ?

— Vous êtes bien certain que nous nous trouvons à l'aplomb du prie-Dieu, père ?

— A peu près certain.

Je m'agenouille sur les dalles glacées. La position du repentir, de l'imploration, du gratteur de parquet et du chercheur-de-bouton-de-col-du-répertoire, petit gnome.

— Que cherchez-vous ?

— Un trou, mon père. Et le voici...

Je place ma main au-dessus. Il me semble qu'un reflet s'y inscrit ; difficile à discerner car, derrière le chœur il y a beaucoup de lumière, une lumière glorifiée encore par les vitraux.

Je lève les yeux.

Tout là-haut, un plafond de bois.

— Par où passe-t-on pour grimper dans les combles ?

— Venez...

Alors là, mon pote, faut pas être cardiaque, espère. Un escadrin colimaçonnique, avec des marches de pierre étroites, usées du nez, en pente, périlleuses. Tu sais qu'il est très bien, cet abbé ? T'en as qui insisteraient pour tout savoir, voudraient se faire affranchir avant de piloter l'homme. Lui, il se contente d'escalader d'un pas alpestre. Il a du souffle, le grand bougre. Premier de cordée ! Quelle fougue ! Je le suis de mon mieux. Seulement chez nous, à Mars, que la plus haute montagne mesure à peine 20 mégots, on n'est pas surentraîné pour les escalades.

Au début, je compte les marches.

Mais, à la cent vingt-quatrième, écœuré, je largue les mathématiques pour rester maître absolu de mon oxygène.

Le plus fatal, dans ces ascensions, c'est le côté tire-bouchonneur de la chose. Ça file le tournis. Te met la tronche en pas de vis.

— Ça va y être, m'encourage l'abbé, pour qui le bruit de ma respiration est révélateur.

Il pousse une porte basse...

— Penchez-vous pour entrer...

J'obéis. Mince, quel coup d'œil : cette étendue, madoué ! Faut pas être agoraphobe pour visiter ce grenier désertique où règne une demi-pénombre.

— On dirait que ça pue le tabac, non ? remarqua l'abbé.

Cette observation olfactive déclenche en moi un zinzin flicard de tous les diables (et cependant, je me trouve dans un lieu saint commun).

Je biche le bras taillé dans la masse du prêtre.

— Doucement, père, lui soufflé-je. Nous ne sommes peut-être pas seuls. Il n'existe pas d'autres issues ?

Il secoue négativement la tête (je te dirais bien qu'il branle le chef, comme j'aime puis à raconter, mais, vu sa condition, ce ne serait pas convenable).

— Planquez-vous derrière la porte et ne laissez sortir personne, d'accord ?

Nouveau hochement de tête. Il est mignon tout plein, ce gentil curaillon. Il mérite de toucher le tiercé dans les ordres.

Ton courageux San-Antonio extirpe l'ami Tu-tues de sa vague, dégage le cran de sûreté et s'avance dans l'immensité. Les lames du plancher grincent sous mon pas. Une odeur âcre de poussière accumoncelée depuis des siècles te chope à la gorge. Maintenant, si tu veux bien comprendre la suite, faut que je te dise que la toiture de l'église est soutenue par d'énormes piliers de bois. Ces piliers sont constitués de troncs de chêne grossièrement équarris. Une vraie petite forêt... Dans un angle se dresse un amoncellement d'ardoises destinées à remplacer celles que l'intempérie émiette. Non loin de ce tas, un gros instrument nickelé est posé sur le sol. Il a la taille d'une machine à laver la vaisselle. Un câble électrique en sort, qui serpente dans le grenier et va se perdre à l'autre extrémité du local. Probablement plonge-t-il, par un trou, vers quelque prise située dans la nef. Un voyant lumineux bleu luit sur un flanc de l'engin que je te cause. Curieux et intimidé, je m'en approche, un peu comme s'il s'agissait d'une soucoupe volante abandonnée dans notre jardin. Un léger ronron s'échappe de « la chose » (en anglais : *the thing*). Ce bruit est semblable à celui que produit une machine à écrire électrique branchée. J'avise des cadrans... des manettes... La machine en question a quatre pieds, et ces pieds sont vissés dans le plancher. Je me rends compte d'un drôle de truc, ma vieille betterave, et ce, biscotte l'obscurité... Figure-toi qu'un rayon lumineux sort de sous l'appareil. Il passe par un trou percé dans le sol. Est-ce un rayon mortel ? D'une puissance telle qu'il va jusqu'à la crypte à travers deux orifices rigoureusement synchrones ? Et après avoir franchi la hauteur de l'église ?

J'ose pas tripoter c't' affaire. Pourtant il faut intervenir, car, d'ici quelques minutes *le véritable pape va arriver*. Note que ça n'est pas dangereux puisque le père

Pinuche est reparti indemnisé (comme dit Béru, pour « indemne »). A moins que... Un grand frisson me... Mais je te l'ai déjà dit auparavant, le grand frisson. Alors, tiens, râle pas, je te l'échange contre un grand froid au creux de l'estomac, ce qu'est pas dégueulasse non plus, t'admettras? Un grand froid à l'estomac me chose...

Tu sais quoi je fais?

Je cramponne une lettre d'amour qui traînait dans ma poche intérieure droite, en compagnie de mon chéquier. Quel des deux est le mieux approvisionné? Faut voir. Dans cette babille, la fille me raconte comme quoi elle n'arrive pas à oublier le coup du *brouillard fantôme* que je lui ai pratiqué mercredi passé, non plus que : *l'équipée sauvage, l'embrocage monté, le plongeon du chamois, le torrent en folie, le lustre à pendeloques, l'alternatif continu, le stupre revigorant, la poulie folle et le missil dominicil à domicile...*

Une gentille amazone. Blonde. Avec des seins très fermes et un...

Mais qu'est-ce que je raconte! Comme si c'était le moment de parler de ça!

Je déplie sa tartine et glisse le papier dans le rayon pour intercepter icelui. Je m'attends à une brutale cramade. Au moins à un roussissement. Que tchi! Le papier demeure intact. L'encre du texte ne s'altère même point.

Rassuré, je rempoche ma bafouillette lorsqu'il se passe quelque chose. Un objet se met à rouler sur le plancher. Ça ne lui est pas difficile puisqu'il est rond. Il a jailli de derrière un pilier et s'avance droit vers moi. Comme il est peu probable qu'il s'agisse là d'une balle de baise-bol, loin d'essayer de l'intercepter je cabriole d'une seule détente derrière le tas d'ardoises.

Moi, tu me connais? Ce genre de plaisanterie me prend rarissimement au dépourvu.

Pauvre ami, ce que j'ai eu raison de placarder la bidoche. Comme si elles n'attendaient que ça, les cloches de l'église se mettent à carillonner. Et puis, à travers leur tumulte :

Vrrrraoumzzzzzimchplaofffff.

Et j'en passe !

L'écho du grenier amplifie la détonation. Les quelques vitres des rares vasistas se déguisent en poudre. Des éclats de j'sais-pas-quoi volent, me survolent, sifflant à mes oreilles (et à mes machines aussi, seulement mes machines n'ont pas de tympans).

L'appareil mystérieux vient d'exploser. Ne restent que de la fumaga rousse et de la ferraille tordue. Si : les quatre pieds demeurent rivés au planchaga, dérisoires.

Santantonio se relève et bondit.

D'autant qu'il perçoit un brouhaha en direction de la portelle. Y a une détonation. Un pet de princesse suédoise à côté du badaboum que je viens d'effacer. Une exclamation rageuse la ponctue, lancée par mon copain prêtre.

— Sans charre ! il vocifère, l'abbillon. En voilà des façons ! Tu vas voir ta gueule, espèce de cul !

On les a changés depuis Bossuet, hein ?

Un coup sourd succède.

Puis un nouveau cri.

Et le fracas d'une dégringolade.

Qui n'en finit pas...

J'arrive pour trouver l'abbé qui se tient le bras. Sa soutane est déchirée, du sang coule sur son surplis immaculé.

— Vite, il est dans l'escalier ! me dit-il. Je lui ai flanqué un coup de pompe dans les roustons.

Je déferle dans cette cage entonnoir à la vitesse grand « V ».

La cascade humaine, l'avalanche viandeuse se poursuit. J'ai idée que le dynamiteur aura des bosses, des bleus et des ecchymoses gervaises à l'arrivée. Tu parles d'un toboggan pernicieux.

Je vole aussi vite que je peux, en prenant appui contre les murs circulaires pour conserver mon équilibre.

Sacré bon diable (je suis dans une église, ne l'oublie pas) il n'en finit pas cet escadrin de tes deux !

Si.

Terminus.

Ce que je découvre au pied des marches n'est pas comestible, même pour un anthropophage sous-alimenté.

Il a le crâne fendu comme d'un coup de cognée, Pietro Formi. Il est pas formi formidable, cet ahuri.

Le petit Jésus lui a fait payer chérot le coup de goumi dont il m'a composté la théière, chez *Lipp*. Je voudrais pas te couper l'appétit, mais sa cervelle gît sur l'avant-dernière marche. Est-il besoin de t'ajouter, ce détail une fois fourni, qu'il est puissamment mort ?

— Vous avez pu le récupérer ? questionne le brave abbé qui surgit au tournant de l'escalier.

— Oui, fais-je, mais je vous en fais cadeau. Vous en aurez davantage l'usage que moi.

Je lui désigne le cadavre.

— Seigneur, fait le pauvre garçon, c'est moi qui...

— Quelle idée, père : c'est lui ! Il nous grenade, nous révolvérise et vous feriez un complexe de culpabilité pour un malheureux croc-en-jambe ! A Dieu ne plaise ! Savez-vous que cet infâme type, qui a du sang aux mains jusqu'aux coudes, comme dit un de mes collaborateurs, en voulait à la vie du Saint-Père ?

Je vide les poches du défunt.

Rien d'intéressant. Pas un faf : des armes...

Sa trousse de travail, quoi !

— Planquons ce cadavre dans l'escalier pour une heure, décidé-je, car le véritable pape ne va pas tarder à arriver incognito, et il serait désobligeant de troubler son recueillement.

— Le véritable... pape ?

Je lui explique en quelques mots.

— Allez vous faire panser, mon cher père et ami. Je suis bien aise de vous avoir connu ; sans votre aide, des choses néfastes auraient pu se produire.

« Voilà ma carte ! dites aux autorités que je vais établir un rapport à propos de cet attentat. Quant à moi, je dois filer, le temps presse. »

Tout est paisible dans l'église, le carillon des cloches ayant couvert le bruit de l'explosion.

Je suis presque à la porte latérale quand il me vient une idée.

— Ohé, l'abbé, vous pourriez me prêter une soutane ?

Toujours homme d'action, il m'entraîne au vestiaire.

CHAPITRE « I »

Maintenant, comme exceptés ton voisin de gauche et ton voisin de droite, il n'y a pas plus borné que toi, tu te demandes, vieux nœud, pourquoi je me travestis en curé ?

Ayant toutes les patiences, puisque j'ai entrepris de m'adresser à toi, je te vas expliquer le pourquoi du comment du chose.

En sa grande cervelle à deux places, San-Antonio se tient l'arraisonnement suivant, deux - points - pas - la - peine - d'ouvrir - les - guillemets - c'est - pour - consommer - sur - place : pour tenter un coup de main pareil, Formi n'est pas venu seul. Fatalement, t'entends ? Je dis bien fa-ta-le-ment, un complice l'attend dans une rue agaçante, au volant d'une tire prête à déhoter. Tu imagines les choses autrement, toi ? Non ? Le contraire m'eût donc étonné.

Donc, le jeu pour moi consiste à retapisser d'urgence la bagnole en stationnement près de l'église. Certes, ce ne sont pas les guindes qui manquent, mais il ne doit pas y en avoir des fagots avec un chauffeur au volant (et aux aguets). Au flair étonnant du commissaire de jouer, donc, pour retapisser *the car* et *the man in question*. La soutane ?

Innocente ruse pour circuler autour de l'église sans mobiliser l'attention du driveur attentif. Avant tout, je pense qu'il convient d'utiliser la petite lourde latérale, car Pietro Formi ne devait pas prévoir d'emprunter la sortie principale, avec tapis rouge, son forfait accompli.

Me v'là *out.*

Il fait grand jour. Le ciel est maussade, bien parisien, mais avec des déchirures prometteuses. La porte annexe donne sur une ruelle au sol bosselé, puant le poisscaille, car l'arrière d'une grande poissonnerie du quartier y déverse des poubelles emplies de tronçons marins. Une tête de thon couronnant une pyramide de déchets malodorants, me regarde venir de ses grands yeux hagards. C'est Jules Renard qui a écrit qu'un poisson gâté déshonorait toute la mer. Comme il disait Jules, le cher juste (ou inversement). Rien de plus déprimant que la marée attardée. Bien qu'il soit originaire des océans, la véritable nourriture de l'homme reste la pomme de terre.

Un petit garçon sale joue à la marelle avec une petite fille cradingue. Des chats repus visitent les poubelles qui leur sont proposées en prenant des allures circonspectes. La vie quotidienne est là, paisible, pleine de bruits familiers, d'odeurs maussades et d'habitudes mûres.

La ruelle est à sens unique (en son genre). Une camionnette frigorifique appartenant au poissonnier l'obstrue complètement. Le supposé complice ne saurait poireauter là car, en cas de pépin, il s'y trouverait coincé comme dans une nasse.

Je remonte cette voie qui, pour être contiguë n'en est pas moins exiguë, jusqu'à l'artère longeant l'arrière de l'église. A cause du service d'ordre, Formi et son pote n'ont pu stationner rue Marcelle-Ségal. Donc, ils se sont rabattus sur l'autre accès, bien que ce dernier soit le plus éloigné. Cela dit, que risquaient-ils, ces méchants ? Qui donc pouvait détecter le mystérieux rayon ? Et au fait, il consiste en quoi ?

Je débouche sur une rue commerçante, populeuse, encombrée de voitures des quatre-saisons. Le stationnement y est interdit. Me v'là bien. Les étals des primeurs, ceux des bouchers, alternent. Y a un remue-ménage de tous les diables dans ce secteur.

— Nom de Dieu, me dis-je poliment (je viens de quitter l'église et il m'en reste quelque chose), il est impossible qu'une automobile demeure immobile plus de douze secondes dans ce tohu-bohu sans voir débouler la maréchaussée, carnets au vent.

Perplexe, je rebrousse chemin. Mon battant cigogne à m'en craquer les cerceaux. Je frénétise, comprends-tu ? Me sens en état second. Mon antenne est développée sur toute sa longueur. Elle fouette le vent. Pompe des avertissements dans l'air malodorant. Je suis une pile trop chargée. Y a mes accumulateurs qui veulent transvaser. Faut que je m'ébroue de la coiffe. Que j'agisse. Découvre. Ça sent la chaude piste, nonobstant le poisson et la légume en digue-digue. Tout près, tout là-à-côté, quelqu'un attend le retour de Pietro Formi. C'est automatique. Auto matique... Auto...

Il t'est déjà arrivé de pousser une beuglante intérieure, dis, vessie poreuse ? De hurler à la lune au-dedans de ton âme ?

Si oui, tu peux concevoir alors ce qui se produit en moi.

Simplement, à la suite du mot *automatique*.

J'ai eu un lapsus (la moi) (1) en le répétant.

J'ai pensé « motomatique ».

Moto.

Vu ?

Car enfin, à notre époque d'artères surencombrées, la seule manière de se déplacer à peu près rapidement, c'est de rouler à motocyclette.

Or, une moto, j'en ai aperçu une en longeant la ruelle. Elle stationnait sous un porche, près de la poissonnerie. Rutilante. Rouge et chromée. Un chouette bolide en équilibre sur sa béquille.

Je me pointe à enjambées précipitées. La péteuse est

(1) Depuis le temps elle devrait être pointue comme un BIC.

là, le museau face à la rue, près d'une pile de caisses vides où des mouches tardives s'affairent.

Elle n'est pas seule, cette motocyclette, camarade. Quelques mètres en arrière, dans un recoin sombre, une forme est là qui attend. Gainée de cuir noir. Avec un casque en forme de heaume sur la tête. Un vrai robot. Le casque prolongé par une longue visière plongeante, en plexiglas bleu sombre, descend jusqu'au menton. Vous autres, Terriens, en apercevant une telle silhouette, vous vous dites sottement : « On dirait un Martien. » Seulement, chez moi, à Mars, où l'équivalent de l'équipement sportif c'est le mégot à embout fouinazé, à la vue de ce personnage, on s'exclame : « Tiens, un Terrien ! »

La vie intersidérale est ainsi : intersidérante ! Une certitude absolue ma bitte, pardon : m'habite. Je suis sur le bon chemin. Il me faut dare-dare (et je pèse mes mots), neutraliser le guetteur. Agis, San-A. Vite, net, et bien.

Pas de fausse manœuvre. T'as pas le droit de laisser se briser ce maillon.

Splendide image, non ? « Le maillon ». Une chaîne, eh oui... Où est-ce que je vais chercher ça, on se demande... Sauter un mec sur le qui-vive, tous les matuches du monde te le confirmeront : y a rien de plus délicat. Un faux mouvement, une hésitation et c'est la tuile.

Je pénètre sous le porche d'un pas normal. L'homme de cuir ne réagit pas.

Pas tout de suite.

Car, à peine que j'ai parcouru une deuxaine de mètres le voici qui fonce vers la sortie.

Il m'a reconnu !

T'entends, crachat de phtisique ?

Re-con-nu !

Or, la chose est claire, on ne reconnaît que les gens qu'on a déjà vus.

Et qui, en principe, vous ont déjà vu idem.

Reusement que je tenais ma sulfateuse en main.

Le motard n'a pas le temps de me dépasser. L'œil noir de Carmen le fixe cruellement.

— Pognes en l'air ou je t'abats! lui crié-je.

Et j'ajoute, car je suis très inspiré, ce morninge :

— Formi est déjà mort, lui. Si tu bronches tu seras du même voyage en ambulance.

Oh écoute, que je te fasse marrer. Mords un peu comme le hasard m'est favorable ; pile comme je lance ces rudes paroles, la sirène de police-secours retentit.

C'est déterminant. Rien de plus déterminant que la sirène jointe à la parole. Le motocycliste lève les bras.

Ce faisant, la combinaison de cuir noir se tend. Et tu ne sais pas ce que j'aperçois, à la hauteur de sa poitrine? Mais alors juste à la bonne hauteur? Deux ravissantes bosses, sir. Produites par une paire de loloches avec lesquels j'aimerais bien m'entretenir en tête à tête...

De ma main libre je relève le casque de l'amazone. Elle a eu raison de s'affubler d'un heaume en plexiglass bleu sombre, Zoé.

Grâce à cet accessoire, on ne se rend pas compte qu'elle a la peau bistre.

***

Tu m'as admiré, sur la moto si rutilante, si pétaradante, si... si... cyclette?

Fière allure, hein? Avec la sombre amazone sur l'arrière du siège, les poignets soudés à la barre de maintien par mes menottes de cérémonie.

Je fonce par les rues marchandes en pétant un nuage bleuté. Les jeunes lascars du quartier me regardent déferler avec envie. Une Honda 750, tu parles! Ça crache. Ça jute épais, T'es un vrai bonhomme à califourchon sur ce tas de ferraille. Le roi des foules. L'empereur des rues. Le dieu des routes...

Tout en viburant à travers Paname, je m'interroge,

la gueule mangée d'air piquant, comme l'écrirait si joliment Paulo Guth.

Où conduis-je misse Poivre-aux-châsses ?

A la Grande Cabane ?

C'est ce que t'agirais à ma place, hein, bougre de vieux moignon ?

La solution de facilité, toujours. T'optes pour la consternation résolument.

Moi, pas !

Je me dis qu'une souris comme elle, prise dans le contexte poulardin, risque de se braquer. Je vais m'emberlificoter moi-même dans les lianes officielles. Paperasses et atermoiements : j'abhorre !

Et puis...

Et puis, et puis, quoi ! Tu vas voir.

Direction Saint-Cloud-les-Bains, mon petit eunuque. Textuel. Je suis le gentil petit policier bien élevé. Quand j'arquepince un coupable, je le ramène chez ma maman.

Toinet est dans son zinzin à roulettes. Il joue à l'auto tamponneuse avec nos beaux vieux meubles de famille. Tu verrais le bahut, la table de la salle à manger, la bonnetière style bressan : tout écornés, un désastre. M'man a beau essayer de « rattraper » les chtars à la cire, des clous ! On sombre dans la brocante à cause de ce voyou. Côté déprédation, il en connaît un rayon, le monstre.

Je pousse Zoé en avant. Félicie s'empresse, toute rose de timidité.

— Mademoiselle, enchantée...

Elle tend la main, aimable, attendant les présentations.

— Zoé Robinsoncru, dis-je.

Ma brave femme de mère aperçoit les bracelets d'acier aux poignets de la petite Noire. Elle rembrunit, se demandant si c'est du lard ou du cochon.

— Une farce ? murmure-t-elle à mon intention.

— Absolument pas, m'man. Cette douce jeune fille est mêlée à un micmac qui a déjà fait autant de morts que la peste de Londres. J'ai besoin d'avoir un entretient franc, loyal et massif avec elle avant de l'embastiller, alors j'ai pensé que nous serions mieux ici pour papoter. Tu veux bien nous préparer du café ?

Là-dessus je bisouille les fossettes d'Antoine *number two* et je drive ma captive jusqu'à ma chambre.

— Asseyez-vous, invité-je en lui désignant l'unique fauteuil.

Elle obéit sans piper (par « sans piper » j'entends sans parler, mais il ne faut pas désespérer). Depuis que je l'ai sautée (par « sautée », j'entends appréhendée), Zoé n'a pas proféré une syllabe.

Elle zyeute ma carrée d'un regard aussi rapide que circulaire.

— C'est gentil, chez moi, non ? lui fais-je. Pas du tout le genre de chambre qu'on imagine pour un commissaire de police. A mon avis ça fait plutôt étudiant d'un milieu petit-bourgeois.

Elle se met à jacter.

Et ce qu'elle dit, chose curieuse, me touche, parce que c'est une question ultra-féminine.

— Il est à vous, le bébé ?

— Oui et non. Je l'ai recueilli. Je suis célibataire, mais pas homosexuel pour autant, je m'empresse de vous rassurer. Ses parents étaient un couple de gredins qui a mal fini. J'ai préféré l'amener ici plutôt que de le conduire à l'Assistance. Il y a chez moi à la fois un côté chien policier et saint-bernard.

Elle sourit.

C'est bon cygne, comme disait Saint-Saëns.

— Par quoi commençons-nous ? demandé-je tout de go, ou à trac, si tu aimes mieux, tu penses que j'en ai rien à branler.

Son sourire disparaît.

Brusque rien, camarade Sana. Prends ton temps :

apprivoise. Il est propable que cette jouvencelle comporte pas comme n'importe qui. C'est un cas.

— Je ne veux pas rabâcher, Zoé, mais vous comprenez bien que j'aurais dû vous emmener à la police et vous placer séance tenante sous mandat de dépôt. La chose se fera probablement, mais lorsqu'on se sera mis à jour. Le violon est un endroit déprimant pour une musicienne. Malgré toutes les apparences qui sont contre vous, je persiste à vous prêter un tempérament artistique. Je suis bonne pâte, non ? Pâte à crêpe, voire même...

On toque à la lourde.

Régina entre, lestée d'un plateau chargée de pots, de tasses, de toasts et de confitures.

Elle manque le laisser choir en avisant cette fille enchaînée. Ce serait dommage, car le caoua renifle bon. M'man a toujours eu le secret pour dénicher du café de première qualité. Des fois, je me demande si elle ne met pas mes absences à profit pour aller le cueillir elle-même au Brésil.

— Nous allons commencer par petit-déjeuner, mignonne, non ?

— Avec ça, ce me sera difficile, répond-elle en soulevant ses bras entravés.

Elle lance soudain à Régina :

— Attention au plateau !

Il n'était que temps. L'autre, éberluée, fascinée par la noirpiote en combinaison de cuir, inclinait son fardeau à 25 degrés. Elle le dispose sur la table ovale, garnie d'un napperon brodé par Félicie. Ses bras baux (1).

— Ça va, Régina, merci, la congédié-je.

Elle recule jusqu'à la lourde, mais ne parvient pas à s'arracher de la pièce.

Quelque chose me surprend dans l'attitude de notre soubrette. Ma gentille ritale au cœur en peine paraît indécise et troublée.

(1) Je peux pas te dire qu'ils ballent ! Soyons logique.

Je vais à elle, la refoule dans le couloir et chuchote :

— Qu'est-ce qui ne va pas, Régina ?

Elle secoue sa tête de musaraigne piégée.

— Mé semble bien qué cé elle, murmure la fée de l'Inintelligence Service.

— Elle quoi, mon petit ?

— Elle qu'elle a téléphonare per dire qué vous devez faire attenzione au papa.

Je bondis :

— Mais vous m'avez assuré qu'il s'agissait d'un homme.

— Jé croyu. Ma quand la *signora,* à présente, l'a dit « attenzione au plateau ! », jé réconnasse la voix. Elle a ouna accenté, non ?

L'hôpital qui se fout de la charité ! Ce que Régina déclare être un accent, est en réalité un timbre bas et chaud. Effectivement, au téléphone on peut se méprendre...

Je remercie notre aimable servante.

Je lourde. Cric, crac.

Mets la *chiave* dans ma poche.

Puis délivre Zoé.

— Ça vous ennuie de servir le café ? Moi, quand je tripote de la faïence, j'ai l'air d'un éléphant en déplacement à Saint-Gobain.

Drôle d'interrogatoire, n'est-ce pas, figure de figue ? Tu raconterais ce circus à mes collègues, ils se tambourineraient la cafetière.

Si je puis m'exprimer ranci.

Le terrible commissaire, celui qui n'a pas plus peur des mouches que des diplodocus mâles, et qui cafétérit avec une inculpée en puissance. Dans sa propre chambre à coucher !

Je branche mon touille-cassettes, histoire de parachever l'ambiance. Mon pote Robert Bonhomme m'a arrangé une bande au poil pour sonoriser mes états d'âme. A repiqué des tas de machins mélimélesques : Aznavoche, Barbara, l'Adagio, le grand Ferré, le Brassens Papillon, un zeste de Mozart, un chouille de folklore hongrois, une giclée de flûtes des Andes... Ça te maquille un fond sympa sur lequel t'as plus qu'à placarder ta musiqette intérieure.

On boit.

On est bien.

Tu sais qu'elle me plaît, cette gerce ? La façon dont elle me déguise les toasts en tartine m'émeut. Dire qu'il va falloir embastiller ce lot, quelle misère !

— A propos, Zoé, c'est vous qui avez téléphoné l'autre jour pour recommander que je fasse attention au pape ?

Elle a un sourcillement, puis elle acquiesce.

— En effet.

— Vous savez que je vous trouve passionnante dans votre genre ? Faux suicide, poivre aux yeux, avertissement pour inciter à protéger le pape, puis complicité d'agresseur sur lui. A propos, que lui a-t-on fait à ce très Saint-Père, ce matin ? Il consiste en quoi, ce rayon ?

— Je l'ignore, répond la jeune fille en soufflant sur sa tasse brûlante.

— Oh non, non ! imploré-je, assez de mensonges, ne perdons plus de temps, ma poule. On est bien, ici, tous les deux, non ?

Zoé opine.

— Je ne sais pas ce qu'on a fait au pape, reprend-elle avec force. Par contre, je vais vous raconter le reste...

Voilà qui est valable, hé ?

— Un instant, coupé-je.

Je décroche le bignouphone et compose le numéro de Pinuche.

Sa chère voix d'asthmatique bêlant me répond.

— Ah, c'est toi, je viens juste de rentrer. Quelle émotion. Tu sais que ça fait quelque chose, San-Antonio ? On est pris par la solennité, la pompe, la ferveur... Un instant je m'y suis cru. Réellement cru. Et j'ai senti s'élever mon âme vers des sommets jamais atteints encore, jamais soupçonnés. Une apothéose spirituelle, mon petit. Un survol souverain de ce monde. J'étais positivement dans ce *no man's land* qui sépare le ciel de la terre.

Banco ! Me voici rassuré.

— En somme, tu te sens bien ? interrompis-je.

— Mieux que bien : purgé de mes impuretés. Révélé à une vie intérieure qui...

Je dépose le combiné sur ma table de nuit. Maintenant qu'il est sur orbite, il doit se vider. C'est son trop-plein qui s'échappe. Un ballon dirigeable, pour redescendre, doit lâcher du gaz.

L'essentiel est que la Vieillasse soit en bonne forme après cette expérience peu banale.

Je reviens à ma gentille Zoé.

Y a une douceur chez cette semeuse de poivre qui me trouble jusqu'à ce truc délicat, ultra-intime et, Dieu merci bien emballé, que Bérurier nomme la « moelle pépinière ». Ecoute, moi tu me connais, hein ? Des secousses pour les gerces, j'en ai ressenti plus que mon taf. De l'émoi physique, du mental, du troublant, du secret, quèques fois intense, d'autres fois suave. Accompagné de triperie infernale, ou sirupeux comme l'orgeat. Avec romance ou solo de trompette. Wagnérien ou Tino-Rossien. Barbare ou Tahitien... Les cocotiers frémissants dans la douceur d'un soir de calendrier. Ou la tempête tordeuse de cyprès, façon Van Gogh, voire Vlaminck...

Mais en cette minute, ce que j'éprouve, ricane pas : c'est du tout neuf. De l'inconnu. Beau et nostalgique. Un philtre ! Le charme à l'état brut. Et moi à l'état brute. Mais brute impériale. Cordon rouge ! Je me penche sur Zoé.

— Qui que vous soyez, je te trouve exquise !

Et tu sais pas ?

Je l'embrasse.

Oh, pas la pelle vorace. Pas le goinfrage de menteuse avec fourbissage de molaires. Non, du baiser quasi pudique, qui se situe entre l'élan sensoriel et la chasteté.

Elle est surprise. Elle me refoule doucement. Pas qu'elle déteste, mais elle veut comprendre. Et v'là que c'est bibi, le flicard d'élite, Sana-l'Intrépide, Santonio-le-Terrible, qui balbutie, qui rosit, s'excuse...

Une pomme !

Une poire !

Un melon !

Je ne suis pas fiérot de ma performance. On dirait que je rétrograde au rayon garçonnet, hein, franchement ? Le collégien puceau. Le petit poussait.

Dedieu de Dieu ce qu'elle est belle, Zoé ! Comme le sombre lui va bien. Et ces mèches blondes dans sa longue chevelure que je qualifierais d'ébène si j'étais aussi pompelard que toi, hé, saucisson !

Elle m'ensorcelle. J'aimerais la voir jouer de sa clarinette. Tu trouves que je deviens aussi con que toi, vrai ? Oui, peut-être. Seulement moi, ça ne doit être que passager.

Demain cela ira mieux.

Ce soir déjà, peut-être ?

Oui qui sait : jamais.

— Racontez, Zoé, racontez, ma chérie, moi je vais essayer de vous écouter.

Elle croise ses jambes « gainées de cuir » (1). Emprisonne son genou supérieur dans ses mains croisées.

Commence :

— Tout cela s'est passé si rapidement... Un tourbillon.

— Entraînez-m'y, Zoé, j'ai déjà la tête qui me tourne.

Bien rétorqué, hein ? Prends du feu, petit. Quand tu auras assimilé ma technique, tu ne te laisseras plus jamais dépourvoir.

— Je suis musicienne.

(1) Même chez les plus grands romanciers, tu trouves toujours quelque part un « gainé » de nylon, de chevreau, ou autre...

— Je sais : la clarinette, *le Beau Danuble bleu, le Chose de la Forêt Viennoise...*

— J'appartiens à un orchestre féminin, vous ne l'ignorez pas.

— Qui sévit au *Budapest.*

Elle hoche la tête.

— A vrai dire, il n'est pas très fameux, mais je voulais coûte que coûte trouver un engagement pour m'arracher à Rome.

— Les spaghetti sont mauvais pour la ligne ?

— A vrai dire, je redoutais bien davantage mon frère.

— Votre frère ?

— Un truand de bas étage. Je suis née à Nouméa... Ma mère était mariée à un haut fonctionnaire en poste là-bas. Son mari s'est logé une balle dans la tête le jour de ma naissance en constatant que j'étais colorée.

— Tu parles d'un baptême ! m'apitoyé-je.

La chère jolie mignonne adorable Zoé poursuit, de sa voix chaude et grave, basse et vibrante, rauque comme celle de Mme Marlène Dietrich :

— Ce drame n'a pas beaucoup affecté ma mère puisque mon frère est né l'année d'après. Et lui est blanc.

Je pose un baiser fou sur sa joue ocre.

— C'est vous qui avez eu la meilleure part, Zoé.

— Je passe sur mon enfance ballottée, riche en « beaux-pères » de toutes races et de toutes conditions. Nous avons fini par échouer à Rome il y a un certain nombre d'années déjà.

— On peut « échouer » plus mal, objecte l'incorrigible mêleur-de-grain-de-sel que je suis.

— Oh, vous savez, murmure-t-elle, les pays ne sont beaux que lorsqu'on y est heureux. Mais passons, je suis devenue musicienne, et mon frère gangster. Il ne sort d'une prison que pour pénétrer dans une autre.

— C'est lui qui vous a entraînée dans cette étonnante équipée ?

— Indirectement...

M'est avis que je ferais mieux de la laisser dévider tranquillement son moulinet au lieu de l'interrompre ! Incorrigible, ton San-Antonio. La bavasse toujours sur sa rampe de lancement.

— J'étais à Paris depuis quelques jours quand j'ai reçu la visite au *Budapest* de deux types dont le moins qu'on puisse en dire, c'est qu'ils avaient des allures inquiétantes.

— Alors ?

— Ils ont prétendu venir de la part de mon frère et m'ont entraînée jusqu'à leur voiture, stationnée dans un parking souterrain, proche de la brasserie. Là nous avons eu une explication très âpre.

— Qu'appelez-vous une explication très âpre ?

— Ils exigeaient que je devienne l'amie d'un drôle de bonhomme pour lui tirer les vers du nez.

— Duplessis ?

Elle a un léger sursaut, un léger sourire, un léger battement de cils.

— Vous savez ?

— Ensuite ?

— Pour me décider ils m'ont montré deux papiers : une coupure de presse prélevée dans un journal romain qui annonçait que mon frère était recherché pour meurtre à la suite d'un sanglant hold-up ; et une lettre de ce dernier me suppliant d'obéir aux gens qui me remettraient cette lettre, car il y allait de son salut. Les deux bandits m'ont expliqué que Céleste se trouvait planqué dans leur bande, et qu'ils le livreraient si je refusais de les aider. Ils ont même précisé qu'ils se débrouilleraient pour qu'il soit abattu au cours d'une chasse à l'homme, car les morts ne parlent pas.

— Intéressant, mon petit ange. Donc vous avez accepté de devenir la maîtresse d'Antonin Duplessis ?

Elle bondit.

— La maîtresse ! Comment, la maîtresse ! L'amie, seulement l'amie...

Le plus fort, c'est qu'elle a l'air sincèrement outrée. Serait-ce, contre toute apparence, une oie blanche ?

— Et après, *darling ?*

— Ils m'ont fait quitter mon hôtel pour que j'aille m'installer dans celui de Duplessis : la *Résidence Carole.* C'était, m'ont-ils prévenue, un type méfiant, bizarre, qu'il convenait de manœuvrer délicatement.

— Que deviez-vous obtenir de lui ?

— Je devais essayer de l'amener aux confidences pour le faire parler de deux plaques d'or dont on pensait qu'il savait où elles se trouvaient. D'après ce que devait me confier Duplessis par la suite, il aurait été brutalisé quelques jours avant notre rencontre.

— A propos des plaques d'or ?

— Il ne me l'a pas dit, mais j'avais conclu que c'était à cause de cela. C'était un homme très secret, avec par instants des élans. Au cours de ces élans, il parlait. Pas de ce que je devais coûte que coûte lui faire dire, mais de sa vie... De sa femme... De ses amis. Tenez : de vous, le dernier soir.

— De moi ?

— Oui. Et de son « pays », un gros officier de police travaillant sous vos ordres.

— Du pape ?

— Egalement, par la bande. Il m'a déclaré que la visite du Saint-Père en France risquait de mal tourner. Il prétendait vous avoir mis au courant, mais déplorait que vous n'ayez pas attaché grande importance à ses dires...

— Et vous, vous avez recherché mon téléphone pour me confirmer que le pape courait un grand danger ?

— Oui, lorsque j'ai appris par la presse l'assassinat de Duplessis ; je me suis affolée. J'ai compris qu'il ne se trompait pas. Un pressentiment...

— Ensuite vous avez décidé de vous placer hors circuit et vous avez feint de vous suicider ?

— Exactement.

— Pourquoi, en ce cas, m'avoir poivré les yeux lorsque je suis venu vous arracher de l'hôpital ? Avant d'y rentrer vous me téléphonez de protéger le Saint-Père, et puis quand nous sommes ensemble vous m'aveuglez pour pouvoir disparaître ? Ça paraît bizarroïde, un tel comportement.

Cette fois, elle rit. Un rire lumineux, éclatant, spontané.

— Je ne vous ai pas cru. Qu'un policier vienne ainsi dans la salle de réanimation, en pleine nuit... Et puis vous ne correspondiez pas au portrait que Duplessis m'avait fait de vous.

J'ai la langue levée (toujours en présence d'une jolie fille) pour lui demander ce qu'était ce portrait brossé par le « cardinal ». Mais je m'abstiens *in extremis*. A quoi bon ?

— Vous avez prévenu par téléphone le type de chez *Lipp ?*

— En effet.

— Pourquoi ?

— Pour me couvrir vis-à-vis de la bande. Franchement, dans l'auto, au moment de vous lancer ce poivre, je pensais que vous alliez me tuer. Alors j'ai voulu donner une preuve de ma bonne foi pour essayer de compenser mon simulacre de suicide...

Les gonzesses, je te jure, faut s'y faire.

Tu leur consacres une vie, et t'arrives pas pour autant à piger leurs agissements. Elles sont à vérité variable et refusent de l'admettre. T'as beau les prendre en flagrant délit d'incohérence, ça ne les empêche pas de rester fidèles à leurs caprices impénétrables (quand j'emploie le mot impénétrable, c'est seulement à propos de leurs caprices, heureusement !).

En v'là une qui se met à choccoter à la mort de Duplessis. Elle a peur d'y passer. Se fait emballer à l'hosto, croyant s'y trouver en sécurité. Je vais l'arracher du plumard. Elle me prend pour un malfrat de la bande. M'aveugle. Puis s'empresse ensuite d'alerter le type de la société secrète qu'elle voulait éviter de rencontrer...

Enfin quoi, bon, j'aurais beau te ressasser le topo

jusqu'à la fin du septennat de M. Pompidou, c'est pas ce qui changerait un poil occulte à l'abracadabrance de la chose.

— Et qu'avez-vous fait, ensuite ?

— Formi m'a fixé rendez-vous. J'y suis allée.

— Et ensuite ?

— Il m'a emmenée chez lui où je suis restée cachée jusqu'à ce matin.

La tristesse désenchantée du mâle qui se sent blousé, tu connais ? Tu vois une belle inconnue qu'un bonhomme bécote sur un banc, t'éprouves pas une meurtrissure jalouse ? A chaque instant, t'es cocu par omission. Cocu de ne pas participer, de ne pas posséder, de ne pas avoir les droits que d'autres ont su s'adjuger. Ah, chtouillerie universelle ! Vivement Mars, que je retrouve mes mégots.

— Une vraie lune de miel, somme toute ? ricané-je, car le ricanement c'est l'ultime recours de l'homme douché. Son baume à trois francs, en vente libre jusque chez les droguistes, qu'il s'oint l'orgueil sans trop y croire...

— Mais bonté divine, éclate ma merveilleuse noirpiote, vous n'avez donc que cela en tête ! Vous voyez des cochonneries de partout. Ecoutez, commissaire San-Antonio, ce n'est pas facile à dire, mais je vais vous le dire pourtant : je suis encore dans l'état où je me trouvais à ma naissance.

J'en bée des ronds de chapeau taupé.

— Vierge ! ? ! ? ! m'écrié-je, n'osant comprendre, ne pouvant pas croire, étant dans l'impossibilité d'admettre.

Elle me bigle droit à l'iris, sans oublier le reste de la rétine.

— Parfaitement. Et cependant, je crois être normale. Mais le comportement de ma mère m'a si profondément choquée, si... traumatisée, que jamais, malgré toutes les occasions que vous pensez, jamais je n'ai cédé à un homme. Je suis une des dernières filles au monde, pas trop laide et parfaitement constituée, qui ait décidé d'apporter à l'homme qu'elle épousera un jour, ce qu'un mari, selon la morale chrétienne, est en droit d'espérer de son épouse. Le jour où je me marierai, s'il arrive, je serai en mesure de produire tous les certificats médicaux que l'on voudra, ou même qu'on ne voudra pas. C'est mon but. Il en faut un dans la vie.

Faut que je te fasse une petite confidence, Dugland : j'ai les larmes z'aux z'yeux. Un tel langage, je mets au défi n'importe quel homme d'y résister.

— Zoé, balbutié-je, si ce que vous dites est vrai, je prie le ciel qu'il vous évite de tomber sur un connard ou un salaud. Plutôt que de vous voir courir un tel risque, je préférerais vous épouser.

Et v'lan, c'est parti !

CHAPITRE « J »

Pas pu me retenir.

La vape, je te dis.

Heureusement, elle n'exploite pas, Zoé. Elle est parfaite.

« Merci », dit-elle simplement.

Et elle passe à autre chose.

A la seule qui devrait me passionner en ce moment : ma mission.

— J'ai retrouvé Formi au cours de la nuit. Je lui ai tout dit : ma peur, ma dérobade dans le suicide, mon geste vis-à-vis d'un type qui se prétendait policier.

« Et lui m'a appris que vous étiez vraiment policier. Il vous avait assommé. Etant demeuré à l'affût à proximité de chez *Lipp,* il a vu qu'on vous emmenait en ambulance. Je devais me cacher. Il avait une retraite sûre : un pavillon dans la banlieue nord, que personne ne connaissait. »

— D'où arrivait il ?

— Des Etats-Unis. Il était allé chercher là bas un matériel bizarre qui emplissait deux grandes valises et qu'il a mis des heures à assembler. Il était gentil avec moi. Il m'a promis de ne pas parler de ce que j'avais fait à la bande, car, selon lui, on me liquiderait. Sa besogne accomplie, il m'aiderait à fuir à l'étranger...

— Il avait le béguin, quoi ! grommelé-je.

Zoé haussa les épaules. Il y a de la compassion dans

son regard.

Une compréhension féminine... Du tendre, du sédatif.

— Peut-être, fait-elle, en tout cas il a été correct. D'ailleurs, pour être sincère, j'ai eu l'impression qu'il avait des mœurs spéciales.

Dit-elle cela pour m'endormir ma jalousie ?

— Cet appareil. c'était contre le pape ?

— Oui.

— Vous lui en avez parlé ?

— Oui. Formi m'a juré que je faisais fausse route. Que ce qui devait se passer avec le Saint-Père ce n'était pas du tout un attentat. Qu'il n'était pas question le moins du monde de l'attaquer. Il me l'a juré sur le portrait de sa mère qu'il garde toujours dans son portefeuille, et il est italien !

— D'où provenait le télégramme que vous deviez lui transmettre ?

— De Rome, vous l'avez bien remarqué puisqu'il est en votre possession.

— Et qui vous l'a expédié ?

— Mon frère. Le télégramme est signé « Donato ». Or, Donato est le surnom de Céleste. Il l'a choisi lui-même lorsque nous nous sommes fixés en Italie.

— Dites, Zoé, voilà que ça flotte de nouveau. Votre frère servait d'otage à la bande qui l'utilisait pour faire pression sur vous, et brusquement il vous lance des ordres depuis Rome. Non seulement à vous, mais au spécialiste chargé de cette mission.

Elle opine.

— Ça m'a paru bizarre. A vrai dire, c'est ce qui a fini par me convaincre de tout abandonner en jouant la suicidée.

« J'ai perdu pied, comprenez-vous ? Et quand après l'hôpital vous m'avez agité le télégramme sous le nez, j'ai compris que j'avais eu tort de ne pas donner suite. J'ai craint des conséquences pour Céleste.

« Et puis que vous dire de plus ? Bien sûr qu'avec le

recul, et considérée à froid, ma conduite paraît bizarre, suspecte, imbécile aussi. Mais il n'est pas facile d'être la fille d'une traînée et la sœur d'un truand. Pas facile de se débattre au milieu de gens impitoyables qui tissent des machinations et font bon marché de la vie des autres... »

Elle détourne la tête, pour fuir mon regard insistant. Je vois pourtant tomber une larme sur la combinaison de cuir noir. La grosse perle (1) roule sur la peau glacée.

Je voudrais dire quelque chose, hasarder un geste. Je n'ose pas, je suis pétrifié.

Le seul moyen de m'en sortir, t'entends ? De récupérer, de me réaffirmer, c'est de redevenir purement flic. Dans notre job, y a pas de place pour la sensiblerie. Ou alors t'es vite blet, camarade.

— Dans le texte du télégramme, il y a écrit : « cravate ». Vous étiez censée savoir de quoi il retournait ?

— Bien sûr. Les deux types de la bande m'avaient expliqué que tous les membres de l'organisation portaient une espèce de petite crosse en or sur leur cravate. Un signe de ralliement. Eux-mêmes en possédaient.

Je réfléchis : après tout, ça se défend...

— Je me demande en ce cas pourquoi c'est vous qui avez été chargée de contacter un gars engagé par la bande. Ce Formi est un tueur notoire, international, spécialiste des opérations « techniques ». Il travaillait beaucoup à l'explosif. Aux U.S.A. on l'a même soupçonné d'avoir ouvert un coffre de banque au laser.

Zoé essuie ses beaux yeux tristes du bout des doigts.

— Je peux répondre à cette question, fait-elle, pour l'excellente raison que c'est Formi en personne qui m'a fourni l'explication. C'est par mesure de précautions que les gens de la « Société » ont agi ainsi. Formi était trop pourchassé, il devenait dangereux de le fréquenter.

— Alors on lui a dépêché l'agnelle innocente ?

Elle hausse les épaules.

— Je suppose... Je sais si peu de choses, vous le

(1) Magnifique effet de style, bravo, San-Antonio !

voyez, que mon arrestation ne pouvait poser trop de gros problèmes à la bande.

Je la contemple toujours. Contempler, c'est regarder avec complaisance. C'est ressentir une jouissance de la vision qu'on a. Alors, oui, je contemple la ravissante Zoé dont la peau ocre possède un velouté inconnu. Bon gré, mal gré, je coule à pic dans des confiances sottes. Je suis disposé à gober argent comptant (et même argent content) toutes ses salades.

Et puis, il réagit sec, le commissaire.

V'là qu'y s'met à « tonnétruer » comme cents sourds à bord du *Titanic*.

— Espèce de petite garce ! Tu me prends pour une pelure, dis !

La môme Zozo en laisse choir la tasse de café qu'elle venait de saisir.

— Tu me berlures, ma gosse. Et je vais t'en administrer la preuve. Après m'avoir poivré les châsses, tu as téléphoné chez *Lipp* pour affranchir Formi, hein ? Alors, comment as-tu pu le faire appeler au téléphone puisque tu ne connaissais pas son nom ?

La voici avec un visage crispé, froid et dédaigneux.

— J'ai prié la téléphoniste d'aller me chercher dans la salle un homme ayant une espèce de crosse en guise d'épingle de cravate, monsieur le commissaire. Elle vous confirmera la chose.

Et toc !

Contré, le beau poulet. Enveloppé dans du papier d'argent à franges, tel un marron glacé de chez la « Marquise de Sévigné ».

Y avait autrefois un jeu à la téloche, pendant les années septente-deux septante-trois, qui s'appelait « Réponse à Tout », tu te rappelles ?

Il aurait convenu à ma mignonne clarinettiste.

Je ne m'excuse pas.

J'ai trop honte.

Et puis ce serait risqué, au cas où elle me chambrerait

en beauté. Je récapitule ce qu'elle vient de me dire. C'est vrai qu'elle était exécutante dans un orchestre merdeux pour postières retraitées. Vrai aussi qu'elle est descendue à *La Résidence Carole* le lendemain du jour où Duplessis y a débarqué. Au fait, pourquoi a-t-il quitté son appartement, Césarin ? Avait-il peur chez lui après qu'on l'eût paraît-il molesté ? Cependant, il continuait d'aller y « traiter » ses patients... Hein, alors ?

Pas de digression, reprends le fil, San-A.

Accumulons ce qu'il y a de positif en faveur de cette petite chérie.

Elle a téléphoné ici pour me supplier de veiller sur le pape.

Elle a feint de se suicider pour s'arracher à ce cauchemar.

Elle a disparu depuis le soir du poivre et la bande ignorait en effet où elle se trouvait puisque, en désespoir de cause, les deux « gardes suisses » se sont rendus dans sa chambre pour la fouiller.

Elle attendait Formi près de l'église pendant qu'il manœuvrait sa machine infernale. Formi qui lui avait promis de la faire filer à l'étranger, le coup accompli. *Et qui l'a accompli sans l'aide des autres, ce qui prouve bien qu'en effet il était « coupé » d'eux.*

Seigneur, en quoi consistait donc ce satané rayon braqué sur la personne auguste de César Pinaud, pseudo Paul VI ? J'espère qu'il ne va pas nous réussir un ramollissement de la citrouille, le Débris ! Je vais lui ordonner d'aller se faire faire un *check-up* en règle dans une bonne clinique. Faudrait peut-être le placer en quarantaine ? Le tester de bas en haut, non ?

— Zoé, articulé-je.

Elle me regarde, lit mon embarras et sourit.

— Je sais bien que votre métier consiste à douter des gens, monsieur le commissaire, mais croyez-moi, vous gagnerez du temps. Je sais également que j'aurais dû, au début de cette affaire, aller à la police, mais je craignais pour mon frère, et l'on n'exigeait de moi rien de très important.

— Vous ignorez ce que signifient les plaques d'or de Duplessis ?

— Je ne les ai jamais vues et il ne m'en a jamais parlé.

On entend rouscailler Antoine, depuis en bas. C'est l'heure de sa croque et il aime tellement le frichti à Félicie qu'il pique une crise lorsqu'il a torché son assiette. On le laisserait clapper, il se déguiserait en Béru modèle réduit, ce petit goret. Pour lui apaiser la rogne, Régina lui brame une napolitainerie au sirop d'orgeat.

Nous écoutons ces bruits familiers de la maisonnée. Tout doux, bien tièdes, enveloppants comme de bonnes couvertures campagnardes. C'est bath. Zoé me regarde et soupire :

— Vous avez de la chance.

J'acquiesce.

Puis, après un nouvel effort pour revenir dans les tortueux sillons du labeur :

— Vous connaissez un certain M. Karl ?

Ma compagne secoue spontanément la tête.

— Non.

— Cependant, il habiterait la *Résidence Carole*...

— Je n'en ai jamais entendu parler.

Un temps. Elle flaire mon vague scepticisme et ajoute :

— Vous ne me croyez pas, et pourtant c'est la vérité. Dire que je passe pour une aventurière à vos yeux et qu'il n'existe rien de plus paisible que moi, de plus épris d'honnêteté et autres vertus... Vous ne croyez pas qu'il devrait exister certains accents pour dire le vrai, des accents qui seraient inimitables ?

— Ce serait trop beau et cela simplifierait trop la vie, ma petite Zoé.

Un grattement à la porte. Je sais déjà qu'il s'agit

de Félicie. J'ai reconnu sa manière de s'annoncer de personne redoutant toujours d'être importune.

— Entre, m'man.

Elle se montre, furtive, confuse. Elle a un regard pour les poignets libérés de Zoé, me remercie du regard. J'ai bien vu ses yeux s'embuer tout à l'heure à la vue des chaînes.

— Simplement, j'aimerais savoir... Vous déjeunez ici, n'est-ce pas ? demande-t-elle. J'ai de la blanquette, précisément, car un pressentiment me disait qu'il y aurait du monde...

Je la prends dans mes bras et je serre fort, fort...

Quel étrange bonheur m'habite donc, ce matin ? En une heure, j'ai l'impression que ma vie a changé. Tout est velours, tout est tiédeur, tout est bleu céleste autour de moi.

— Elle est très jolie, me souffle ma brave femme de mère à l'oreille. Tu sais, Antoine, cette jeune fille n'a certainement rien fait de mal.

Puis, tout haut, d'un ton faussement enjoué :

— Alors, ma blanquette ?

— D'accord, ma poule. Et tu diras à Régina de monter une bonne bouteille de la cave. Du beaujolais, c'est le vin de l'intimité. Mais cette conne ne sait pas lire le français. Et ça, beaujolais, pour être un mot français, c'est un mot vachement français. Alors j'irai moi-même, juste avant le repas. Toujours le boire à la température de la cave... Déjà qu'on l'a fait grimper jusqu'à Paname, le pauvre biquet...

Ma mère se retire, radieuse.

Sana pousse un grand soupir d'aise. Je vais te dire, l'existence, faut se la compliquer le moins possible. L'enfourcher, pédaler à son rythme. Voir venir...

Mes yeux tombent sur le combiné téléphonique que j'ai omis de raccrocher.

Machinalement, je le porte à mon oreille.

Et je capte la voix monotone de Pinuche qui continue dans ses extases :

— ... ce saint rôle qu'il m'a été donné de tenir, marquera ma vie à jamais. J'ai désormais, et pour toute éternité, les stigmates du juste, comprends-tu, mon cher petit ? Le signe ! Voilà le mot que je cherche depuis un instant : le signe.

— Bon, coupé-je. Eh bien, maintenant que tu es signé, il ne reste plus qu'à te mettre à l'encaissement.

Et je raccroche au tympan du pape de rechange.

Attends... Alors, oui, Zoé, elle et moi. M'man... La blanquette, la félicité à l'ombre de Félicie. Je voudrais te faire piger. Impossible : ça ne passerait pas. Comment t'expliquer ce que je ressens quand je contemple Zoé avec les yeux encore pleins du poivre moulu qu'elle m'y a balancé ? C'est bien une arme de vierge, ça : le poivre. Un truc à défendre sa vertu, non ?

Tu le crois, toi, qu'elle a son berlingue ? Que c'est possible à notre époque chez une frangine ravissante et qui ne vit pas dans un poumon d'acier ?

Le déjeuner est très gai. Contre toute ta tante il est même enjoué. Marrant, non ? On bavasse de choses et d'autres. Elle nous raconte Rome, la Via Fernébranca où elle a un studio. La musique. Les tournées... Au début elle jouait du violon, mais ça lui flanquait le torticolis.

Je l'écoute.

La regarde.

M'en ravis la rétine et les trompes d'Eustache.

M'man aussi est charmée. Elle, c'est Antonio bis qu'elle explique, en long, en large, en couches Susi et en Bécozyme Roche. De temps à autre je décroche pour gamberger l'affaire en fractions. Pourquoi ce rayon sur Pinaud ? Qui est M. Karl, et où se planque-t-il ? Ovide a-t-il voulu me biaiser, a-t-il confondu de téléphone ?

Le café bu, je fais claquer mes radis.

— En route, Zoé !

Elle a un acquiescement vague.

— Vous m'emmenez en prison ?

Tu me croiras ou t'iras te faire cautériser les hémorroïdes chez les Grecs, mais c'est Félicie qui répond en mes lieu et place :

— Mais non, mademoiselle, ne craignez rien !

Alors là, ça me la sectionne.

Au ras de la devanture.

***

Le hall confortable, presque élégant, de la *Résidence Carole* est vide comme une coquille d'huître dans la poubelle d'un 2 janvier lorsque nous y parvenons.

Y a même plus la Polak femme de ménage.

Nobody, j' te dis. *The desert.*

Mais un bruit.

Lancinant.

Celui d'un sommier. Normal dans un hôtel, pas vrai ?

Plus l'hôtel est borgne, plus le sommier grince. Ce ferraillement semble par conséquent déplacé en cet établissement sélect. Me laissant guider par les « jézabels » comme dit Béru, je pousse la porte du menu burlingue servant d'antichambre à celle de la taulière. La charge des ressorts à boudin (tu parles !) s'accompagne de plaintes énamoureuses et de vociférations « hardantes ». Que je te précise également pour la règle, comme disait ma grammaire : une personne que je découvre de dos est là, l'œil à la serrure. Elle appartient au genre femelle. Certaines crispations de son individu donnent à penser que le spectacle capté par le trou à clé ne la laisse point indifférente.

Les plaintes de pâmade, tu t'en doutes, issolvent (1) de la taulière eczémateuse. Et les vociférations, il suffira que je t'en donne un échantillon pour que tu cites leur auteur, car Machin avait bien raison : le style c'est

(1) Du verbe « Etre issu ».

l'homme. Le partenaire beugle textuellement ceci : *Mords-moi pas si tellement fort, bougu' de vieille carne! C'est pas un râtelier que t'as dans le clappoir, c't' un coupe-cigares!*

Oui, tu l'as compris, c'est bel et bien de Béru qu'il s'agit. Un Béru revenu à des délices superbes et généreuses. Un Béru frénétique, l'Attila des Hunes et des autres.

— Ça vaut un Chaplin de la grande époque, pas vrai ? Laissé-je tomber (pas de très haut d'ailleurs).

La personne de dos sursaute, se redresse, volte et devient une personne de face.

T'as déjà vu des échalas à gueule de chouette, toi ? Moi aussi, mais c'était dans un autre bouquin. Daumier quand il caricaturait la vieille fille ! Le cher Dubout pour faire pendant à ses ogresses sparadreuses... C'est rance de haut en bas, blet, attardé, au point de corruption. Des hardes noires et mauves, d'une autre époque (je me rappelle plus laquelle, n'ayant pas sous la main mon ouvrage sur l'*Histoire du Costume* des origines à 1830). Un grand cou. Un long bec. Y a du toucan dans cette femme-là. De la pie-grièche. Le teint est d'un jaune tirant sur le vert. L'haleine, je la renifle d'ici. Elle est le seul échec des cachous *Lajaunie.* Mais le pire de tout, c'est le regard. Un lavedu qui boufferait des huîtres pour la première fois et ne saurait utiliser sa fourchette, mettrait sans doute ces pauvres bêtes dans l'état où sont les prunelles de la dame. C'est touillé, saccagé, trouble, suintant, torve, avarié, effrayant !

— Que faites-vous ici ! glapit-elle.

Et je te peux affirmer que la voix n'est pas mal non plus sur le plan calamiteux. Je te brandirai pas la classique girouette, ni le non moins classique acharnement de la râpe sur le fer. En fait c'est autre chose de plus pénible. D'animal. Le cri d'une bête pour cavernes. Un reliquat de l'époque tertiaire.

— Ne vous fâchez pas, mademoiselle Amélie, la calmé-je en l'inondant d'un sourire qui doit sentir la pervenche. Je suis le commissaire San-Antonio et m'occupe de la triste affaire que vous savez.

Elle se calme.

— Comment savez-vous mon nom ?

— Il m'est venu à l'oreille qu'une charmante demoiselle Amélie, cousine de la directrice, secondait cette dernière. En vous apercevant, j'ai su que vous étiez vous. Bonjour.

Elle me fiche à travers la figure un « bonjour » sec comme un coup de ce-que-tu-voudras.

Un râle plus fort que les précédents mais peut-être plus faible que les suivants, rompt le charme.

— Quelle horreur, gémit Amélie. Vous les entendez ? Un ignoble scandale. Ma cousine a perdu la raison. Vous croyez que je dois prévenir la famille ? La faire interner ?

« La fornicatiion, chez nous. Dans le lit où Gaston est mort ! Mais c'est... »

Elle ne peut poursuivre, son timbre étant oblitéré par celui d'Alexandre-Benoît, lequel clame son offrande en termes d'une précision aussi crue qu'un steak tartare.

— *Tiens, bourrique!* hurle le Casanova des chaumières ; tiens, grande vache !

Et le reste suit.

Je veux bien le retranscrire, mais en sautant les termes les plus violents, car il n'est pas impossible que des esprits chagrins se manifestent. L'esprit chagrin, c'est comme la vérole, malgré toutes les thérapeutiques ça reste endémique.

Alors, pour te compléter le topo, Bérurier déclare comme ça à sa partenaire :

« *Prends... dans... Il va te... le... et te l'élargir comme une porte de grange.* »

Ce qui prouve bien que même dans ses transports, Béru demeure avant tout un rural.

Fascinés par le crescendo de la chose, on attend qu'elle s'achève. T'as jamais vu un spectateur de Cap Kennedy rentrer chez lui lorsque le compte à rebours est commencé, si ? Ni un amateur d'athlétisme se faire la malle entre le départ et l'arrivée du 100 mètres. Bon.

Alors on patiente.

Et ça dure plus très longtemps. Au reste Béru annonce qu'il va se saisir de l'extrémité de ses membres inférieurs.

Il le fait.

Le faisant, il avoue qu'il s'en va, qu'il s'en va, qu'il s'en va.

Mais son départ est de courte durée (comme toujours hélas). Car il est de retour presque aussitôt.

Il pète sec pour réaffirmer sa présence et lance un « *Cré bon gu !* » qui ferait démarrer un attelage de mules rouges.

Dix secondes plus tard, il ouvre la porte, tout en achevant d'enfiler son pantalon.

— Ah, t'es là, mec, bonhomise-t-il. J'allais justement te téléphoner. Y a du nouveau au labo, rapport à tes plaques de jonc.

J'oublie le comique de la situation pour hennir :

— Vraiment ! ! ! !

— Elles disent rapport à un pape qu'aurait eu dans j' sais plus quel siècle. Mais je te cause de chiées d'années. Y serait été en brise bille av'c Eglise au sujet de j' sais pas quoi. Biscotte il était vrai pape, mais quèque chose comme soupape, tu me files le tortillard, gars ?

— Comme si nous étions encordés, Gros. Et après ?

— Ces plaques établissent comme quoi, à sa mort, son trésor reviendrait au Vatican, en échange de revanche de quoi l'Eglise devrait le restituer à l'un de ses héritiers, son neveu aîné, je crois bien, qui aurait entrepris un voyage en Chine ou au Labrador, je me rappelle plus l'exactement de la chose, mais c'est dans ces eaux-là. Si l'héritier serait pas rentré au bercail, le Vatican engourdissait l'auber. S'il revenait, lui ou un héritier patenté, le pape en cours de règne devait y refiler le magot, enfin Mathias te donnera les détails complimenteurs. Les plaques ont z'été duplicatées au ciseau à graver. Le Vatican a un double. Drôle d'historiette, non? On navet encore jamais touché un truc pareil au cours d'au cours de nos enquêtes. Jusqu'alors, les comtes de Pet-Rot c'tait pas le genre de la maison...

Voilà, il a achevé de se bitougner le falsuche sous les yeux horrifiés et horrifiants de la cousine Amélie (celle qui n'a jamais promis les trois poils dont on t'a parié).

Le Monumental m'adresse un clin de z'œil.

— Tu sais que la mère Adrienne, j'y prends goût? C'est ma deuxième visite aujourd'hui. Les vioques qui ont refoulé du baigneur pendant des années de veuvage, fatalement, dans le subconscient, elles ont échafaudé des friponneries pendables. Leurs glandes ont rabattu sur l'imaginaire, si bien que quand tu leur fais sauter le bouchon, t'en as pour ton artiche. Crénom, faut se garer des éclaboussures! T' t'à l'heure, elle voraçait avec tellement de fougue, qu'elle a failli me décasquer le guerrier, la bandite.

Il prend brusquement conscience de la chauve-souris figée contre le mur, les mains posées à plat contre la cloison, comme pour s'y faire crucifier.

— Tiens, la p'tite, ricane l'Enflure. Salut, mignonne. Faudra ben qu'un jour je te déblaie les toiles d'araignée à toi aussi, ma gosse. On va pas te laisser avec un slip en friche, quoi, merde!

Epouvantée, la grande bique se sauve.

Mais elle ne va pas loin car la sonnerie du téléphone carillonne.

Amélie, mélo, s'arrête. Repousse-t-on l'appel du bigne lorsqu'il pousse un cri désespéré?

Que non pas.

Alors la cousine-standardiste va à l'appareil et, courageusement décroche...

— Allô, oui. Qui demandez-vous?

Elle a soudain une expression empreinte de respect.

— M. de Monte-Carlo ? Parfaitement, ne quittez pas...

Elle banane une fiche dans un anus chromé. Deux zonzons et ça décroche.

— Une communication pour vous, monsieur le comte ! annonce la rancie.

Elle raccroche sur la pointe des pieds, comme un enfant de chœur pénétré de ses fonctions laisse tomber une giclette de muscadet dans le calice.

— M'sieur le comte, déclame l'Hénorme, ben ma Zette, vous avez du beau monde parmi la clientèle.

— Dieu soit loué, nous ne recevons pas que des pourceaux ! riposte la chouette emmanchée.

— C'est quasiment le comte de Monte-Cristo, barrit le Pachyderme.

— Pardon : de Monte-Carlo, rectipince l'emmanchée d'un long cou.

Pourquoi suis-je présent à cette scène, hein, fesse de poêle à frire ? Tu peux m'expliquer la somme de hasards qu'il a fallu pour que le téléphone tinte au moment où je me trouve ici ? Pour que le long cou au long bec roucoule des Môôôssieur de Monte-Carlo à t'en faire friser les poils d'oreilles ? Et pour que, brusquement, tout à coup, soudain, le très étonnant et presque génial San-A., l'homme qui ne remplace rien, étant soi-même irremplaçable, se dise : *Eurêka ! Monte-Carlo, dit par un gus à accent qui claque de trouille peut fort bien donner, phonétiquement : « Edmond Karl ».*

Ah ! ce bonheur profond de la réussite.

Ah ! cette ineffable ivresse que transmet la victoire bue à la coupe ciselée du succès, comme l'écrivait y a pas tellement naguère le maréchal Joffre à la bataille de Saint-André-le-Gaz.

Oui : « Ah ! »

Et je dirais même plus : « Ah ! ah ! »

Et j'ajouterais pour terminer : « A moi, comte, deux mots » (ou deux Vermots).

— Quelle chambre, le comte de Monte-Carlo ?

— Il a la suite du rez-de-chaussée : la porte après le salon de lecture...

Le long bec aux longs pieds allant jeune seize houx n'a pas fini de préciser que ton Martien préféré file comme un paf dans la direction indiquée.

— Hé ! Où allez-vous ! mouline la dure-rance (1).

Tu crois que je vais y répondre ? Bérurier est là pour ça.

⁂

Sur la porte moulurée bourgeois, une plaque de cuivre anglo-saxonne porte ce simple mot, intimidant : « Private ».

T'as des avertissements, commak, en forme d'interdit, qui stoppent l'homme le plus aventureux : « Danger », « Chien Méchant », « Haute Tension », « Poison », « Gendarmerie », « Privé », constituent un échantillonnage valable. Mais quand au lieu de « Privé » tu lis « Private », l'anglicisation du terme en renforce le sens. De même que « Défendu », écrit en allemand, vous a une autre efficacité, même si l'on ne comprend pas l'allemand.

Sans tenir compte de la recommandation gravée en gothique, s'il vous plaît, je tourne le pommeau. L'huis s'entrouvre.

Un petit salon merdeusement Louis XVI se propose. Papier peint à rayures, gravures faussement frivoles dans des cadres de style chienlit.

Personne.

Si : une voix au bigophone.

Une voix, c'est déjà quelqu'un, t'en conviens ?

Elle m'arrive de la chambre contiguë au salon. Elle est sèche, tranchante comme... Attends, je vais te dégauchir une image choc... Comme un hachoir, tiens.

(1) Ça passe le temps. Si tu veux, je vais te combiner tous les grands cours d'eau de France.

Bath, non? Tranchante comme un hachoir, t'aimes pas? C'est net : clac! Et ça exprime bien ce qu'on ne veut pas dire.

— Ecoutez, mon ami, fait la voix. Maintenant que la terre est prête à être ensemencée, il me faut la graine, vous me suivez bien? Je n'ai pas investi une fortune dans cette affaire pour échouer alors que nous avons toutes les cartes en main. Toutes... sauf trois. Si vos guignols étaient des incapables, je n'y puis rien. La solution est à portée de main, je le sais. On ne va pas se laisser berner par ce petit contrôleur de métro plus ou moins fou que vous vous êtes un peu trop pressé de... neutraliser. Si dans les vingt-quatre heures vous n'êtes pas parvenu à un résultat, je ne réponds plus de rien; salut!

Et le comte raccroche.

Puisque comte il y a.

Jusqu'alors, je me suis tenu dans le boudoir, non pour bouder, mais pour écouter.

Le moment est bien choisi pour apparaître et parler, hein? Je me pointe à pas feutrés. Un chat sur un divan recouvert de velours de soie, pour te donner une idée...

Le comte me tourne le dos. Il porte une robe de chambre marron, tout comme une pomme de terre cuite au four. Il a de beaux cheveux blanc bleuté (un vrai diamant) et qui ondulent sur sa nuque. Tu vas pas me croire, mais il ressemble à Roger Peyrefitte. De dos.

Il a encore la main sur le combiné et pianote nerveusement en homme qui est sous le coup d'une grosse contrariété et qui combine des mesures de répression.

Respectons sa méditation. Il est préférable qu'il me découvre seul, sans que je le secoue d'un tonitruant « Bon appétit, monsieur. » La surprise n'en sera que plus saisissante. Et je vais t'expliquer pourquoi. Le catimineur qui se pointe et fait « Hou! » dans le dos, d'accord, il te produit de l'effet, mais un effet qui s'atténue immédiatement par le simple fait qu'en criant, il s'annonce. Y a une franchise quasi rassurante de la part du braqueur qui te passe son arsenal au travers du guichet et s'écrie : « Les mains en l'air tout le monde ! » Tandis que le vilain sinistre embusqué, tapi (d'Orient) tel le guépard à l'affût et que t'aperçois en te demandant combien de temps il est là et quelles sont ses intentions, alors lui, espère, il est médaille d'or aux olympiades de la glaglate.

Chevalier du taste-frousse.

Primat des glauques !

L'Antonio bien-aimé, il ne fait pas un geste. Régularise sa respiration au point qu'*elle* se confond avec celle du comte.

Marrant d'observer quelqu'un qui se croit seul. Il y a une relaxation dans son individu qui cesse dès qu'il a un témoin.

Je veux pas te mentir, mais ce cérémonial dure bien plusieurs minutes. Ce qui est plus long que trois minutes de bavasseries au bigophone avec ta rombière lorsqu'elle te raconte le chouette corsage à manches gigot qu'on lui mitonne chez sa bourrelière.

M. de Monte-Carlo (dis, t'as vu monter Carlo ?) décide de prendre un carnet à couvrante de croco, posé sur une table ronde. Il décrit un demi-tour à droite (un noble, fallait s'y attendre) et ne termine pas son geste, m'ayant aperçu.

Un peu couperosé, le suzerain. Dodu de l'avant. Il aime la jaffe de *first quality*. Son durillon, tu peux le faire analyser : c'est du foie-gras-caviar-caille-aux-raisins-homard assimilé. Y en a pour du flouze. Chacun investit à son idée, que veux-tu. Chez nous, à Mars, qu'on place tout dans le mégot millésimé, de pareilles méthodes surprennent, c'est pourquoi on vient si peu nombreux sur votre planète jonchée d'étrons.

Une chose frappante, chez le bonhomme : ses yeux, tout comme miss Amélie. Seulement, pour lui, c'est leur beauté qui impressionne. Un bleu... Tu te rappelles les boules de lessive de jadis que nos mamans collaient dans leurs lessiveuses ? Ça précursait les détergents actuels. C'était bleu-drapeau-un-peu-ciel, ardent, d'une vivacité végétale. Enveloppé dans un morceau de gaze, non ? Eh bien, le comte de Monte-Carlo a deux boules de lessive en guise de z'yeux. T'as envie de le prier de se passer les lampions à l'eau de Javel, manière de lui capter le regard.

De décaper le plus gros ; le plus intense, l'épais.

Les deux poches qu'il trimbale au sommet de ses pommettes se mettent à palpiter comme des flancs de grenouille.

Un instant que je ne saurais te chiffrer en secondes, et même pas en années-lumière, passe sur nous comme la neige sur un village alpin, nous ensevelissant sous des torpeurs insanes.

L'énigmatique sourire que je me suis affublé (1) s'écarte doucettement tel un hymen de jeune mariée.

— Qui êtes-vous ? demande enfin M. de Monte-Carlo.

Au lieu de répondre je m'avance sur lui.

Cela fait partie d'un conformisme policier auquel je me dois de rester fidèle malgré ce que j'en pense.

Ton San-Antonio se laisse tomber sur une chaise, face à l'interlocuteur.

Et tu sais la manière qu'il procède, le San-A. ?

Non ?

Tu vas voir. Pas fou le bourdon !

Il coule sa dextre dans sa poche, enfile la grosse baguse évêchale à son médius et retire sa main pour la poser bien à plat sur le guéridon.

Monte-Carlo flashe à tout va : une vraie pie fouineuse. Ce coup de périscope, madoué !

Il déglutit, kif-kif un qui viendrait de bouffer deux kilos de semoule sans boire.

— Voici déjà une des trois cartes manquantes, n'est-ce pas, monsieur le comte ?

(1) Y'en a des qu'imaginent que je le fais pas exprès.

Il répète, d'une voix qui irait droit au pathétisme si je la laissais faire :

— Mais qui êtes-vous ?

De plus en plus mystérieux, je griffe le biguche. L'organe surchauffé d'Amélie me râle un « J'écoute » qui ferait triquer un judoka en démonstration. Jamais cette pauvre petite grand-mère de Marilyn n'a réussi mieux.

— Passez-moi la chambre de Mlle Zoé Robinson cru, demandé-je.

— Oui, Mmmmmmsieueueueur le comte. Tout de...

Et de protester avec des enamourances de chatte se faisant calcer par le Shah, en cours d'une belle soirée de mai.

— « Non, monsieur Béruuuuuuuurier, c'est de la fofo de la fooolie... »

Néanmoins elle me branche sur la piaule de Zoé, laquelle m'y attend selon ma recommandation expresse en faisant ses bagages.

Sa voix musicale :

— Allô ?

C'est pourtant bref un « allô », non ? Anonyme. Cependant la ravissante parvient à transformer cette simple interjection en symphonie.

— C'est moi, petite. Venez me rejoindre à l'appartement du comte.

— A l'appartement de qui ?

— Le comte de Monte-Carlo, vous connaissez ?

— Absolument pas.

Ouf. Elle a des accents sincères... Se pourrait-il ?

— Demandez à la réception, on vous l'indiquera.

L'homme à la brioche mondaine et aux yeux en boule de nanina réagit :

— Vous avez parti lié avec cette fille ?

Bonno : le poisson commence à suçoter l'hameçon.

— Plus ou moins. La preuve...

Je remue ma main baguée dans un rayon de soleil oblique où frémissent des poussières.

— C'est elle qui l'avait ?

— Ça et les plaques d'or, oui.

Cette fois, je l'ai en pogne. Il sait que je n'ai pu inventer ce détail. Donc qu'on doit jouer serré, lui et moi. Et surtout, oui, surtout « cartes sur tables ».

— Comment les a-t-elles eues ?

— Ben voyons : Duplessis. Vous avez mésestimé le charme de Zoé. Elle en a à revendre.

In petto je me dis que je lui achèterais bien tout son stock.

— La garce, grince-t-il entre ses (fausses ?) dents.

Et l'impulsion le poignant, il questionne :

— Qui lui a dit ce que représentaient ces choses ? Hein ? Comment a-t-elle su ?

Cher homme. Brave homme. Merveilleux faux comte (car tu penses bien qu'il usurpe un titre nobiliaire, ce vilain ! Jamais un vrai sang bleu ne s'abaisserait à devenir chef de gang). Oui, merveilleux faux comte qui m'apporte implicitement la preuve que Zoé n'a pas menti. Elle n'a été qu'une proie entre les serres de ces oiseaux de.

— Quelqu'un l'aura affranchie, mon cher monsieur. Vous la connaissez, Zoé ?

— Je l'ai vue à la résidence, oui.

— Mais sans lui parler, naturellement, vous tiriez les ficelles en fumant le cigare ?

On s'en dit pas davantage pour l'instant car précisément, ma petite drôlesse frappe à la porte ouverte.

Elle a troqué sa combinaison de motarde contre un tailleur simili Chanel dans les tons jaune vif, avec des parements blancs, qui lui sied à en mordre son traversin.

Elle nous regarde.

Je, aussi.

Dernière barrière abattue. *Elle ne connaît pas Monte-Carlo.* Aucun doute là-dessus. Même une super-grande comédienne ne pourrait tricher. Car il y a de la curiosité dans sa prunelle lorsqu'elle la pose sur le comte. T'entends ? Pas de la surprise feinte, pas une indifférence appliquée, non : de la curiosité, bien humaine, bien chaude et qui gicle comme t'as giclé un soir de la rampe de lancement de ton *father*. Plus que tout ce qui vient de précéder, c'était cela qu'il me fallait.

Merci, mon Dieu ! Tu sais que Tu n'es pas mal dans Ton genre... indéfinissable.

— Bonjour, monsieur, murmure-t-elle.

— Petite vermine ! crache Monte-Cristo (ce qui te prouve bien qu'il n'est pas plus comte que toi et moi).

Zoé fait un pas dans ma direction.

— Mais qu'est-ce qui lui prend ? demande-t-elle.

— Ma chérie, je vous présente le grand patron de la bande, celui qui vous a manœuvrée comme une marionnette.

— Et que la marionnette a baisé ! hurle le couperosé, perdant tout contrôle, du fait qu'il n'est pas noble.

Ce qui suit, bien que ça soit proprement indescriptible, je vas, grâce à mon immense talent de narrateur, te le descripter tout de même. Je devrais pas, vu que déjà ce polar est beaucoup plus long que les autres et que je vas acculer le Fleuve Noir à la faillite, mais comme disait un producteur de cinéma : en matière de faillites, y a que la première qui fait de l'effet, les autres, on n'y prend plus garde...

Suis bien le déroulement, ignare. Et recule si tu ne veux pas prendre des taches sur ton complet de bellâtre.

Zoé, en apprenant qu'elle a en face d'elle *Le Cerveau* a un coup de sang, consécutif, je présume, à la qualité de son sang mêlé.

T'as déjà vu des tigresses, au cirque, pendant leur numéro, lorsqu'elles sautent d'un plaud l'autre par-dessus le dompteur ? Cette souplesse coulée, cette félinerie majestueuse.

Eh ben c'est ça, mon trognon.

Une détente. La v'là sur Monte-Carlo qu'elle démonte et décarlise. Elle saisit aux oreilles. Faut préciser (j'avais omis, excuse) qu'il a des étiquettes presque gaulliennes, le *big chief*. Tu sais : des tiroirs à mensonges grands comme ceux de Babar. Des radars pour tour de contrôle, mon neveu. De vrais pavillons de banlieue. Splendides ! *Very* exceptionnels. Donc, Zoé les cramponne, une à chaque main, et la voilà qui agite la tête du faux comte en lui criant des vengeries à propos de son frère et à propos de son honneur à elle, comme quoi elle a enduré un vrai martyre, ces derniers temps.

Elle le tire en avant. Il a beau regimber, elle est si pétrie de rage qu'elle le promène comme on promène un bouvillon en le tenant par les cornes. Et elle pleure en criant. Sa figure est inondée de larmes, on dirait, attends, il me vient une image que les critiqueurs vont en rester sur le dos... On dirait qu'il a plu sur une rose ocre. Et allez, roulez ! C'est pas du travail artistique, ça ? Fignolé Colette ? Des sémaphores pareils dans un roman policier, ça secoue, non ? On s'y attend pas. On n'a pas l'habitude, pour le prix.

Eh ben c'est fait. Empoche, mec. Découpe. Mets sous verre, je t'offre. Je suis un abondant. J'abonde de partout, y compris dans ton sens, ce qui t'indique ma modestie foncière.

Oui : elle sanglote convulsivement, Zoé. Elle pousse des cris plaintifs. Elle a fini de vitupérer. Elle donne une secousse plus vive, lâche tout, et Monte-Carlo descend à l'orchestre. C'est sa fête. Il choit sur un tabouret garni de tapisserie. Se fait mal au dos. Beugle de douleur...

Pour le coup, je saisis la petite tigresse à pleins bras avides (marrant, hein ?) et lui chuchote à l'oreille :

— Maintenant, retournez m'attendre dans votre chambre.

Elle halète. Ses cheveux blonds sont collés sur son front en sueur. On dirait qu'elle n'a pas entendu ce que je lui ai dit.

Me fixe, indécise.

— Filez dans votre chambre, je vous y rejoins !

Cette fois, elle a pigé. Elle s'en va après une dernière invective au comte.

Monte-Carlo se redresse péniblement. Il grimace et se

masse. Il souffre. Ses portugaises sont en feu. L'une d'elles est même décollée du haut et saigne.

— Qu'est-ce qui lui a pris, à cette saleté ? m'apostrophe-t-il.

Je lui réponds d'une tarte qui le fait pencher comme la tête d'un cyprès dans le déchaînement du mistral.

— Soyez poli, vieux. Sinon c'est moi qui vous entreprends.

— Mais pourquoi...

— Elle n'aime pas ce que vous avez fait à son frangin.

Il hoche la tête et détourne les yeux, d'où je conclus que le dénommé Céleste-Donato n'a pas dû l'avoir chouette.

Tu connais mes inspirations ?

Pas bien ?

Alors, mords la démontrance :

— Monte-Carlo, fais-je, Zoé a mis la main sur le petit matériel que vous guignez uniquement pour disposer d'une monnaie d'échange. Elle voulait la liberté de son frangin en contrepartie. Mais maintenant qu'il est mort...

Hein, t'entends ce que je lui bonnis ? Au pif, je te dis. Une assurance noire. Ce culot, Fifine ! Ce fil d'aplomb !

— Mais maintenant qu'il est mort, reprends-je, voyant que l'autre endoffé ne proteste pas, moi je vais vous les échanger contre de la monnaie normale. Vu ?

Il fait « *vu* » avec la tête.

C'est pas dur, je t'apprendrai.

Bien, bon, on discutaille un moment. Après quoi je le laisse pour aller récupérer Zoé et ses valoches. Je cigle sa note aux deux mégères que Béru lutine et qui, déjà, se font la gueule au point qu'un « découssinage » me semble inévitable.

Et je recommande au trio de ne pas souffler mot au

comte de Monte-Carlo de ma qualité (mais en est-ce une ?) de flic sous peine de représailles épouvantables.

Après quoi, tu ne sais pas ?

— Zoé !

— ...

— Je vous aime !

CHAPITRE « K »

L'officier de police Magnin est un colosse rose et blond, avec un regard d'azur qui noircit quand il se file en pétard. Il porte toujours de beaux complets marron à rayures et des chemises dans les tons saumon (fumé). Avec ça, grande gueule et tringleur d'élite. Premier prix de tir et premier trousseur de serveuses de restaurant de la Grande Taule. La serveuse, c'est son vice, son dada (et il monte souvent), son obsession, sa hantise. Il prétend que c'est la robe noire et le petit tablier blanc qui lui portent au sang. Il tringle scientifiquement, Magnin. Il investit, défriche les restaurants, rue après rue, quartier après quartier, arrondissement après arrondissement. Présentement, il écume, si l'on peut dire, le 4e. Avant d'entrer dans un établissement c'est pas le menu qu'il examine, Magnin, mais la serveuse. Si elle a moins de quatre-vingts et plus de quinze, il se pointe, la cravate bombée, les épaules à l'équerre, l'œil conquérant et la lèvre en ventouse.

Il aime à raconter.

Tiens, en ce moment, il m'explique sa dernière : une Niçoise pétaradante du réchaud. Il l'a cueillie la veille, au sortir du restaurant où elle coltine son petit-salé-aux-lentilles. Elle avait juste un manteau à col de lapin par-dessus sa tenue de travail. Il l'a embarquée dans la 204. Direction une impasse, du côté de Boulogne, dont il a le monopole, ayant fait une âpre chasse à tous ceux qui s'y aventuraient pour une bagnole's party.

Je te raconte Magnin, chemin faisant, mais tu vas voir, c'est gonflant.

Mon subordonné, ses gonzesses de bouchons, il aime les percuter en tuture. Non par ladrerie, pour faire l'économie d'une chambre, mais parce qu'il répugne à redescendre un escalier devant une fille mal rajustée qu'il vient de passer à la moulinette farceuse. Ça le déprime. Il déteste le temps mort succédant à l'acte. Attendre le réharnachement d'une nana compostée, c'est au-dessus de ses moyens. Tandis qu'en voiture, c'est l'idéal. L'inconfort favorise les positions baroques et quand c'est fini, tu démarres pendant que miss Troussée remet sa panoplie en place. Te reste plus qu'à la déposer galamment devant une station de métro en lui disant « Merci, bravo, je t'enverrai du monde ».

Donc, hier, il s'est téléguidé une Niçoise, Magnin, un sacré lot, monsieur le commissaire. La cinquantaine, très brune, avec de la barbe et du poil partout, un vrai caniche royal ! (Il a des goûts de luxe.) Le genre remuant. Elle te m'a fait une de ces séances, patron, que le dossier du siège passager en a été déglingué. Une vraie furie. De la gonzesse pour Land Rover. Je la rembarquerais encore une ou deux fois dans ma Peugeot, je serais obligé de changer de chignole... Bref, on se démène magistral. Je la crache devant chez elle — c'était sur ma route —, je rentre au logis. La bourgeoise ne dormait pas. Je lui roule la pelle du remords. Je me dessape, et puis la v'là qui me dit « Approche voir, Loulou, t'as quéque chose d'accroché à ton slip... » Vous savez ce que c'était, patron ? Le petit cadre à ventouse que ma bonne femme avait fixé au tableau de bord. Dedans y avait sa photo et celle du môme. Et sur le cadre, en lettres d'or, y a décrit « Sois prudent, papa, pense à nous ».

J'accueille la chute avec les gloussements qui conviennent. Mais je remballe ma rifouille vu que nous sommes parvenus à destination.

Je ralentis.

— Ouvre grands tes châsses, Magnin, te voilà à pied d'œuvre. Mon rancart doit s'opérer dans ce chantier : sous la loupiote rouge près de la cabane à outils. Chope ton matériel et grimpe sur la plate-forme supérieure de la grue qui se dresse au mitan du chantier. Tiens-toi prêt à toute éventualité. S'ils me font un coup d'arnaque, plombe-les. De même si je crie « Vas-y », arrose-leur les pattes. Dis-toi que je cours un grand danger et qu'il n'y a que toi pour me couvrir. Au cas où ils me descendraient, préviens les voitures par walkie-talkie. Elles sont embusquées depuis deux heures déjà aux angles du quartier. Compris ?

— Ça joue, patron.

Il prend son fusil à lunette, sa lampe frontale à infrarouges, son walkie-talkie... Puis sa haute stature se fond dans l'obscurité du chantier.

Je mate ma tocante.

10 h 30. J'ai une bonne demi-heure devant moi, à tuer.

Tout naturellement je me propage vers un troquet. Dans ce coin de banlieue, ils ferment tôt. Je rôdaille un peu le long de façades lépreuses et finis par retapisser une lumière. Celle d'un bar minable où deux jeunes gens à longs crins, longs favoris et pantalons à pattes d'éléphant malmènent un appareil électrique pour tenter de diriger des billes d'acier dans des méandres compliqués. Des loupiotes multicolores s'allument, ponctuées de fracas métalliques. Le taulier est un vieux bonhomme impassible et pas rasé.

— Ce sera ?

J'hésite. Pas soif... Au hasard, et aussi parce que c'est un troquet *à ça*, je lâche :

— Un rhum-limonade.

— Ballon ?

Tout un rituel, un vocabulaire, un monde. Le bistrot, c'est une manière de se sentir chez soi à travers le monde, parmi les anonymes...

— Oui : ballon. Vous avez le téléphone ?

Il me montre l'appareil sur le comptoir, caché par des verres et des bouteilles poisseuses.

— Servez-vous.

Je cramponne le combiné. Il colle. Il est cassé et ravaudé avec un scotch pisseux. Le disque mécanique béquille en se remettant en place lorsqu'on l'actionne. J'avise un gros chat gris, castré, en train de roupiller de l'autre côté du rade, sur un coussin innommable. Tout ici est d'une mélancolie un peu sordide. Cela fait songer à la mort et au chagrin. A la misère que nous traînons comme les anciens haleurs de chalands, le long des berges géométriques...

Je compose mon numéro. Deux dring-dring et ma Félicie me répond.

— Ah, mon chéri, il me semblait que ça allait être toi. Tout va bien ?

— Très bien, m'man. Et... à la maison ?

— Aussi. « Elle » vient de monter se coucher. Nous avons longuement bavardé, c'est une fille très bien, tu sais. Qui a eu du mérite de...

Juste ce que je cherchais. Elle l'a bien compris, ma Félicie. Qu'on me parle « d'elle ». *Que m'man me parle « d'elle »*. Me rassure... Me donne je ne sais quel feu vert. Ce moment auquel je ne croyais plus serait-il donc arrivé ? Ce quelque chose auquel je ne croyais pas, que je ne m'expliquais pas chez les autres, que j'approchais sans jamais l'atteindre, qui toujours se volatilisait... Dis, réponds à ton vieux Martien qui t'aime bien, malgré ses rebufferies, *ce quelque chose, est-ce cela ?* Est-ce cette peur capiteuse, cette calme impatience, ce bonheur douloureux ?

— La mort de son frère lui cause un immense chagrin, mais je devine une espèce de délivrance au fond de son cœur. Dont elle n'a pas encore conscience, bien sûr, mais qui...

Et tu parles, Félicie... Ma Félicité. Tu plaides pour qui va venir souffler la lampe, toi ma veilleuse. Tu me racontes en contrepoint ce que je sais déjà. Ce que je sais que tu sais.

— ... Ce sera à toi de...

Le coup de téléphone qui sera sans doute le plus important de ma vie, là, dans ce troquet de faubourg, en présence de deux faux voyous qui iront à l'usine demain et d'un bonhomme gâteux, que la vie a oublié derrière son rade en compagnie d'un matou taillé...

Le téléphone débroqué vibre à certaines sifflantes. Mais ce qui en coule reste musical.

— Pourquoi dis-tu : « ce sera à toi de l'aider », m'man ?

Elle a un petit rire qui semble vrai.

— Voyons, mon grand, tu le sais bien...

Un silence.

— Tu es toujours là, Antoine ?

— Oui, ma chérie. Tu sais que la première fois que je l'ai rencontrée, elle m'a flanqué une poignée de poivre dans les yeux ?

— Elle me l'a dit, oui...

Son ton est grave, malgré elle.

— Il vaut mieux que les femmes jettent du poivre dans les yeux des hommes avant de les épouser plutôt qu'après, mon petit.

— Grand Dieu ! Qui te parle d'épouser...

— Personne. Et pourtant, Antoine, lorsqu'elle est arrivée avec toi à la maison, malgré qu'elle eût les menottes aux poignets, j'ai su...

— T'as su quoi, m'man ?

— Que... que ce serait elle.

Puis, changeant de ton :

— Tu penses bientôt rentrer ?

— Je ne peux rien te dire, j'ai encore beaucoup à faire...

— Ces vilaines gens dont vous parliez ? Pourquoi n'as-tu pas arrêté leur chef, puisque tu le tenais ?

— Mon instinct de flic, m'man. Il s'agit d'en finir une

bonne fois avec cette affaire. Je ne voulais pas risquer de voir le reste de la bande se disperser dans la nature.

— Enfin, tu sais ce que tu as à faire. Sois prudent, surtout. Pense à nous.

La recommandation me remet en mémoire l'histoire de Magnin et je pouffe.

— Pourquoi ris-tu ? s'étonne ma vieille.

— Je t'expliquerai, une anecdote marrante.

— On t'a dressé le lit pliant au salon. Je t'ai mis la lampe d'opaline bleue sur une chaise, à ton chevet, prends garde de ne pas la renverser en entrant.

— Non, m'man, t'inquiète pas.

Bon, et puis voilà.

Je raccroche. Je vide mon verre « ballon » de rhum-limonade. Dans le fond, c'est bon, le rhum-limonade.

Le premier alcool que j'aie ingurgité. C'était y a du temps déjà. Quand l'oncle Octave m'emmenait à la pêche, dans les aubes cafardeuses, et qu'on attendait le train, moi, pétrifié de torpeur, de sommeil, d'effroi d'être planté là, parmi des types qui crachaient ; entre des faisceaux de « gaules ». Au buffet, trépidait un Octave tout guilleret, car lui ne dormait jamais.

« Deux rhum-limonade. Si, si, prends-en un autre, Coco (il m'appelait je ne sais pourquoi Coco) ça te réchauffera. » Je buvais. Je changeais de torpeur, passant du sommeil à l'ivresse...

— Un autre, patron ! Mais pas ballon, un grand !

Pas surpris, il verse.

Je bois en dégustant mon enfance. Elle est bien partie, la vache. Et elle s'éloigne progressivement vers des confins bizarres, n'abandonnant qu'un homme sur le sable. Echoué !

⁂

Je laisse ma tire à l'entrée du chantier.

Je mate : personne. « Ils » sont en retard. Est-ce de mauvais augure ? Se sont-ils gaffés de quelque chose malgré mes précautions ?

Le San-A. va se poster sous la loupiote pourpre. Au début, on croit sa lueur faiblarde, mais au bout d'un moment, le regard s'adaptant, elle semble inonder. Mon champ de vision se développe plus largement, de minute en minute. J'aperçois les fondations de l'immeuble en construction. Il n'affleure pas encore le sol. Les maisons, mine de rien, c'est fiché profond dans la terre, comme des piquets somme toute.

Des banches, des ferrailles, une bétonneuse dont l'ombre biscornue évoque vaguement le célèbre véhicule lunaire.

Le silence n'est troublé que par des froissements de papiers gras agités par un bout de brise qui pantèle à peine qu'amorcé. Et puis par autre chose aussi que j'ai du mal à définir. Cela ressemble à un léger sifflement continu, comme celui d'une cafetière électrique quand le caoua est prêt. Au gré de la brise mentionnée cidessus, ce sifflement s'écarte de mes cages à miel ou y revient brusquement. Agaçant. Et troublant, aussi, je te jure.

Je mets mes mains en pavillon devant mes écoutilles et je pars à la recherche de cette source sonore. Je furète de gauche, de droite...

Je trouve.

C'est le walkie-talkie de Magnin qui gît sur le sol glaiseux, complètement défoncé. Cette pomme a dû le laisser quimper du haut de sa plate-forme.

L'appareil, blessé à mort, agonise. Ses piles lâchent un jus faiblard dans la nuit.

Furieux, je l'achève d'un grand coup de talon. Me v'là nettoyeur de tranchées, à c't' heure. Malin. Nous sommes maintenant coupés des forces policières qui cernent le quartier. On va avoir bonne mine si ça tourne chtouille. Tireur d'élite, Magnin, mais maladroit dans ses gestes. L'éléphant vise bien avec sa trompe, seulement pour l'exercice grâce et souplesse, il risque pas de mettre une patte sur le podium. Je récite des choses malveillantes à l'endroit de mon collaborateur. Ça commence par enviandé et on ignore par quoi ça finira.

Et les autres chacals qui n'arrivent toujours pas.

Pour user mon énervement, et chasser la froidure nocturne, je commence à faire les cent pas.

C'est au vingt-troisième que je bute contre le cadavre de Magnin. Il gît à la renverse, les bras en croix. Il a toujours son fusil à lunette en bandoulière, mais la crosse de l'arme est brisée, le canon tordu. J'examine le pauvre garçon et je détermine assez facilement ce qui s'est passé.

On l'a abattu d'une balle pendant qu'il gravissait l'échelle verticale de la grue. Une prune de gros calibre, virgulée par un flingue muni d'un silencieux, je présume. La balle a pénétré par le ventre et elle est ressortie entre les omoplates. Le champion de la serveuse de calandos toutes catégories est tombé comme une pierre et s'est écrasé le bocal à l'arrivée.

« Sois prudent, papa : pense à nous. »

Ma gorge se serre. Je me traite de minable, d'assassin. Si j'avais emballé le comte de Monte-Carlo au lieu de finasser, Magnin serait en train de fourbir la jupaille d'une nana dans son impasse de Boulogne. Quelle chierie de métier, Seigneur !

Heureusement, je n'ai pas le temps de me laisser voguer sur les eaux fangeuses du désespoir.

— Démerde-toi de lever les pognes, si tu n'en veux pas autant !

La porte de la cabane à outils vient de s'ouvrir et des mecs d'en jaillir. Ils sont trois, non, quatre : y en a un qui lambinait. Je vois briller des armes dans la lumière sanglante de la lampe. Alors je me dis, très sincèrement, que mes projets matrimoniaux n'auront probablement pas cours. Parce que, si j'en réchappe, c'est vraiment que mon ange gardien est un garçon zélé. Les gugus portent des bas sur le visage, et puis leurs bitos par-dessus le blaud. Je lève les mains, parce que c'est vraiment la chose la plus urgente à faire, compte tenu des données irrévocables du problème.

— T'as voulu nous feinter, avec ton porte-flingue à la manque, hein, Vérole ! me lance l'un des éléments du quatuor en s'avançant. Heureusement qu'on est à pied d'œuvre depuis 6 heures de l'après-midi. T'as la camelote, au moins ?

Le faisceau d'une lampe électrique se braque en plein sur ma poire. Aussitôt, une exclamation retentit :

— Merde, un poulet !

— T'es sûr ? demande un autre zig.

— Je le connais : c'est le commissaire San-Antonio !

— Alors c'est un perdreau qu'on a démoli ?

— Faut croire. On s'est laissé piéger comme des tartes !

Bibi, pendant ce bref échange, il se dit qu'en pleine nouvelle lune que nous sommes, c'est la période propice pour jouer son va-tout. Alors, tu comprends, il te trémule un coup de sifflet de trident, comme dit le Gravos. Quèque chose de plus perçant que Farah Diba. A t'en coincer les marteaux dans les louches à caviar !

Une ruse qui ne vaut pas un Sioux, apparemment. Mais qui porte ses fruits cependant.

Brusquement, les malfrats, croyant à un signal, se mettent à cavaler comme des poulains devant un coup de klaxon.

Tous, moins un : celui qui m'a identifié.

— Tu vas me le payer, flic ! grince-t-il.

Il tient une mitraillette dont il relève brusquement le canon. Moi, j'ai une faculté qui vaut celles des lettres et des sciences réunies. Un don précieux qui me permet de démultiplier le temps pour ainsi dire. Je t'explique : dans des cas cuisants comme voilà, pendant que mon vis-à-vis exécute un mouvement, fût-ce avec promptitude, j'ai le temps de penser à une foule de choses, le temps de réfléchir, d'apprécier, le temps de décider.

Conséquemment, j'amorce une sorte de plongeon à gauche qui se continue par une accélération pivotante et c'est sur ma droite que je m'étale.

« Rrrrahahahahaha. »

Fait la mitraillette malgré son silencieux.

Un vol de frelons passe.

Sans que je trépasse (1).

Je lâche une plainte comme on n'en a jamais exhalé dans les maternités les plus huppées. Ce qui empêche nullement ton Santantonio d'élite de dégager son ami Tutues et de se l'assurer bien en main.

On est dans l'ombre, mais à la clarté du fanal de chantier, je vois mon agresseur qui s'approche, la sulfateuse toujours braquée. Il va me filer la giclée suprême. Chez les vrais assassins, on ne part jamais avant d'avoir fignolé le boulot d'une dernière rasade, quand bien même elle semble superflue.

Je le précède, au jugé. Pas le temps de viser. Mes bastos à moi, sans étouffoir, font un foin terrible. Je les lâche rapidement, en balayant très légèrement du poignet.

Sa plainte à lui est moins théâtrale que la mienne, mais plus en situation. Il tombe à genoux. Sa mitraillette se déclenche. Elle fouillasse le sol tel un pic pneumatique. Les pierres volent. La terre gicle. Moi, je suis plaqué contre le cadavre du pauvre Magnin que j'ai rejoint d'un rapide roulé. Je sens l'impact des balles dans le corps de mon collègue. Ce que ça me semble longuet ! Quand enfin le silence et l'inertie s'étalent sur le chantier, j'ai l'impression que la scène a duré des heures...

Je ne bronche plus, redoutant quelque ruse. Mais non. Le mitrailleur semble vraiment *out*.

(1) Oh que c'est drôle !

Out, et même septembre, octobre... Jusqu'à la Toussaint que tu pourras y porter des chrysanthèmes.

Je l'ai praliné en plein poitrail. Il a une de ces cavernes aux soufflets qui livrerait passage à un autobus londonien.

Son chapeau a roulé sur le sol. J'empoigne la lampe électrique pour la lui braquer sur le faciès. Mais le bas écrase les traits du gars. Malgré tout, j'ai l'intuition de connaître cette bouille de méduse. Léon Napobarte disait, je cite, que « Talleyrand c'était de la merde dans un bas de soie », tu te souviens ?

Ce que je peux t'assurer, c'est que le mortibus étalé devant moi n'est pas Talleyrand, mais que néanmoins, c'est de la merde dans un bas de nylon. Quelle triste bille, madoué !

Dominant ma répulsion, j'arrache le bas. Je lui mets bas le masque en mettant bas le bas.

Bien sûr que je reconnais !

Il a laissé son apparente sénilité au vestiaire, ou dans les mailles de son Le Bourget, et il pèse des années de moins que lors de notre première entrevue où il chiquait les vieux débris.

Bref, l'individu en question n'est autre que M. L'Avoine, le faux crucifié rencontré chez Duplessis et qui réclamait son dû à Fernande.

C'est choc, hein ?

[illegible] espérance [illegible] chacun [illegible] portrait. Il a [illegible] qu'il [illegible] passage [illegible]

[illegible] la campagne le comte [illegible] le [illegible] du parc [illegible] l'intuition de [illegible] cette route de [illegible] au bas [illegible]

Ce que je [illegible] c'est [illegible]

[illegible] pas le [illegible]

Bien [illegible]

Il a [illegible] en vers [illegible]

[illegible]

C'est [illegible]

CHAPITRE LMNOPQRSTUVWXY

— Comment est-il, docteur ?

— Très souriant, répond le patricien. Et il a toutes les raisons de sourire. Sa forme est belle, ses analyses portent à l'optimisme. Une tension d'athlète, un cœur de champion cycliste, et tout le reste à l'unisson. Pas le moindre germe ou virus. C'est du buis. Vous savez qu'il vivra cent ans, ce type.

— Eh ben, on n'a pas fini de se tirer la bourre, moi et lui, clame, déclame et réclame Bérurier qui m'escorte à la clinique où Pinuche vient de subir ce que le gros appelle son « Tomato Catchup ».

Le médecin l'enveloppe (il n'a pas peur des volumes) d'un regard professionnel.

— Hum, à première vue, je ne puis vous promettre de l'escorter, fait-il. Car pour devenir centenaire, il faut avoir une certaine morphologie dont la vôtre est très éloignée.

Un rien de détresse embue les globes du Valeureux.

— C't'à dire, doc ? balbutie-t-il.

— La graisse est l'ennemi public numéro 1 de l'individu, déclare le toubib. Pour avancer dans le temps, il convient d'être pointu, comme l'extrémité d'une lame. Manger peu et boire de même. Respecter également une certaine sobriété sexuelle. Bref, vivre raisonnablement.

Il appuie un index méprisant sur la bedaine du Mastar.

— Regardez-vous : vous ne pouvez plus fermer votre veste. Vous êtes caparaçonné de lard, mon cher monsieur. Le teint rougeaud. L'œil injecté. C'est vous qui devriez plutôt occuper cette chambre.

Pépère s'enrogue, tout soudain, contre la Faculté.

— Ecoutez, Doc, éclate le Mammouth. Si je peux pas fermer ma veste, c'est parce que j'ai une bouteille de beaujolais-villages dans chaque poche. Mon lard que vous causez, c'est pas une infirmité, mais un capital. Y m' sert des intérêts d'énergie que si vous me verriez au labeur vous n'en reviendriez pas. Je fais mes cinq repas par jour sans estravaguer. J' sus pas un crevard à la Pinaud, mais un fils de la terre, moi. Pas plus tard qu'hier je m'ai envoyé en l'air trois fois dans la même journée, dont une avec ma propre femme, même que le dernier coup a été pour elle, ce qui vous dénote les possibilités du Môssieur. Je bois pas plus que trois autres, mais pas moins. Et tout ça m'empêchera pas de me faire centenaire, je vous en fous mon bifton ; et si vous ne me croyez pas, vous avez qu'à envoyer vos petits-enfants contrôler quand la date sera venue. On éclusera un gorgeon en évoquant votre mémoire.

Sur cette diatribe qui sidère passablement l'éminent chef de clinique, le gros actionne le loquet de la chambre pinaudine avec tant de fougue qu'il lui reste dans la main.

Insouciant, le Gros l'enfouit dans la poche de son futal.

— Alors, la Baderne ! tonitrue-t-il en pénétrant chez son collègue et néanmoins amis, on tisse sa p'tite toile d'araignée comme Ferdinand Pénélope ?

Il a belle mine, c'est exact, l'Emincé. Entends par là qu'il est un peu moins verdâtre que d'habitude. Il tirerait plutôt que le gris-jouvence-de-la-belle-souris. Il trône dans un pyjama rouge à rayures marron.

Il est coiffé à la démocrate chrétien : la raie basse, la mèche arrondie et, plaquée sur le front.

— T'es beau comme une gravure du catalogue de la Redoute, rayons pyjamas, affirme Béru en congratulant le bonhomme. Tiens, Césarin, je t'ai apporté une gâterie pour tes muqueuses. Dans ces véroleries d'hosto elles sont toujours en rade de carburant.

Il arrache les deux boutanches de ses vagues, les fourre d'autor dans les bras du fossile, puis continue d'explorer ses profondes en maugréant.

— Dedieu de dedieu, grogne La Rogne, j'avais encore un p'tit autre chose, où t'est-ce que j'y ai foutu !

Ses gestes deviennent fébriles. Mais bruquement il se rassérène.

— Ah, je me rappelle, bouge pas...

Il sort son mouchoir avec d'infinies précautions. Un tire-gomme affreux, immontrable, inracontable, béruréen, quoi !

Le dépose sur la table blanche où l'objet, par opposition, devient plus tragique encore.

Le déplie à petits gestes de prestidigitateur et découvre une espèce de bouillie plus infâme que le reste.

— Ça s'est un peu endolori dans ma fouille, et naturliche ça a moins bonne mine, mais tu vas voir comment que c'est succulent, mon Vieux Frometon : deux aspics de foie gras qui nous restaient de midi, Berthe et moi. Ils viennent de chez Beaurouston, le charcutier du carrefour Georges-Pont-Pie-XII. Briffe-moi ça séance tenante, je te veux voir le palais en extase...

Le Débris pose un œil sur « la chose » mélasseuse, déjectée, pas franche, qui lui est proposée. Elle le terrifie.

— Tu es gentil, mais j'ai déjà mangé, refuse-t-il.

— Tu te fous de moi, non ? tonne le Tentaculaire. T'appelles du manger le rata qu'ón te sert dans un hosto. Du jus de chasse d'eau, ouais, allez, allez, déguste, Auguste, pendant que je vais décoiffer la première quille de rouquin, s'agit de te refaire un palais.

César se tourne vers moi. Toute sa frite est un muet S.O.S.

— Mais oui, mange, glissé-je perfidement, sinon tu feras de la peine à Alexandre-Benoît.

La Guenille opine.

— D'accord, mais alors la moitié avec toi, San-A., je ne pourrais jamais tout seul.

***

Il est passionné par la conclusion de l'affaire, Pinuchet. Guilleret, il demande :

— Et alors, le faux comte ?

— Eh bien imagine-toi qu'en réalité il s'agissait d'un vrai marquis, César. Il attendait paisiblement à la résidence le résultat de la « transaction ». Quand il m'a vu revenir, en chair, en os et escorté de perdreaux, il est devenu blême et s'est empoisonné à l'aide d'une ampoule de cyanure. Bon sang bleu ne peut longtemps mentir.

— Du coup, tu ne sais rien de précis à propos des activités de cette société secrète ?

— Si, grâce à deux des trois fuyards du terrain vague que les bourdilles, alertés par mes coups de pétard, ont pu heureusement sauter au déboulé. Cette société secrète, en réalité, n'avait d'autres vocations religieuses que celle consistant à piller les œuvres d'art des églises. La bande a mis à sac une quantité folle de lieux saints, tant en France qu'à l'étranger, et Monte-Carlo était à la tête d'un énorme trafic international. Parmi ses fournisseurs, figurait un malfrat du nom de l'Avoine qui écumait l'Italie à la tête d'une escouade de pieds-nickelés. Quand ces pirates de cathédrales et autres abbayes ou collégiales avaient rassemblé un certain butin, ils en photographiaient les pièces principales et postaient les clichés au comte de Monte-Carlo qui faisait son choix. Un jour, en forçant une chapelle romane des

Pouilles, les voleurs de Dieu, entre autres choses intéressantes, firent main basse sur un coffre d'acier contenant deux plaques d'or et un anneau garni d'une améthyste.

— La bague de Duplessis et ses plaques d'or gravées ?

— Exact. Ils en prirent des photos, comme à l'accoutumée, et les postèrent au faux comte. Or, ce dernier séjournait aux States lorsque ces documents arrivèrent à son domicile, si bien qu'il n'en prit connaissance qu'un mois plus tard. Intéressé, il fit décrypter le texte des plaques et bondit alors au téléphone pour déclarer à l'Avoine qu'il était preneur. Seulement, dans l'intervalle, ne recevant pas de réponse, le chef de gang avait fourgué le contenu du coffre à un vieux brocanteur parisien, de passage à Rome, qui acheta le tout pour le poids de l'or et de la pierre...

— Très très intéressant, déclare ma Mouillette.

— P't'être bien sans doute, admet Béru, mais n'empêche que je crève de soif. Ces cliniques, si tu voudrais mon avis, sont trop chauffées et j'ai déjà sué ma part de beaujolais. Je descends aux munitions, les mecs. M'a semblé voir une succursale Nicolas à l'abord des environs promiscuiteux.

Il remet son bada et sort sans refermer la porte dont il conserve toujours le loquet par-devers lui.

— C'est une chaîne, cette affaire, somme toute ? résume Pinaud. Bon, on en est au brocanteur qui a acheté ces choses...

— C'était un type mystique, et aussi braque que le copain « cardinal » dont il allait d'ailleurs devenir le « client ». Sans savoir exactement ce qu'étaient ces choses, leur caractère religieux ne lui échappait pas. Quand il fit la connaissance de Tonin, peu de temps après, il les lui montra et, devant l'intérêt manifesté par celui-ci, les lui offrit.

Baderne-Baderne lève le doigt.

— Oui, vas-y, dépêche-toi, lui fais-je d'un ton d'instituteur.

— Qu'imagines-tu, bêle le Grippoteux, je n'ai pas besoin des vécés, au reste je m'y rends le moins possible, ils sont dans un état de délabrement...

— Je sais, fais-je, les Français qui sont tellement occupés de leur cuisine négligent leurs ouatères qui, cependant, en sont le complément on ne peut plus direct. Je me propose de contacter les charmants Gault et Millau pour leur suggérer d'établir un guide scatologique des chiottes de France. On les classerait selon des critères de propreté et de confort. Le sigle pourrait en être une balayette de chiche stylisée. Pas de balayette, cela signifierait « A n'utiliser qu'en cas d'urgence ». Une balayette : « Vaut une purge ». Deux balayettes : « Mérite une dysenterie ». Trois balayettes : « Paradis des constipés ».

Le Fripé hausse ses épaules en bouteille d'Evian.

—.Au lieu de faire de l'humour, mon garçon, explique-moi un peu en quoi consistent ces fameuses plaques...

— Bête et compliqué, Pépé. Un petit côté Contes de ma mère Dinde. La chose s'est passée au cours du premier millénaire de l'Eglise, à une époque où la papauté branlait à la crosse. Un pape transfuge qui ne régna que sur une maigre portion de territoire sous le nom de Tubulure 1er pendant le pontificat de Gnafron VI, après bien des coupes empoisonnées échangées avec ce dernier, finit par se ranger sous sa houlette et lui légua (du pape !) ses biens car il n'avait qu'un héritier et celui-ci était parti pour des contrées lointaines.

Pinaud bâille.

— Si c'est pour mieux t'endormir, je peux te lire le dernier compte rendu de l'Assemblée Nationale, ça ira plus vite ? grommelé-je avec humeur.

Il se défarcit les coquilles énergiquement.

— Quelle idée, continue, je suis passionné.

— Les deux plaques constituent le testament. Celui-ci a été dressé en deux exemplaires. Il y est précisé qu'en cas de retour du neveu, le trésor de Tubulure 1er devait lui être restitué. Une bague ornée d'une améthyste prouvait l'identité de ce dernier, car il la portait au pouce, et, à la suite d'un accident, ne pouvait la retirer. Un vrai conte pour petite fille modèle Ségur amélioré *Mademoiselle Âge Tendre,* je te dis.

— Et l'améthyste, ce serait la fameuse bague de Duplessis ?

— Dix sur dix, l'Amoindri. Que s'est-il passé par la suite ? Comment les deux plaques et la bague se sont-elles trouvées rassemblées dans un coffre de fer déterré en une chapelle romane ? Mystère. Entier. Que seul probablement le Vatican pourrait éclaircir par ses archives. Sans doute le neveu est-il revenu pour réclamer son dû en brandissant sa plaque d'or et son doigt bagué, et re-sans-doute s'est-il fait recevoir compagnon. mais pas compagnon de Jéhu. On n'a aucune trace de lui. Les siècles suivants restent muets quand aux rebondissements de cette affaire qui ne fut qu'une péripétie parmi tant d'autres en ces temps cruels et bouleversés. Toujours est-il que l'ensemble des documents tomba un jour dans les pattes de ces gredins.

Pinaud bâille.

— Jolie histoire. Continue...

— Mis en branle par le comte de Monte-Carlo, l'Avoine dépêcha un de ses sbires chez le vieux brocanteur avec mission de lui racheter (ou au besoin de lui reprendre) ces trois pièces. Il dut s'y prendre maladroitement, car le vieux madré flaira la bonne affaire et prétendit les avoir vendues à un inconnu. Le messager de l'Avoine changea alors de ton et déclara qu'il lui fallait coûte que coûte récupérer la bague et les plaques. Il somma le vieillard de l'aider à retrouver son pseudo-acheteur. Terrorisé, le vieux promit d'entreprendre une démarche. Effectivement, il fila droit chez Duplessis pour réclamer la restitution de ses présents.

« Le coup des dominos chutant à la renverse, je te dis.

Tu pousses le premier de la file et tous les autres y vont de leur plongeon. Duplessis, tout comme son vieux client, pigea qu'il détenait un truc important et prétendit à son tour s'en être séparé. Pleurs et menaces ne le firent pas changer d'attitude. En désespoir de cause, le vieux broc balança l'ami Tonin aux boy-scouts de l'Avoine qui l'entreprirent sérieusement. Mais Antonin Duplessis, de Saint-Locdu-le-Vieux, était un paysan obstiné, semblable à son éminent compatriote l'officier de peau lisse Bérurier. Il planqua les plaques où nous savons et joua les crétins. Ni les coups ni les menaces n'eurent raison de son obstination. Alors, l'Avoine opta pour la ruse. Ayant bien étudié le comportement du bonhomme, il se vieillit, se déguisa en Pinaud rabougri et devint son client.

— Merci, charmant, toussote l'Effilé.

Je poursuis :

— Car il faut poursuivre, bien, Névropathe ? Qu'autrement sinon tu te mettrais encore à rouscailler comme un nain perdu dans la foule et qui ne voit que des fesses au lieu du feu d'artifice.

— La méfiance de Duplessis ne se démentant pas, on résolut de lui filer une bille dans les pattes. Une belle ! Une très très belle.

Là, mon cœur s'emballe, ma voix mue, aimue.

— La mûlatresse ? dit Pinaud.

J'abats mon poing sur la table métallique où sont disposés les accessoires les plus précieux du Félé, à savoir son dentier et son bandage herniaire.

— Je te prie d'abord d'être poli et de ne pas faire de racisme, César. D'abord la jeune fille en question n'est que bronzée. Je connais mille connes de pure race qui sont deux fois plus noires qu'elle lorsqu'elles rentrent de Saint-Trop'. Cette merveilleuse jeune fille avait un frère dévoyé qui travaillait pour l'Avoine et auquel il a dû faire de l'arnaque car il a été liquidé. L'Avoine a fait pression sur cette adorable Zoé...

Béru vient de rentrer, porteur d'un carton à l'intérieur duquel s'entrechoquent des flacons.

Il a entendu ma dernière phrase et rigole.

— D'après selon ce que j'entends, môssieur le commissouille de mes caires te fait part de son prochain mariage ?

— Quoi ? se réveille Pinaud.

— Ah, il t'a pas encore aboulé le plus chouette : il va épouser la môme Zoé. Un coup de buis monstre, il a reçu. La grande embellie. Le rirocco. Mon cœur est tatoué ! La lumière bleue. Le jardin des supplices ! Faut reconnaître qu'elle vaut la bagouze, cette petite mémé. Bien sous tous les rapports. Gentille, pas conne. Elle nous plaira, je sais déjà. Et jolie... Mince, quand je mate sa peau orangée, j'en ai l'eau qui me vient à la bouche. Laisse qu'il l'épouse. Ensuite, je m'achète une cravetouse neuve et je t'y fais une cour sans freiner. Te v'là prévenu, Sana. T'as beau être mariolle, je ferai jouer mes charmeuses. Le grand jeu... Tiens, je prendrai même un bain, si nécessaire.

Bon, voilà, alors Béru continue sur ce ton connard. Et moi ça ne m'agace pas, ça m'amuse. Ma Zoé. Je pense à elle sans arrêt, comme un fou.

Mariage ? Faut tout de même réfléchir. Je suis San-Antonio. Donc pas conditionné au départ. Mais enfin, quand la grande amour cogne à ta lourde, hein ?

Hein ?...

J'ai pas raison ?

Je t'épargne les commentaires de mes deux melons. A moins que tu sois collectionneur de lieux communs, ce qui serait assez dans tes aptitudes...

Ce compartiment de notre entrevue dure trois bouteilles de Côtes du Rhône (y avait plus de beaujolais, ils attendaient d'être livrés).

Après quoi, force de l'habitude aidant, Pinaud revient à l'affaire.

— Et la petite n'a rien pu tirer de lui ?

— Pas grand-chose. Dans le fond, je vais vous dire : à la faveur de tout ça, c'est plutôt Duplessis qui a tiré gentiment les vers du nez aux autres.

— Un type de Saint-Locdu, qu'est-ce tu croyais! exalte l'Emphatique.

— Ils l'ont fait s'installer à la *Résidence Carole* à la suite de je ne sais quelle pression pour l'avoir sous la main. Peut-être espéraient-ils qu'en provoquant un changement de résidence, Duplessis commettrait une fausse manœuvre ? Peut-être aussi, le comte de Monte-Carlo a-t-il eu avec lui une conversation franche et loyale au cours de laquelle il lui a dévoilé certaines perspectives ? J'incline à le penser, car sinon je ne vois guère, Gros, comment ton pote le cardinal aurait eu vent d'un attentat contre Sa Sainteté.

On barbote, un court instant dans des songeries. Puis le Chétif dit :

— Tout de même, un point n'a pu être élucidé qui me tient fichtrement à cœur, vous vous en doutez. J'aimerais bien savoir ce que c'était que ce rayon auquel j'ai été traité.

— Et moi donc, soupiré-je. J'ai confié les décombres de l'appareil au labo, mais ils n'ont rien pu en tirer. Enfin le médecin-chef est affirmatif, César : tu es en parfaite santé. Pas d'inquiétude à ce sujet.

Le Tréfilé hoche la tête.

— C'est pas de l'inquiétude, mon petit, c'est de la curiosité.

— De même, enchaîne doctoralement le Gros d'une voix macérée dans le vin rouge, on ne sait pas pourquoi ces carnes de la bande ont buté tant de gens pour s'estropier les plaques et la bagouze. Gros os molosse, l'ensemble va chercher sa petite tuile en anciens francs, non ? Et même qu'y aurait l'avaleur documentaire en suce, y a franchement pas de quoi remplir le Père-Lachaise.

— Il est probable, conlus-je, que ces babioles représentaient beaucoup plus pour Monte-Carlo et qu'il avait ourdi un plan d'envergure. Ce plan était si important que les comparses n'ont pas été mis dans le secret, ce qui est bien regrettable vu que nous n'avons plus qu'eux à nous mettre sous la dent.

— Caisse savate île devenir, ces babioles ? s'informe Béru en dépucelant une énième boutanche (la dernière).

— On les rend au Vatican. N'oublie pas qu'elles furent volées dans une église italienne...

Je sors la bague du défunt cardinal-contrôleur. Elle ne m'a pas quitté depuis que je lui ai mis le doigt dedans.

— Dire qu'il falloir la rendre sans lui avoir arraché son secret.

La pierre violette nous éclabousse de ses reflets, comme la boule scintillante qui tourne au plaftard des salles de bal pendant l'exécution des tangos. Je le fais miroiter à plaisir, l'offrant aux rayons de soleil qui se sont fourvoyés dans la clinique.

Je fixe, fasciné.

Mes copains idem.

Et voici soudain qu'une main s'avance, longue, maigrichonne, pareille à une patte d'aigle conservée dans du formol.

La main de Pinaud.

Non : pas dans la culotte de ma sœur, imbécile ! M'interromps pas au moment où ça devient épique.

La vieillasse cueille l'anneau entre le pouce et l'index. Je lui abandonne le joyau. Sa dextre tremble. Il est d'une pâleur cireuse. Son nez s'allonge. Sa moustache devient abstraite. Ses lèvres se décolorent. Quant à ses yeux, habituellement si enfoncés : deux soucoupes !

Malgré sa pointe de biture, le Volumineux a lui aussi noté cette brusque transformation.

— T'as pas bien, César ? il inquiète, t'as l'air d'être en cataplasme.

C'est vrai qu'il semble en catalepsie, Pinuche. L'on dirait un mannequin à la sauce d'automate.

Il ne répond pas.

Ses yeux continuent de s'extraire de ses orbites. Ils sont en relief d'au moins dix centimètres, déjà.

Le Mastar veut intervenir, le faire asseoir ou autre, j' sais pas, mais je lui fais signe de ne pas broncher.

— Contient-elle les bulles ? déclame Pinaud, pareil qu'il s'agirait d'un bon Shakespeare de l'époque poison.

Hamlet surprise !

Il approche la pierre contre sa rétine, l'interposant entre elle et les aumônes de soleil.

— Oui, elles y sont, fait-il. Ainsi, que la volonté de notre très cher et défunt frère Tubulure s'accomplisse. Padre Raviolo ! appelle-t-il à la cantonade (d'une voix dont le stentorisme ne lui est pas usuel) ; dites au cardinal d'Intendance de venir avec les documents relatifs aux accords Tubulure Gnafron VI. Qu'on prépare immédiatement dans les coffres de voyage les joyaux de la donation Tubulure afin de les remettre aux deux personnes ici présentes. Prévenez le cardinal-trésorier qu'il rassemble les valeurs représentant les intérêts des pièces d'or de notre vénéré Tubulure, à savoir : mille actions, *Mobil Oil,* deux mille actions *Presses de la Cité,* deux mille *Rhône Poulenc,* mille *Olivetti,* mille *General Motors,* quinze cents *Hadley Chase Manhattan,* dix mille *Nestlé,* trois mille *Swissair,* mille l'*Oréal,* mille *Tanganyika,* mille *Petrofina,* mille *Florida Power,* et quatre mille *Honda Motor.* En outre, vous ajouterez une dizaine de diamants que vous prendrez dans la soute des vingts carats, à gauche en sortant de la salle des blanc-bleu réservés aux diamants de cinquante, ceci, à titre personnel.

On le regarde et l'écoute, sidérés. La noblesse péremptoire du bonhomme ! Cette majesté souriante et ferme. Il pontificate à tout va, Pinuche.

Sur ces entre-choses, la porte s'ouvre et une aimable infirmière, au dargif sublimement moulé dans une blouse courte, entre avec un plateau.

— Vos comprimés, monsieur Pinaud, annonce-t-elle.

— Ah, merci, Eminence, rétorque le Saint-Père-Pinuche.

Il lui prend le plateau des mains et nous le présente.

— Voici déjà le trésor, messieurs, nous dit-il. Vous accepterez bien un verre de muscadet pendant qu'on vous emballe les actions et les diamants ?

CHAPITRE « Z »

Félicie ne peut retenir un sourire (apitoyé il est vrai).

— Ce pauvre M. Pinaud, dit-elle, j'imagine la scène. Il a été envoûté par ce rayon, en quelque sorte ?

— En quelque sorte. Ces gredins avaient projeté contre notre vénéré pape le plus terrible des attentats : une agression mentale. A son insu, il allait être suggestionné, comprenez-vous ? Il suffisait qu'on lui présente cette pierre pour qu'immédiatement se déclenche en lui le réflexe de restitution qui lui avait été pour ainsi dire inoculé.

— Pourtant, ils n'avaient pas la bague au moment où ils ont cru agir sur le subconscient du Saint-Père ? objecte Zoé.

Je lui caresse le dos de la main.

Elle est chouette, sa main, tu sais, posée sur la nappe de lin bis de notre salle à manger. Elle y fait une merveilleuse tache d'un brun ocré, doux, comme une peau de pêche mûre.

— Non, ils n'avaient pas la bague, mais ils avaient le pape à portée de rayon, mon amour. C'était, comprenez-vous, une occasion UNIQUE, qu'ils ne pouvaient laisser passer. Ils ont investi l'auguste cerveau (du moins l'ont-ils cru) en espérant mettre bientôt la main sur les fameux documents de Tubulure 1er. Si le coup avait réussi, ils auraient raflé des milliards. Vous comprenez maintenant pourquoi ils n'ont reculé devant rien pour parvenir à leurs fins ?

Je souris, sans cesser de passer la peau de mes doigts sur la peau de sa main.

— Il y a, reprends-je, un côté relativement cocasse dans tout cela. Ces gens puissants, disposant de tueurs, de techniciens, de machines à violer le cerveau, ces gens acharnés et impitoyables, ont été tenus en échec par un pauvre petit bonhomme de contrôleur de métro un peu jobré. Ce Duplessis trouvait pour ses plaques la plus classique des planques ; se sentant ou se croyant suivi un jour qu'il était avec vous, ma Zoé, il confia l'améthyste au premier vieux bonhomme gâteux venu. Vaguement illuminé, obstiné comme un bœuf de Saint-Locdu-le-Vieux, naïf et roué, ce curieux bonhomme a battu en brèche, comme on dit, une armada de malfaiteurs. Mieux : il a su plus ou moins percer leurs noirs desseins concernant le pape et prévenir la police en la personne de son ancien condisciple Bérurier. Fallait le faire, non ?

Personne ne répond.

Ces dames réfléchissent. C'est l'heure de la sieste d'Antoine et, pendant les deux heures de l'après-midi où le gredin en écrase, la maison vit doucettement, dans un demi-silence ouatiné comme les couches gonflant sa culotte.

Au bout d'un moment de mutisme, cependant, Zoé lève sur moi ses grands yeux ardents et lumineux comme une aurore.

— Je vous trouve formidable, soupire-t-elle. Si combatif et si compréhensif ; si joyeux et si... si tendre... Vous n'êtes vraiment pas un homme ordinaire, Antoine.

— Vous savez pourquoi, Zoé ? Vous tenez vraiment à ce que je vous le révèle ? Parce que je suis un extra-terrestre.

Ma Félicie me considère en souriant.

— Ça ne m'étonnerait pas de toi, dit-elle.

FIN

Achevé d'imprimer en mai 1992
sur les presses de l'Imprimerie Bussière
à Saint-Amand (Cher)

N° d'imp. : 985.
Dépôt légal : juin 1992
Imprimé en France